# El susurro del fuego

Javier Castillo

# El susurro del fuego

SUMA de letras

Penguin
Random House
Grupo Editorial

Primera edición: octubre de 2025



*Printed in Colombia* – Impreso en *Colombia*

ISBN: 978-84-9129-979-0

*A mi madre.*

*A todas las versiones de ella que conocí*

Todos ardemos por dentro
deseando despertar.

# Nota del autor

Cualquier lector familiarizado con las islas Canarias y, en particular, con las islas de Tenerife, Gran Canaria y La Palma y las ciudades de Santa Cruz, Puerto de la Cruz, La Orotava, La Laguna, Las Palmas y La Garita, comprobará que he tratado de hacer justicia con mis descripciones a la belleza de estos lugares y plasmarlos en la historia tal y como son, con los límites que impone el excesivo uso de ellas en el ritmo y desarrollo de los acontecimientos. Las palabras solo pueden captar una fracción de lo que se siente al experimentar de cerca los parajes naturales, los acantilados, las coladas de lava y, en definitiva, los lugares únicos de las islas Canarias que describo en esta historia.

También debo admitir que me he tomado la libertad de mantener los nombres reales de la mayoría de las localizaciones y negocios que aparecen en la novela para que quien viaje a las islas encuentre en ellas los escenarios que se detallan en el libro. A pesar de que las ubicaciones y los recorridos son reales, recuerdo que los personajes de esta novela no existen y todo lo que se narra aquí nunca sucedió. Cualquier parecido de esta ficción con personas reales, vivas o muertas, casos abiertos o cerrados y situaciones particulares dentro de la trama o relacionadas con ella es fruto de la simple y omnipresente casualidad.

Introducción

# Tenerife, islas Canarias
# Sábado, 19 de octubre de 2019

*Solo aprendemos la lección cuando la vida nos pone a nosotros mismos de ejemplo.*

Mario conducía en soledad bajo un sol radiante. Los rayos de luz se colaban entre los árboles como pilares fantasmales y golpeaban su piel pálida. Tenía la capucha de la sudadera puesta y agarraba el volante del coche de alquiler con fuerza. En la muñeca derecha aún llevaba puesta la pulsera del Hospital Universitario de Canarias donde se podía leer: «M. Ardoz, 23/04/1994». La arrancó de un tirón y susurró:

—¿Dónde estás, Laura?

Giró en una curva pronunciada a la derecha en la carretera de la Esperanza y continuó el ascenso hacia el Teide desde el norte de la isla. Estaba molesto con su hermana por no haber vuelto al hospital por la mañana tal y como habían acordado. Él había estado tres días allí por culpa de una fiebre inoportuna y aquel ingreso había supuesto un parón imprevisto de las vacaciones que estaban pasando juntos. Había sufrido una caída en picado de sus defensas, que se había manifestado como una fiebre intermitente seguida de escalofríos esporádicos, como si su cuerpo rugiera desde dentro anunciando un temblor de tierra.

—Se te ve mejor —le había dicho Laura en voz baja el día anterior a los pies de la cama—. Tu piel ha pasado de blanco a color hueso. Es un avance —bromeó.

—Creo que ya estoy bien —respondió Mario—. Ahora solo necesito que me den el alta y salir de aquí. Odio esta ropa. Necesito taparme la cabeza. No me gusta que me veas así —añadió al tiempo que se pasaba la mano por ella y acariciaba su piel.

—Yo te veo guapo —le contestó su hermana—. Sin pelo pero guapo —aclaró—. A ver, estás un poco marciano, pero sigues siendo atractivo. —Sonrió. Luego bajó la voz y se acercó a él—: ¿No has visto cómo te miraba la enfermera?

—Sí. Con pena —respondió él, irónico—. Seguro que ha pensado: «Ese chico guapo se está muriendo».

—No seas idiota —protestó ella tratando de levantarle la moral—. No te vas a morir. Es solo una caída de las defensas. Le pasa a mucha gente que se somete a quimioterapia.

—Sabes que no me refiero a esto de ahora.

Mario agachó la mirada y bufó por la nariz.

—¿A qué te refieres? —inquirió Laura dejando ver que le molestaba su manera de abordar aquel tema.

—A si crees que habrá salido todo bien —preguntó él de repente con la voz apagada—. La operación, la quimio, ya sabes. Si ha terminado todo y no se ha extendido.

—Mírame, Mario —le ordenó, pero él batalló contra ella y agachó la cabeza—. ¡Eh! ¡Mírame! —insistió mientras se acercaba y se sentaba a su lado en la cama—. Claro que ha salido bien. ¿Me oyes? Se acabó el cáncer. Se acabó. Tienes veinticinco años. Toda la vida por delante. El índice de supervivencia es del ochenta y cinco por ciento. ¿Acaso crees que formarás parte de ese quince que muere?

—Y de apenas el cincuenta por ciento a los cinco años... —replicó él—. ¿Tienes una moneda?

—A veces pienso que eres idiota. Un cerebrito pero idiota.

—A alguien le tiene que tocar, ¿no?

—¿Y por qué a ti? —cuestionó ella.

—¿Y por qué no a mí? La vida va de esto, ¿no? De jugar una y otra vez a la ruleta hasta que lo perdemos todo. Nos arriesgamos cada día, una y otra vez, hasta que se acaba. Cruzamos la calle corriendo, volamos en avión, montamos en coche, masticamos con prisa la comida. ¿Sabes cuánta gente muere al año por atragantamiento?

Laura negó con la cabeza y luego suspiró, dolida.

—La vida no solo son matemáticas, Mario. Yo lo sé bien. Deberías haberte venido aquí conmigo y no quedarte en Madrid, consumiéndote en la soledad y la luz fluorescente. Podríamos haber estudiado juntos. Hay mucha más vida lejos de una pantalla de ordenador.

—Pero respóndeme, ¿qué tengo distinto a los demás con osteosarcoma que haga que merezca caer del lado bueno de las estadísticas? ¿Por qué no me debería tocar a mí?

—Porque ya hemos tenido suficiente, Mario —sentenció ella en un tono que parecía estar cargado de demasiados recuerdos difíciles.

Él advirtió que aquellas palabras habían cruzado una línea de tristeza y guardó silencio un instante. Le acarició la mano a Laura y se fijó un segundo en la clara diferencia que existía entre la piel de ambos y en cómo la distancia entre los dos, a pesar de ser hermanos, la había moldeado. La de ella, más tostada y tersa, consecuencia de su vida y estudios en la isla; la de él, pálida, fría y desde los últimos meses visiblemente más frágil. La de Laura parecía surgir del fuego; la de Mario, un fragmento desprendido de un iceberg que se derretía. Ambos tenían personalidades opuestas surgidas de los mismos padres, pero orbitaban como dos cuerpos celestiales inseparables.

Ella agachó la cabeza para no mirarlo y él se dio cuenta de que verbalizar su desesperanza solo empeoraba las cosas. Se fijó en la pulsera de hilo en la muñeca de su hermana y en que la había llevado tanto tiempo puesta que su rojo oscuro había dejado paso a un rosa apagado. De pronto, Mario sintió sobre su mano el ligero impacto de algo cálido, una lágrima de Laura.

—«Siempre juntos, para siempre». ¿No era así? —dijo Mario—. Nuestra promesa. Cuando uno de los dos no encuentra las palabras adecuadas, podemos usarla y el otro está obligado a perdonarlo.

Laura esbozó una débil sonrisa sin mirarlo.

—Ya no somos niños, Mario —exhaló con un bufido.

—Lo siento, Laura. Sé que solo quieres animarme, pero yo no veo las cosas del mismo modo que tú.

Ella asintió y tragó saliva con evidente tristeza. En silencio, él acarició la lágrima que descansaba sobre su mano. Laura se echó sobre su hermano y lo abrazó.

—Siempre juntos, para siempre —respondió ella al fin con su voz convertida en un suspiro.

Estuvieron varios segundos así, callados, unidos y distantes, hablando el idioma del dolor, hasta que de pronto ella miró la hora y se puso en pie. Con el fin de recomponerse, se secó el rostro y se apartó el pelo de la cara mientras buscaba por la habitación su bolso y su móvil.

—¿Te marchas ya? —preguntó él, contrariado.

—Tengo que hacer algunas cosas y quiero aprovechar que mi huésped está bien cuidado aquí —dijo esquiva—. Así te dejo algo de intimidad con tu enfermera —bromeó, algo distante.

—Pero es temprano —le reprochó Mario—. Ayer también te fuiste a esta hora. Son las tres. Podrías quedarte un par de horas más. Incluso te puedes comer luego mi merienda o quedarte a cenar. El día es larguísimo aquí solo. Yo tengo el estómago cerrado.

—¿Comida de hospital? Creo que voy a pasar. Es solo una noche más. Y tienes la tele. Mañana seguro que te darán el alta y seguimos con nuestro viaje juntos por la isla, ¿vale? Tienes mucho que ver aún. Estaré aquí a primera hora.

Laura se colgó el bolso, se acercó a su hermano y lo besó en la frente, en un gesto que duró más que de costumbre.

—Está bien. Pero mañana, si al fin me dan el alta, quiero que me lleves a tu lugar favorito de la isla. Yo conduzco, ¿vale?

—Prometido. Empezamos por Los Gigantes. No lo busques en internet —dijo al tiempo que sacudía su iPhone en el aire—. Mejor que no sepas lo que es. Que te sorprenda como la primera vez que yo estuve allí. Es un lugar... —rebuscó la mejor forma de describirlo sin dar pistas— que te enseña demasiado.

—Tengo ya poco tiempo para aprender —respondió Mario con media sonrisa.

Laura emitió un ligero bufido y asintió. Luego se dirigió hacia la puerta y, al llegar, se giró y contempló a su hermano en silencio.

—Ojalá pudieses ver la vida con otros ojos, Mario. Quizá la isla te enseñe a hacerlo.

—Enséñame tú, Laura —respondió Mario—. Puede que tenga mucho que aprender de ti.

—Lo estoy intentando —replicó ella a modo de despedida, justo antes de desaparecer al otro lado de la puerta.

Mario desvió la mirada de su móvil, que se deslizaba de un lado a otro del asiento del copiloto, y comprobó de nuevo en el mapa el lugar de la última conexión de Laura, que se mostraba como un punto azul en mitad del Parque Nacional del Teide en la aplicación Buscar del iPhone. Compartían cuenta de iCloud, al igual que toda una infancia, y según el móvil ella estaba allí, pero no atendía a las llamadas.

—¿A qué estás jugando, Laura? ¿Qué hace tu teléfono ahí? —susurró al tiempo que volvía a fijar su vista en la carretera, que se deslizaba bajo el coche como un río negro que se había abierto paso entre los árboles sin pedir permiso. A ojos de Mario, su hermana estaba en mitad de la nada, en un tramo recto de una carretera solitaria—. ¿Por qué no respondes? —protestó, preocupado.

Avanzó durante unos minutos entre el bosque de pinos y abetos y la alfombra de acículas marrones que la naturaleza había tejido a ambos lados de la carretera, hasta que al fin el paisaje se abrió y observó desde el vehículo cómo la vegetación profunda del norte de la isla se desparramaba como un manto verde hasta encontrarse con el Atlántico. Se fijó en el Teide, el volcán que se elevaba imponente en la lejanía hacia la que él se dirigía, y recordó que su hermana y él se habían prometido subir juntos al parque nacional como broche final de aquel viaje.

Mario se tocó la pierna al sentir una ligera molestia tras pisar un bache en la carretera. Se había recuperado bien de la operación tres meses antes, pero de vez en cuando notaba una punzada sobre la rodilla que le hacía apretar la mandíbula. Palpó la cicatriz bajo la tela del vaquero y recordó en imágenes rápidas los primeros pasos con las muletas, la bolsa con el tratamiento colgando a su lado, el instante en que se le quedó en la mano el primer mechón de pelo. Ya caminaba sin muletas pero con esfuerzo. La quimio, en cambio, cuya última sesión había sido dos semanas antes en Madrid, había evaporado sus defensas al mismo tiempo que había reducido al mínimo el hambre que pudiese tener y el vello de los brazos, las piernas y la cabeza; era un precio que pagar por destruir lo que estaba devorándolo por dentro. Había tenido la suerte de mantener las cejas y las pestañas, pero con menor densidad, y su piel se había convertido en una fina capa que se descamaba con facilidad si la acariciabas con fuerza.

Marcó el teléfono de su hermana una vez más, pero, tras varios tonos, el buzón de voz lo invitó a dejar un mensaje.

—¡Joder! —gritó nervioso al tiempo que tiraba el móvil sobre el asiento del copiloto.

Se la imaginó allí a su lado, con el perfil contorneado sobre la ventanilla del coche, con los pies descalzos, apoyados sobre el salpicadero. Y, mientras, él iba conduciendo a la vez que seguía las indicaciones de Laura hacia los secretos de la isla.

Aceleró el ritmo del coche y, al girar en una curva pronunciada a la izquierda, se encontró de bruces con la Tarta del Teide, una formación rocosa que se imponía delante de él como un muro vertical colorido. En su pared se podían ver las distintas coladas volcánicas que se habían superpuesto las unas sobre las otras, en blancos, negros y rojizos, como un pastel que se había horneado a fuego lento durante milenios. Tras dejarla atrás y avanzar por un paisaje desolador conforme más ascendía hacia las tierras marcianas de la isla, sintió un escalofrío. Se estaba dirigiendo a los pies del complejo astronómico del Teide, cuyo blanco perfecto destacaba sobre la montaña como si fuesen huevos plantados por la humanidad. Allí estaba terminando Laura su posgrado en Astrofísica y desde allí lo había llamado innumerables veces en mitad de la noche.

—Joder, Laura. Esto no me hace gracia —masculló en voz alta, con una intranquilidad creciente en el pecho.

Esa mañana se había despertado a las ocho y media por culpa de una enfermera que había entrado a la habitación a tomarle la temperatura. Fue entonces cuando comprobó que tenía una llamada perdida de su hermana. No la había escuchado y fue realizada a las 7:14. Confuso, él le escribió varios mensajes y la llamó de vuelta una decena de veces, pero no obtuvo respuesta. Mientras esperaba la confirmación de que se había recuperado y le daban el alta, se la había imaginado tumbada en la cama de su estudio en La Laguna, dormida sobre el ordenador, ni siquiera allí lo soltaba. Era la única explicación que lograba articular en su mente.

Tras recibir el alta del hospital, se vistió con su ropa de calle —pantalón corto, sudadera gris, Converse negras y un viejo reloj de su padre— y la esperó sentado en la entrada del hospital con la esperanza de que apareciera por allí como le había prometido.

Sin su hermana a su lado y sin poder comunicarse con ella, se sentía un simple turista en tierras extrañas. Esperó unos minutos en la puerta y, tras un último intento al teléfono sin éxito, pidió un taxi que lo llevó al centro de La Laguna, donde vivía su hermana y donde él había dormido una sola noche antes de caer enfermo. No tenía llaves, así que llamó al timbre de su portal y esperó impaciente, pero no obtuvo respuesta.

Fue entonces cuando recordó que compartían cuenta en iCloud, así que abrió la aplicación con prisa y se sorprendió cuando vio en el mapa que su hermana estaba en el Teide convertida en un punto azul inmóvil.

—¿Qué quieres decirme, Laura? —dijo en voz alta mientras subía un último tramo por la carretera de montaña escoltado por hierbas pajoneras y tajinastes rojos, que emergían aquí y allá sobre la omnipresente roca volcánica gris rojiza.

Pasó de largo junto al teleférico que ascendía al Teide y, poco después, se fijó sin querer en la cruz que lideraba una pequeña ermita construida junto al centro de visitantes del parque nacional. Estaba cerca y, al ver que durante todo el camino el punto azul en el mapa no se había movido lo más mínimo, en las profundidades de su mente habían empezado a fraguarse distintas ideas que ya habían dado sus primeras dentelladas a su entereza. Tal vez alguien podría haberle robado el teléfono y haberlo tirado por allí. O quizá ella, el día anterior, tras marcharse del hospital, había ido hasta aquel lugar y lo había perdido sin darse cuenta.

Giró una última vez a la derecha y se adentró en una carretera recta que le hizo contener el aliento al sentirse rodeado de una lava negra que ofrecía un paisaje desolado. Estaba cerca, era allí, a media altura de aquel tramo solitario. La colada negra de 1798 se extendía frente a él como un río petrificado de rocas, tierra y fragmentos del interior de la isla, y Mario se sorprendió al comprobar que podía ver exactamente el cráter desde el que había surgido aquella erupción. De repente, divisó frente a él varios coches que se agolpaban en el camino y que cortaban el paso a pocos metros de donde indicaba el móvil que debía estar Laura.

—Pero ¿qué...? —dijo confuso en voz alta mientras detenía el vehículo detrás de un Peugeot blanco con pegatina de alquiler.

Se bajó para ver qué bloqueaba el camino y, al levantar la vista por encima de los demás coches, sintió aquel golpe interior en su corazón al identificar tres unidades de la Guardia Civil en el epicentro de aquel atasco.

—¡Laura! —exclamó preocupado.

Corrió abriéndose paso entre los automóviles y los turistas que también se habían bajado para ver qué estaba ocurriendo y por qué no podían avanzar, hasta que se encontró de bruces con la cinta de un cordón policial que circundaba el perímetro de los tres vehículos policiales. A un lado, parado junto al borde del casi inexistente arcén, destacaba el coche de su hermana, un Toyota gris, con la puerta abierta y sin rastro de ella en su interior.

—¡Laura! —chilló Mario con rabia colándose por debajo de la cinta en dirección al vehículo.

—¡Oiga, no puede pasar! —le ordenó una guardia civil de melena castaña que le cortó el paso.

—¡Es el coche de mi hermana! —gritó—. ¿Dónde está? ¿Le ha pasado algo?

—¡Quédese ahí! —le gritó la mujer justo en el momento en que otros dos agentes se acercaban y hacían aspavientos con las manos para que no pasara.

Pero Mario sintió aquel ímpetu imposible de contener, corrió hacia ella con desesperación y trató de rodearla. La mujer lo agarró como pudo, pero él tiró de ella con un grito de angustia. La cicatriz de la pierna le lanzó una punzada de dolor, como si lo avisara de que no diese un paso más, justo en el instante en que otro agente le daba alcance y también trataba de inmovilizarlo, pero fue insuficiente.

—¡Mi hermana! —chilló Mario al tiempo que se revolvía sobre sí mismo y conseguía zafarse de la mujer, que cayó al suelo con impotencia.

El otro agente tiraba de él desde atrás mientras él forcejeaba con rabia hasta ascender el desnivel entre la carretera y la lava fría, y fue entonces cuando lo vio: a pocos metros de la carretera, sobre las rocas y en una posición imposible, descansaba el cuerpo semidesnudo de su hermana, que miraba al cielo con expresión inerte.

—¡No! —aulló Mario colérico—. ¡Laura!

# Capítulo 1

## Hospital 12 de Octubre, Madrid
## 10 de junio de 2019
## Cuatro meses antes
## Mario Ardoz

*Lo más cruel del dolor*
*es que te obliga a recordar su origen.*

Todos hemos estado allí. En esa oscuridad, en ese instante en que el universo nos pregunta si estamos aprovechando el viaje con un golpe inesperado. Y, en mi caso, había recibido ya tantos que lo sentí como el final de un trayecto demasiado breve. Me encontraba en aquella consulta en Madrid, con mi hermana Laura sosteniéndome la mano, mientras la doctora estaba preparada para soltar su disparo mortal.

—Es cáncer —dijo con voz distante.

Pronunció la frase que nadie está preparado para escuchar.

—¿Qué? —le pregunté sin ser capaz de ordenar en mi mente las seis letras devastadoras que había pronunciado.

—Tienes cáncer, Mario —repitió en un tono inerte—. Osteosarcoma de Ewing. Un tipo de tumor que suele afectar al tejido óseo. —Percibí cómo su voz se alejaba y las últimas palabras que oí las sentí como un susurro en la distancia—: Está creciendo con rapidez sobre el fémur de tu pierna izquierda y hay que intervenir lo antes posible.

Cáncer en los huesos.

Mi cuerpo me devoraba desde dentro.

Noté los dedos de Laura apretarse con fuerza entre los míos cuando la doctora pronunció aquella frase. Yo tenía las manos frías; las suyas estaban ardiendo. Ella siempre había sido fuego y yo, en cambio, había vivido congelado desde que tenía memoria. ¿Cómo encajaría ella el golpe? ¿Estaba preparada para perder a alguien más? Siempre pensé que la vida nos debía algo por todo lo que nos había quitado a lo largo de los años y, sin embargo, parecía que no había tenido suficiente. La desgracia siempre quiere más.

La doctora gesticulaba delante de mí mientras continuaba su exposición:

—¿Ves esto de aquí? —dijo señalando una radiografía de mi pierna—. Hay que actuar antes de que crezca más.

En ese momento agaché la vista y, de pronto, recordé a mi hermana de niña jugando en casa a una guerra de almohadas. Luego viajé al día en que, con ocho años, tras volver de un día en la sierra, montamos aquella tienda de campaña con sábanas en el salón y nos hicimos una promesa bajo la luz de una linterna: «Siempre juntos, para siempre». La vi reír delante de mí con su nariz de siete años cubierta de nata y también, años más tarde, con dieciocho, maquillada con brillantes en su rostro, de fiesta mientras bailaba frente a una hoguera en aquel San Juan al que fuimos de viaje a Barcelona. Éramos mellizos y todos nuestros recuerdos los habíamos construido unidos. Noté su tristeza en mi cuerpo. Sentí que ella percibía la mía.

Desvié la vista para buscar en los ojos de Laura un refugio en el que esconderme, pero me encontré con sus lágrimas.

—Tiene que ser un error —dijo ella con la voz ajada—. No puede ser cáncer. ¿Con solo veinticinco años? ¿Está segura?

—La biopsia es clara —respondió la doctora—. Células azules redondeadas en la formación ósea que crece en la parte baja del fémur. También dio positivo el estudio inmunohistoquímico para el CD99. Es Ewing, no hay duda. Es agresivo y puede descontrolarse muy rápido. Deberíamos comenzar el tratamiento cuanto antes. Lo más urgente es programar una tomografía para comprobar que no hay metástasis y que no se ha extendido a otras partes del cuerpo. ¿Te has notado algo de tos?

Oí todo aquello desde lejos, con mi cuerpo presente en la consulta, pero en realidad perdido en mis recuerdos. ¿Acaso era este el viaje al pasado al que se referían todos los que miraban a la muerte a los ojos?

Veía reír a Laura frente a mí, de niña, agarrados de las manos, los dos girando sobre nosotros mismos, ajenos a lo que la vida nos depararía. Vi su silueta infantil en la penumbra de la noche bajo el marco de la puerta e incluso oí su débil voz convertida en un susurro: «Mario, he tenido una pesadilla. ¿Podemos dormir juntos?». Crecimos haciéndonos compañía en el vientre de nuestra madre y, según ella, incluso en el ecógrafo siempre estábamos espalda con espalda, solo separados por un fino velo. Lo que a Laura le preocupaba se convertía en mi propia preocupación. Cada latido de su corazón resonaba también en mi pecho. Lo que a ella le dolía me arrasaba por dentro.

—Mario. —Oí a lo lejos—. Mario —me rescató de pronto la oncóloga sacándome de mis recuerdos—. ¿Me oyes? ¿Alguna molestia al respirar? ¿Tos?

—Eh..., no —exhalé casi sin aliento.

—Este tipo de cáncer suele viajar con facilidad a los pulmones y... una vez allí la cosa se complica. Hay que ser rápidos.

—¿Y cuál es el tratamiento? —la interrogó Laura con la fuerza que yo no lograba reunir.

Reconocí en su voz la misma rabia de aquella noche fatídica, cuando teníamos veintiún años.

—Primero una cirugía para eliminar el tumor antes de que afecte más al hueso. Quizá haya que reforzarlo, puesto que... —hizo una pausa y señaló la imagen de una de mis radiografías que decoraban el negatoscopio— habrá que eliminar la parte de tu hueso afectado y eso comprometerá su resistencia. Eres joven y queremos que puedas seguir andando —añadió dirigiéndose a mí.

—Bien. Una operación y fuera —exclamó mi hermana con una sonrisa forzada para animarme.

La doctora nos miró con los labios apretados, como si recobrase una empatía que no había sentido en ella hasta ese mismo instante. Parecía saber el terror que transmitía aquella palabra que estaba a punto de pronunciar a quienes estábamos a este lado de la mesa, y algo en su tono de voz dio forma a mi temor.

—Y quimioterapia. Si nos damos prisa, en tres o cuatro meses puede que ya hayamos terminado el tratamiento completo. Operación, rehabilitación y quimioterapia —dijo.

Era extraño sentirse el protagonista de algo que parecía que siempre les ocurría a los demás. Nadie en mi familia había padecido cáncer de ningún tipo y siempre había contemplado las estadísticas como si yo fuese a formar parte del lado que lo vivía de lejos, siendo testigo de la tragedia de otra persona. Lo que nunca aprendí a tiempo, ni con la más dura de las lecciones, es que uno saltaba de un bando a otro en un momento fulminante como aquel, con un médico delante que pronunciaba una noticia implacable.

Laura clavó sus ojos vidriosos en mí y yo la miré y noté su dolor con la sensación de estar cayendo en una negrura que pronto lo inundaría todo.

## Capítulo 2
## Madrid
## Diecisiete años antes
## Hermanos Ardoz

*Abre los ojos*
*y verás toda esa oscuridad.*

—Tres, dos, uno... ¡Tinieblas! —gritó Mario al tiempo que se giraba con rapidez y contemplaba la oscuridad absoluta de la habitación que compartía con su hermana.

Habían bajado las persianas, cerrado la puerta y apagado una lámpara de lava que descansaba sobre el escritorio, y habían convertido el dormitorio en una cueva en la que Mario era incapaz de ver el dorso de sus propias manos extendidas frente a él. Oía su propia respiración, notaba en la piel con demasiada nitidez cada uno de los movimientos que llevaba a cabo y, al mirar abajo, lo alivió comprobar que el fino hilo de luz que se colaba por debajo de la puerta iluminaba tenuemente sus talones descalzos.

—Sé dónde estás, Laura —dijo el pequeño mientras daba un paso al frente y movía las manos como si fuesen antenas en busca de señales—. Te voy a encontrar. Esta vez ganaré yo —presumió en dirección al negror que lo rodeaba.

El niño, con sus ocho años, dio varios pasos al frente hasta que las rodillas golpearon algo blando y él se agachó con rapidez.

—¡Te tengo! —gritó con un tono triunfal al tiempo que palpaba con las manos y se daba cuenta de que no era más que un cojín apoyado sobre la cama.

Se puso en pie, ajustó el rumbo y volvió a extender las manos delante, cuando de repente escuchó un ligero crujido procedente de la esquina derecha de la habitación, donde estaba el armario. Se giró hacia allí y dio unos pasos cautelosos intentando no tropezar con nada.

—Ya sé dónde estás —dijo Mario desde el centro de la habitación mientras avanzaba.

Pisó un peluche que su hermana había tirado al suelo como si fuese una trampa, y él se rio al inundarle la sensación de que estaba cerca de encontrarla. De pronto oyó la risa de Laura, suave, casi convertida en un suspiro, seguida de unos pasos rápidos que parecieron rodearlo por todas partes y que se alejaron de nuevo hacia otro lugar que no fue capaz de identificar.

—¡Eh! No vale moverse —protestó.

—Tienes que encontrarme —susurró ella. Su voz parecía provenir de todas partes y de ninguna al mismo tiempo—. Es la única regla del juego.

Mario contuvo el aliento un segundo intentando controlar la frustración. Por más que se esforzase, siempre parecía ir un paso por detrás de su hermana. Apretó la mandíbula y trató de pensar hacia dónde se había movido. Quizá se había sentado sobre la cama o escondido debajo del escritorio. Aunque vivían en un piso de dos plantas en la zona norte de Madrid, con una habitación libre para cada uno, seguían durmiendo juntos desde que Laura tuvo una pesadilla en la que se quedaba atrapada entre las llamas.

Mario se acercó hacia donde intuía que estaba el escritorio y, tras apoyarse encima, extendió la pierna bajo él con la esperanza de toparse con su hermana, pero solo consiguió golpear una pequeña papelera donde se amontonaban bolas de papel con dibujos de estrellas.

—Sigue buscando, Mario —susurró ella desde algún lugar a su espalda—. ¿Acaso no puedes encontrarme?

El pequeño se dio la vuelta con rapidez y sintió en la piel una suave brisa con el olor de su hermana. Sin embargo, tras andar en dirección al haz de luz de la puerta, se tropezó con un zapato y cayó de bruces en la oscuridad.

—¡Ah! —chilló al sentir el impacto de la rodilla izquierda contra el suelo—. ¡Me duele!

De repente, sin apenas percibir desde dónde se había aproximado, sintió cómo las manos cálidas de Laura le agarraron el rostro.

—¿Estás bien, Mario? —susurró la pequeña sin que su hermano pudiese verla—. ¿Dónde te has golpeado?

—En la rodilla —gimió él, agazapado en el suelo—. ¡Enciende la luz, Laura! —gritó—. ¡Tengo miedo!

—Tranquilo, Mario, estoy aquí, junto a ti.

—Me rindo —dijo él—. No quiero jugar nunca más. Es imposible encontrarte.

—Mario..., no te rindas ahora —respondió en voz baja—. Seguro que puedes conseguirlo.

—Pero es que... —trató de buscar una excusa para convencerla—, es que parece que tú puedes verme. Yo solo veo oscuridad.

—Yo no te veo, Mario. Todo está demasiado oscuro. Yo te siento.

—¿Qué?

Laura siempre había tenido una sensibilidad especial y, desde niña, ya se notaba una intuición única para moverse por el mundo con una mirada distinta.

—No trates de verme con tus ojos. Búscame con el sonido de mi respiración, con el olor de mi cuerpo. Siente el aire cuando me muevo. Nota el calor del suelo que estoy pisando. El secreto está en... —intentó encontrar las palabras adecuadas para desvelarle a su hermano el secreto de aquel juego— descubrir dónde he estado para saber dónde podría esconderme. —Entonces separó sus dedos del rostro de su hermano y lo dejó confundido en el suelo, con la certeza de que Laura siempre sería inalcanzable—. Búscame, Mario —sentenció.

# Capítulo 3
## La Orotava, isla de Tenerife
## Sábado, 19 de octubre de 2019
## Candela Oramas

*Amar consiste en entregarle a alguien*
*el poder de destruirte con una verdad*
*o salvarte con una mentira.*

Candela no lograba encontrar una postura cómoda entre las sábanas. La luz se colaba por las rendijas de la persiana y pintaba en su torso desnudo motas blancas que brillaban en la penumbra.

Extendió el brazo derecho hacia ese lado de la cama y, sin pretenderlo, la mano avanzó sin impedimento bajo la almohada. De pronto, abrió los ojos de golpe, confusa, y se incorporó de un salto con el ceño fruncido. Tenía la melena castaña enmarañada sobre los hombros y, al oír unos pasos fuera de la habitación, se puso en pie y buscó la ropa con prisa.

—¿Dani? —llamó alzando la voz mientras se vestía con una camiseta vieja con el logo de Pepsi que usaba de pijama.

Abrió la puerta y salió del dormitorio para chocarse de bruces con la claridad del día, que le golpeó el rostro como los focos de un interrogatorio. Comprobó que en el salón no había nadie, salvo los restos de la noche: dos copas de vino a medio terminar sobre la mesita baja delante del sofá, una botella de tinto vacía sin corcho, el sujetador beige tirado sobre los cojines. Se acercó a recogerlo con paso lento, reconstruyendo en su cabeza el recuerdo de la velada, cuando de pronto oyó una puerta cerrarse en la cocina y el tintineo metálico de una cucharilla al caer en el fregadero. Se dio la vuelta y caminó decidida hacia allí, pero se detuvo bajo el marco al ver dentro a un hombre de unos treinta y tantos que se abotonaba una camisa con rapidez.

—¿Te vas? —lo interrogó con la voz dormida y contrariada—. ¿No decías que hoy no trabajabas?

El hombre levantó la vista hacia ella y la miró a los ojos con el rostro serio. Parecía preocupado por verla allí.

—Me ha salido una cosa y me tengo que ir —dijo tras dar un último sorbo rápido al café y dejar la taza dentro de la pila.

—¿Qué cosa? —le preguntó, confusa, frunciendo ligeramente el ceño—. Quiero decir, el día siguiente que nos damos otra oportunidad, ¿te vas? Pensaba que pasaríamos el día juntos y comeríamos en un guachinche. En

El Cordero, ese era el plan, ¿no? Allí, entre las plataneras, como cuando empezamos.

—No puedo, Candela —admitió él con frialdad.

Pasó a su lado con movimientos esquivos para ir hacia el salón. Ella se volvió rápidamente, extrañada, y lo siguió unos pasos observándolo con atención mientras él buscaba algo en esa habitación.

—Yo ayer ya avisé a mis jefes de que hoy no podría ir. Lo hice por ti —insistió ella, entre la decepción y el desconcierto—. Por nosotros. Y créeme que cuando falta uno en nuestro trabajo se tambalea todo. Somos pocos y cada ausencia es un dolor. ¿A qué estás jugando? ¿Qué ocurre, Dani?

Él se agachó, recogió su móvil de entre los cojines del sofá y lo observó unos momentos con tal de no dirigir la mirada hacia Candela.

—¿Qué pasa? ¿He hecho algo mal? —volvió a preguntar ella acercándose a él, inquieta.

Dani bajó la vista y pareció batallar consigo mismo, hasta que emitió un largo suspiro.

—Llevo toda la noche sin dormir, Candela —confesó al fin mientras movía la cabeza de arriba abajo, como si tratara de armarse de valor.

—¿Por qué? ¿Qué ha pasado? —inquirió sin comprender nada.

—Nada. No ha pasado nada.

—¿Entonces? No entiendo —añadió ella, aún más desconcertada.

—Que no siento nada por ti —sentenció él en una frase que resonó por toda la estancia—. Lo que teníamos está muerto. No puedo, ¿vale? Lo he intentado, pero no me sale.

—¿Cómo dices? —exhaló en voz baja.

—Me siento un idiota —se dijo Daniel a sí mismo—. No sé para qué vine ni para qué nos acostamos ni para qué me quedé. Esto no funciona. Ya no. Queremos aparentar que sí, pero lo de anoche no fue más que un teatro. Dos adultos que ya no se quieren jugando a que se desean. Pero tú y yo sabemos que no es así. Nos hemos hecho mucho daño, Candela. Los dos. Y esto es como tratar de reconstruir un castillo de naipes hecho con cartas mojadas.

Ella recibió aquella frase como un golpe en el estómago que la dejó sin aire. Un teléfono comenzó a sonar en algún lugar del salón, pero Candela lo ignoró. Tenía la mirada fija en Dani, y su corazón retumbaba con fuerza como solo lo hace por una decepción.

—¿Y qué hay de lo que nos prometimos anoche? Todo eso de que lo intentaríamos por encima de cualquier cosa. ¿Cuánto lo has intentado? ¿Unas horas?

—Fue un error —dijo él—. No creo que esto funcione. Me he dado cuenta de que no tengo fuerzas para intentarlo de nuevo.

—Me esforzaré yo —replicó ella a la desesperada, pero su voz reverberó en la estancia justo cuando el móvil dejaba de sonar.

Al oírse a sí misma con claridad, no se reconoció. Siempre había pensado que era imposible formar una pareja con solo uno de los dos arrimando el hombro. Recordó a sus padres, que habían pasado toda la vida juntos y aún se querían, se protegían y ahora compaginaban la vejez viviendo tranquilos en La Palma con el cuidado de un pequeño huerto lleno de plataneras. En ese momento le vino como una ráfaga aquella frase que su madre le dijo en una ocasión, que el amor, cuando lo es de verdad, funciona, por muchos desafíos que se le pongan por delante. Ambos se miraron en silencio sin saber muy bien qué más decirse.

—No eres como antes, Candela —confesó él—. No eres la misma. Te miro y no te veo. Tus ojos no miran como antes. Es como si no estuvieses dentro de ellos. Anoche, mientras tú dormías, no dejé de pensar en que el tiempo pasa y que aún somos jóvenes. Y en toda la vida que hay ahí fuera. Todavía tenemos la oportunidad de encontrar ese brillo en los ojos de alguien. Los tuyos están apagados —sentenció con frialdad.

—Fui yo quien perdió al bebé —respondió en un sollozo apretando la mandíbula para tratar de contener el dolor de volver a vivir aquel momento.

—Lo perdimos los dos —protestó él en un jadeo—. Yo también lo pasé mal.

—Pero fui yo quien tuvo que parirlo muerto —aseveró dejando escapar al mismo tiempo las lágrimas y la rabia.

Daniel cerró los ojos un instante y emitió un largo suspiro de resignación.

—La vida sigue, Candela. Ese bebé no va a volver. Y me he dado cuenta de que lo de anoche no debió pasar. Fue un error. No quiero volver a toda esa oscuridad.

—Vete —susurró ella.

Daniel la contempló en silencio sin moverse del sitio.

—Lo siento, Candela —dijo tras unos instantes.

—¡Que te vayas! —gritó ella de pronto agarrando un cojín del salón y tirándoselo al pecho.

Él recibió el golpe sin inmutarse. Luego, sin decirle nada más, pasó por su lado sin tocarla y se marchó dejando tras de sí el eco de la puerta al cerrarse y el ritmo triste del corazón de Candela.

El sonido del móvil emergió de nuevo rompiendo el silencio que reinaba en el salón, y, tras varios tonos, Candela se acercó al hueco entre la mesilla y el sofá y lo recogió del suelo. Leyó el nombre de Álex Quintana en la pantalla, aún con el rostro cubierto de lágrimas, y respondió con la mejor voz que logró reconstruir.

—Dime —soltó al teléfono ocultando su voz rota.

—Perdona que te llame, Candela —dijo una voz joven al otro lado de la línea—. Sé que hoy no ibas a venir, pero el capitán me ha pedido que te localice. Han llamado del SEPRONA. Ha pasado algo arriba.

—¿Dónde?

—En la colada de las Narices del Teide. Un homicidio. ¿Quieres que te recoja y vayamos directos?

—Vale. Me visto y bajo. ¿Diez minutos?

—Si necesitas más, no pasa nada, ya hay unidades allí.

—Diez minutos —dijo antes de colgar.

Candela se dirigió a su armario y se vistió con unos vaqueros negros y una camiseta de manga larga del mismo color. Luego abrió la segunda puerta y descolgó un chaleco verde con letras amarillas en la espalda donde podía leerse GUARDIA CIVIL. POLICÍA JUDICIAL. Recogió con prisa las copas de vino y las dejó en la cocina. Después fue al baño y se miró en el espejo un segundo durante el que contempló su rostro cansado y lleno de decepción. Se lavó la cara, los dientes y se cepilló el pelo mientras repasaba la conversación con Daniel. A continuación se peinó con una cola alta que formaba ya parte de su uniforme de trabajo y, tras echar un último vistazo a la casa y recoger sus cosas, salió del apartamento con la firme decisión de que no se le notase que su interior estaba en ruinas.

Vivía en La Orotava, en una tercera planta de un edificio amarillo junto al aparcamiento de San Agustín, detrás de la iglesia, y cuando salió a la calle vio el coche patrulla parado en la acera de enfrente, pero vacío, sin rastro de su compañero.

—Te he pillado un zumo en Casa Verde —dijo de pronto Álex Quintana apareciendo a su lado con un vaso. Vestía unos pantalones vaqueros azules y una camiseta blanca de manga corta bajo su chaleco oficial—. Supongo que no has desayunado. Es de naranja y zanahoria.

Candela lo saludó con media sonrisa y cogió el vaso.

—Gracias, Álex —dijo con mejor voz que por teléfono—. ¿Vamos? —añadió pisando la calzada en dirección al coche.

—Sí, claro —replicó él mientras la seguía y se montaba en el asiento del conductor.

Quintana condujo cuesta arriba, bordeando el aparcamiento, para luego descender por una calle junto a un mural pintado con varias figuras tipo Playmobil vestidas de bombero, personal de emergencias y policías. Entre ellas había una mujer guardia civil y Quintana decidió romper el silencio al fijarse fugazmente en la figura femenina del mural.

—Yo creo que se inspiraron en ti para ese playmobil, sargento.

Ella agachó la cabeza y dio un sorbo al zumo.

—No soy yo —replicó ella, seca—. No lleva el pelo recogido.

—Buen ojo. —Sonrió Quintana al tiempo que giraba el volante y comenzaba el ascenso por la carretera TF-21 hacia el Teide desde su cara norte.

Abandonaron La Orotava en silencio, dejando a su espalda el Atlántico, y, tras un giro pronunciado a la izquierda, Candela lo rompió para tratar de olvidar la discusión con Daniel:

—¿Qué te han contado? —preguntó con tono formal.

—Poco. Había un coche abandonado en la carretera, en la zona del Mirador de las Narices del Teide, entorpeciendo el tráfico. Una familia de turistas de Málaga se bajó para comprobar si el conductor necesitaba ayuda y, al no ver a nadie al volante, caminaron por los alrededores y encontraron el cuerpo. Llamaron al 112 y se nos activó.

—No me lo digas: ¿un hombre extranjero?

—Una mujer joven —dijo él apartando la vista de la carretera, con gesto preocupado—. De veintitantos, según el primer aviso.

—Joder —exhaló ella—. ¿Sabes si hay indicios de violencia?

—Aún ni idea. Criminalística va para allá también, pero no pinta bien.

—No, no pinta bien —respondió ella—. A ver qué nos encontramos. ¿Sabes qué juez está de guardia hoy?

—Anita —dijo Álex con una mueca de disgusto en los labios.

Candela contuvo el aliento unos instantes. Aquello le pareció una jugarreta del destino.

—¿En serio? ¿No había otra persona?

—Qué te voy a contar. Sabía que no te iba a hacer gracia.

Candela sintió cómo se le formaba un nudo incómodo en la garganta y dio un sorbo al zumo para tratar de disiparlo, en vano. Negó con la cabeza, en silencio, y volvió a pensar en Daniel. Repasó la discusión en su cabeza y lamentó internamente no haberle mencionado aquel tema.

Condujeron sin decir palabra durante un rato, serpenteando por la carretera de montaña detrás del paso lento de un autobús lleno de turistas hasta que se desvió hacia el aparcamiento del teleférico del Teide y les dejó vía libre. Pasaron el Mirador de La Ruleta y, cuando giraron a la derecha y avanzaron un poco más, se encontraron de bruces con el atasco de coches que cortaba el camino a la altura de la colada de lavas negras. Encendieron las luces y adelantaron a los vehículos por el carril contrario hasta que llegaron al centro del bloqueo, donde ya había un coche del SEPRONA y otro de Tráfico escoltando a un Toyota gris parado junto a la barrera de protección de madera. Tenía la puerta del conductor abierta y el morro apuntando hacia el borde de la calzada. Al fondo, una ambulancia cerraba el grupo de coches con las luces destellando en silencio.

—Monta un cordón —dijo Candela al bajarse del coche con prisa—. Que nadie toque el vehículo ni se acerque.

—A sus órdenes, mi sargento —replicó Quintana, que volvió al coche apresuradamente para buscar la cinta.

Candela vio a un paramédico de pie a lo lejos, sobre las rocas de lava fría, a varios metros de la carretera. Una agente uniformada se había colocado en la mediana del camino e iba dejando pasar por el carril despejado a los coches de ambos lados por turnos. Identificó, tras la segunda patrulla y frente a un SUV rojo, a un guardia civil que hablaba con un hombre que tenía rostro de preocupación. Otro agente se acercó a ella con paso rápido y cara de alivio.

—Buenos días, soy la sargento Oramas, de la Policía Judicial —se presentó con formalidad—. Unidad de Homicidios.

—Buenos días, mi sargento. Cabo primero Cortés, del SEPRONA. Fuimos los primeros en llegar. Mi compañero, el cabo Chaparro, está arriba con el cuerpo.

—¿Hace cuánto se recibió el aviso?

—Un par de horas. Sobre las diez. Estábamos cerca.

Candela avanzó hacia el Toyota y se detuvo a su lado observando su puerta abierta con atención.

—¿Alguien ha tocado algo?

—Los sanitarios, para confirmar la muerte. Nadie ha movido nada.

Ella asintió al tiempo que se agachaba y veía el interior limpio, sin manchas de sangre.

—¿Fueron ellos quienes llamaron? —inquirió Candela incorporándose y señalando al hombre junto al coche rojo.

—Sí. El señor está algo tenso. Quiere continuar sus vacaciones y no estar aquí, esperando en el coche, mientras decidimos qué hacer. Su familia está dentro del vehículo: su mujer con tres niñitos pequeños. Quizá habría que pedirles que nos acompañen a comisaría para…

—¿Le habéis tomado declaración? —interrumpió Candela.

—Sí, claro. Dice que vio el coche parado y se asomó. Creyó que era alguien que necesitaba ayuda. Subió a la lava y se encontró con el cuerpo. Poco más. No ha dejado que su familia salga del coche desde entonces. No vieron a nadie por aquí antes de toparse con el cuerpo.

Candela apretó los labios mientras debatía internamente cómo proceder.

—Dejad que se vayan —dijo—. Pedidles los datos de contacto en la isla y decidles que los llamaremos si necesitamos alguna aclaración. No los castiguemos más.

—De acuerdo.

—¿Qué dicen los sanitarios?

—Han confirmado la muerte y poco más —respondió el cabo Cortés—. Están a la espera del juez y del forense para el levantamiento del cadáver.

Candela asintió, seria. Luego rodeó el Toyota y miró con atención la barrera de protección de madera en busca de algún indicio. La saltó, sin apoyar los pies sobre ella, y ascendió las rocas con dificultad, pisando con cuidado. Era difícil andar sobre los restos de lava fracturada de la superficie y, al llegar arriba y salvar el desnivel con la carretera, se encontró de frente con el paramédico, que ya se alejaba del lugar donde estaba el cuerpo y se tambaleaba dando pasos torpes en su dirección. El sol irradiaba con fuerza y el hombre la miró con los ojos entrecerrados hasta que se puso la mano en la frente para darse sombra.

—Tenga cuidado al caminar por aquí, agente —le dijo el sanitario mientras se acercaba a ella dejando atrás el cuerpo. Era un hombre de unos treinta y tantos, moreno, con ropa de urgencias y guantes en las manos—. No me gustaría tener que atender una fractura.

—¿La habéis movido? —dijo ella sin detenerse.

—Ni un centímetro. Cuando llegamos ya llevaba varias horas muerta. Está tal y como la encontramos. Es una pena, la verdad. Puede que la estrangulasen, pero no se ven marcas evidentes.

Candela volvió a mirar hacia el cuerpo, aún lejos de ella, y se acercó sintiendo que un nudo se le formaba en la garganta y le impedía tragar. Allí también estaba el cabo Chaparro, de pie a unos metros del cadáver, sin poder apartar la vista de él. El color claro del torso semidesnudo destacaba sobre la lava negra petrificada de la colada de 1798 como si fuese una paloma blanca entre las ruinas de la guerra. La sargento se aproximó conteniendo el aire y fue entonces cuando vio algunos detalles del cuerpo de la mujer que llamaron su atención a primera vista. Llevaba un vestido negro de pequeñas flores blancas estampadas con el escote rasgado, lo que dejaba a la luz el sujetador y parte del torso descubierto, que estaba salpicado de pequeños arañazos rojizos. Tenía un colgante, un diminuto crucifijo color plata. Los brazos caían por encima de su cabeza, con el codo derecho encajado entre dos rocas, y miraba al cielo, con los ojos y la boca abiertos, como si fuese un simple maniquí tirado al final de temporada. Vestía unas Converse negras de caña alta. Del tobillo sobresalía un pequeño tatuaje de una constelación. Tenía el cuello largo de color rosado y los labios tendían ya a un azul glaciar.

—Joder —exhaló Candela.

Buscó a su compañero Quintana con la mirada y vio que estaba atando el último tramo del cordón a una de las patrullas y se dirigía hacia donde ella se encontraba. Entonces oyó un grito a lo lejos y vio a un chico con capucha que corría entre los coches.

—¡Laura! —chilló el chico mientras avanzaba hacia el cordón.

—Mierda. —Caminó con prisa hacia la carretera y bajó desde la lava con un salto.

—¡Laura! —aulló de nuevo el chico con rabia colándose por debajo de la cinta en dirección al vehículo.

Candela le cortó el paso con las manos en alto y reconoció en él las facciones de la chica.

—¡Oiga, no puede pasar! —le ordenó.

—¡Es el coche de mi hermana! —gritó él—. ¿Dónde está? ¿Le ha pasado algo?

—¡Quédese ahí! —le gritó Candela a unos metros de distancia, justo en el momento en que otros dos agentes se acercaban y le hacían aspavientos con las manos.

Pero el chico corrió con agilidad hacia el lugar por donde venía Candela y ella se puso delante con la intención de cortarle el paso, en vano. Candela lo agarró como pudo y el joven tiró de ella con fuerza hasta que llegó Quintana a su lado y trató de detenerlo. Lo agarró con vigor, pero era incontrolable, como una colada ardiente que arrasaba todo a su paso sin remedio.

—¡Mi hermana! —chilló.

Lleno de cólera y con un giro fuerte de su cuerpo, el joven consiguió zafarse de Candela y subir desesperado hacia la lava, con el cabo Quintana tirando de él, incapaz de contenerlo. Candela se tropezó hacia atrás y se cayó de espaldas al suelo. Desde allí lo vio llegar arriba con desesperación, y fue entonces cuando escuchó aquel grito desgarrador que resonó en las profundidades de su pecho.

—¡No! ¡Laura!

# Capítulo 4
## Madrid
## 8 de septiembre de 2019
## Un mes antes
## Mario Ardoz

*Los mayores dolores que existen*
*son aquellos que surgen*
*cuando nos negamos a aceptar la realidad.*

Me desperté por un rayo de luz que entró tenue, filtrado por las cortinas cerradas de la habitación, y conseguí escapar de aquella pesadilla en la que unos ojos siniestros me miraban desde las sombras. Me incorporé sintiendo el cuerpo pesado y, al tratar de estirarme, cada músculo se tensó con dolor y rigidez.

La quimioterapia llevaba tres semanas recorriendo mi cuerpo, devorándome por dentro, y ya empezaba a hacer mella en mi energía y en las articulaciones. El primer síntoma que experimenté, a los dos días de la primera sesión, consistió en que la punta de mis dedos ya no podía tocar objetos fríos sin lanzarme un calambre que viajaba desde la mano hasta el pecho. Era extraño sentir que el frío se había vuelto mi peor enemigo cuando durante toda mi vida había sentido que tenía siempre las manos heladas, al contrario que las de mi hermana, que siempre estaban cálidas, incluso en los días fríos del invierno de Madrid. El segundo síntoma, y que me tenía completamente agotado, eran las náuseas continuas que habían conseguido cerrarme el estómago y que solo pudiese comer tostadas de pan sin condimento. Subsistía a base de ellas y de cafés solos. La leche se me revolvía en el estómago y me hacía vomitar.

Me fijé en los libros de Cálculo que tenía abandonados sobre la mesa. Quizá al año siguiente terminaría la carrera. Se me habían atragantado varias asignaturas durante el último curso y, de no ser por el cáncer, me habría presentado en septiembre para completar los créditos que me faltaban para conseguir el título.

Me puse en pie y, al mirar atrás, fui consciente de que lo que más temía ya había comenzado. Es difícil describir la sensación de terror al contemplar la almohada blanca de la cama cubierta de un fino manto de tu propio cabello. Por mucho que creas comprender lo que se experimenta, no hay nada que iguale el pánico instantáneo que te sacude el cuerpo al acariciarte la cabeza y comprobar que puedes arrancarte mechones enteros sin hacer fuerza. Me quedé inmóvil observando el pelo entre los dedos y suspiré al darme cuenta de que la oncóloga había acertado la semana en la que comenzaría aquella etapa.

—He preparado tortitas, como en los viejos tiempos —irrumpió la voz de Laura desde la puerta, pero yo no podía apartar la vista del mechón de pelo que sostenía en mi mano.

Con el diagnóstico del osteosarcoma, Laura había interrumpido su vida en Canarias y había vuelto a Madrid una temporada para hacerme compañía durante el tratamiento. Yo le había insistido en que no lo hiciese, que podría gestionarlo solo, pero al día siguiente del diagnóstico, en junio, llamó al director de su proyecto y le dijo que se quedaría un tiempo en Madrid conmigo, en casa de nuestros padres, trabajando a distancia. Su plan era que pasásemos el verano juntos para ayudarme con las secuelas de la operación en la pierna y estar a mi lado hasta que terminase la quimio. Por las mañanas revisaba coordenadas del cielo en su ordenador mientras yo deambulaba por la casa y me levantaba de vez en cuando para vomitar.

Se acercó a mí y, al ver el mechón entre mis dedos, me dijo al oído con tono de deseo:

—Ni te imaginas las ganas que tenía de raparte.

Admito que me desarmó con aquella frase y exploté en una risa que me sorprendió a mí mismo.

—El otro día compré la maquinilla —añadió—. Una Braun. De las buenas. Ciento cincuenta euros. Podría cortar el césped con ella. Si tuviéramos, claro.

—¿Qué? ¿Te has gastado ciento cincuenta euros en una maquinilla que no pienso usar nunca más?

—De mi parte de la herencia, hermanito. La ocasión lo merece. Te voy a rapar y pienso disfrutarlo. No me quites el gusto de cortarte el pelo.

Hablaba rápido y llena de entusiasmo.

—A veces pienso que eres idiota, pero luego recuerdo que aprobaste Cálculo Diferencial a la primera y se me pasa.

—¿Recuerdas cuando éramos niños? —me preguntó ella mirándome a los ojos con una ilusión que yo no conseguía sentir—. Mamá me castigó por aquel corte de pelo que te hice cuando nos pilló en el baño.

—Tendríamos seis o siete años, ¿no? Recuerdo su grito cuando me vio con la toalla por encima y a ti con las tijeras en la mano. Parecía que me habías pelado a pellizcos.

Laura me sonrió con una mueca débil y con un brillo en los ojos que me costó identificar si era de felicidad o de tristeza contenida.

—Mereció la pena. Estuviste todo un mes llevando aquel gorro monísimo.

—Lo odiaba —le recordé en voz alta.

—Estabas tan...

Vaciló un instante hasta que percibí su tono irónico en la voz.

—Admítelo —le dije—. Di la verdad.

—Estabas horrible —soltó al fin para después sonreírme de oreja a oreja.

Volvió a conseguir que olvidase por un instante lo que ocurría.

—¿A que sí? —respondí—. Mamá me obligaba a llevarlo. Podrías haberte puesto de mi lado entonces. Insistías en que me quedaba bien delante de ella.

—¿Y perderme a mi hermano mellizo con un gorro de rayas de colores? Soy buena, pero sigo siendo tu odiosa hermanita. Me divertía muchísimo verte así, enfurruñado bajo tu gorrito. Hay una foto en algún álbum en la que se te ve con él puesto, enfadado.

Recordaba cómo era el gorro, pero, por algún motivo, había olvidado esa fotografía, y ella se había encargado de encender una linterna en la oscuridad de mi mente para que la encontrase.

—¿Estará en los álbumes de debajo de la televisión? —le pregunté.

Necesitaba completar aquel hueco en mi memoria.

—Sí, creo que mamá guardaba esos álbumes ahí. Pero los buscamos luego, tras el corte, ¿vale?

La nostalgia que navegaba por mi corazón se transformó de pronto en tristeza al acariciar entre los dedos el mechón de pelo.

—¿Cómo me quedará? —inquirí, serio.

—¿El pelo? —me preguntó—. Guapísimo, por supuesto. Pero tienes que quitarte esa cara triste. El pelo rapado te va a sentar como si fueses un tipo duro, pero despréndete de la mirada perdida de niño pijo moribundo. La tristeza espanta a cualquiera, hermanito.

—Pero… —traté de hablar, aunque enseguida me interrumpió.

—Hay que quitarle importancia a todo esto del pelo y la estética. Nada es más atractivo que una buena actitud. Todo el mundo se rapa la cabeza con el cáncer y no pasa nada. Las mujeres lo tienen más difícil, porque hemos asociado la melena larga a la belleza femenina, pero incluso eso está cambiando ya. Tienes que relajarte un poco. La belleza nunca está en la superficie de nuestro cuerpo. Está dentro de él —se tocó el pecho para ilustrar su idea— o alrededor —miró hacia los lados indicándome que observase las paredes, donde había algunos pósteres del espacio que llevaban allí desde que yo era un crío—, pero nunca sobre la piel.

La contemplé asombrado por cómo intentaba animarme. Ella siempre había sido así. Tenía una claridad de ideas que yo siempre envidié, incluso cuando éramos niños.

—Además —añadió con una sonrisa—, llevas veinte años con el mismo peinado. Le vendrá bien un poco de aire a esa cabeza cuadriculada que se te está quedando en Madrid. Tenías que haber hecho como yo y estudiar alejado de la capital. Quedarte aquí tras lo que pasó no te hizo bien, Mario.

Asentí en silencio con un nudo en la garganta.

—Puede que tengas razón. Me quedé inmóvil y tú seguiste adelante. A pesar de ser mellizos, siempre hemos sido muy distintos —le respondí.

—El yin y el yang. Unidos y opuestos, pero con un pedacito del otro en nuestro corazón deseando despertar. ¿No era así?

Le sonreí.

—Tu parte en mí quizá siempre estuvo un poco apagada. Y nunca he visto mi parte en ti, hermanita.

—Se me ha ocurrido una cosa. Para celebrar la última sesión de quimio, ¿qué tal si vamos a Canarias para que se te contagie un poco el espíritu de las islas?

—No sé, Laura —respondí—. Llevo meses sin tocar un libro y… cuando esto acabe quiero terminar de una vez la carrera y aprobar todo lo que he dejado colgado.

—¡Venga ya! ¿Qué daño puede hacerte una semana de desconexión? —insistió—. Recargas energía, recuperas un poco de color, que te has quedado demasiado pálido, y te vuelves con otra cara a terminar las asignaturas que te quedan. Además —añadió—, las islas son mágicas. El suelo tiene algo que casi notas al andar y… —bajó un poco el tono, como si estuviese compartiendo conmigo un secreto que nadie más conocía— tienes que ver el cielo por la noche. No te imaginas cuántas estrellas nos miran desde allí arriba. Te hacen sentir insignificante y, al mismo tiempo, parte de la historia del universo. Las grandes ciudades son como espejismos. Nos ocultan el cielo por la noche para que nos sintamos importantes, pero, en cuanto te alejas un poco, te das cuenta de que en ellas viven hormiguitas que recorren el metro y salen a la luz solo para volver a encerrarse en una oficina. No te imaginas cuánto puedes aprender cuando abrazas esa idea de vivir y además tratas de descubrir quién eres en realidad.

La contemplé asombrado. Hablaba con una pasión que yo hacía años que no sentía. Crecimos siendo muy parecidos, pero con personalidades distintas, completando las frases que decía el otro, pero cuando empezamos la universidad y nos separamos, ella en las islas Canarias y yo en la Complutense de Madrid, la vida nos empujó a madurar de distinta manera.

Laura me guio a la cocina y, cuando entré, vi la mesa puesta con dos platos de tortitas apiladas, uno frente a otro, con un montoncito de fresas encima cortadas en triángulos. De pronto sentí el aroma de la receta familiar, que me empujó una década al pasado, con papá preparándolas cada domingo junto a Laura, que se levantaba con él temprano para hacerlas, en una tradición que admito que echaba de menos.

—Saben exactamente igual que las que preparabais papá y tú… —dije en cuanto di el primer bocado.

—Hacer tortitas es como despejar una incógnita en una función —respondió ella, y yo la miré extrañado—. Una vez aprendes, nunca se olvida. —Rio, sabedora de que yo la acompañaría.

Terminamos el desayuno y Laura se marchó de la cocina para regresar enseguida con una caja envuelta en papel blanco. Tenía el número uno escrito a rotulador en la tapa. Me la colocó delante.

—Viene en dos partes —dijo—. El primero es esta caja.

Moví la cabeza a ambos lados, callado, preguntándome cómo había permitido distanciarme tanto de ella.

—Venga, ábrelo —insistió, impaciente.

Rompí el papel y la abrí. Se trataba de la famosa maquinilla de afeitar. Ella me miró a los ojos, en silencio, y me hizo una mueca de resignación con media sonrisa arqueada.

—Hagámoslo ahora, Mario. Y no lo pensemos más —exhaló.

La mente es extraña. Es incapaz de ver la belleza de lo que tienes delante y, sin embargo, viaja al pasado con facilidad para recordarte lo que un día tuviste. Aquel momento triste pronto se convertiría en uno de los recuerdos más especiales con Laura. Preparó un taburete en el salón y me obligó a sentarme en él. Esperé allí y ella volvió arrastrando el espejo de cuerpo entero de su cuarto y lo colocó delante de mí mientras yo contenía los nervios.

—Bienvenido al salón de belleza para enfermos de cáncer —dijo en tono servicial con una amplia sonrisa que, sabiendo lo que ocurriría después, dolía al recordarla—. ¿Cómo lo vas a querer? ¿Calvo estilo Voldemort o calvo Homer Simpson?

No pude evitar reírme, hacía tiempo que no lo hacía, y noté cómo los ojos se me llenaban de lágrimas de felicidad. Ella cogió la maquinilla, la encendió y la alzó en alto en señal de estar preparada.

—¿Qué tal el calvo Morfeo de *Matrix*? —respondí.

—Vaya, buena elección —dijo siguiéndome el juego con expresión de sorpresa—. Le sentará de maravilla, caballero —se puso servicial—. Es atrevido, sin duda. Y también misterioso. Y un poco friki, con esas gafitas diminutas. Pero sin ellas le sentará bien, señor. Le confieso que para el color de piel no puedo hacer nada —bromeó—. Ese blanco no tiene solución.

Bufé por la nariz y, con media sonrisa, miré frente a mí, al espejo, y la vi colocarse detrás. Me senté recto, cerré los ojos un instante y, al abrirlos de nuevo, ella me hizo un ademán con la cabeza, seria, y deslizó la máquina sobre mi cuero cabelludo. Sentí cada movimiento y noté sobre los hombros una fina lluvia de mechones castaños que pronto cubrieron el suelo como si fuese la ceniza de un volcán.

Cuando terminó y vi el resultado, me di cuenta de que los ojos de Laura estaban clavados en los míos reflejados en el espejo.

—Gracias —le dije en voz baja, sin fuerzas en realidad para hablar y con tal presión en el pecho que me sentí un idiota al creer que a mí me afectaría menos aquel momento.

Entonces agarró su móvil, se agachó a mi lado y apoyó su cabeza contra la mía.

—Sonríe —dijo al tiempo que levantaba el teléfono y posaba a mi lado frente al espejo—. Un recuerdo juntos para cuando superemos esto.

Cogí aire y sonreí solo porque ella estaba a mi lado. Notaba cerca su calor. Tocó la pantalla y guardó de nuevo el teléfono sin mostrarme el resultado.

Sin decirme nada, se marchó un instante y volvió con otra caja blanca idéntica a la anterior, pero con el número dos pintado en ella. Le sonreí al tiempo que trataba de contener las lágrimas y me di cuenta de que ella luchaba contra las suyas.

—Venga, ábrelo.

Rompí el papel y, al abrir la caja, reconocí al instante las líneas coloridas de un pequeño gorro de lana. Era el que usaba cuando era niño.

—Pero... —exhalé, sorprendido de verlo allí, después de tantos años.

—Lo busqué entre las cajas del trastero —confesó ella con los ojos vidriosos.

Lo saqué con cuidado de la caja, como si estuviese contemplando una reliquia, y bajo él descubrí una vieja fotografía revelada en papel brillante. Éramos ella y yo de niños. Ella rodeándome con su brazo y con una amplia sonrisa de oreja a oreja. Yo tenía el gorro puesto y la cara enfurruñada.

—Sé que no te entra la cabeza, pero quería que, cuando llegase este momento, volvieras a sonreír —añadió.

Reí.

Y también lloré.

Y volví a reír otra vez.

Y en un instante me di cuenta de que estaba viajando de una emoción a otra solo por contemplar el recuerdo de una vida que parecía muy lejana en el tiempo y muy distinta a la actual.

Laura se agachó para ponerse a mi altura y, sin decirme nada, me rodeó con sus brazos y noté cómo me apretaba contra ella.

—Irá bien, Mario. Siempre juntos, ¿vale? —susurró en mi oreja—. No te vayas, ¿quieres? —añadió con la voz rota. Era apenas un ligero siseo—. No me dejes sola.

## Capítulo 5
## La Orotava, isla de Tenerife
## Sábado, 19 de octubre de 2019
## Candela Oramas y Mario Ardoz

*El amor entre hermanos es el único capaz de reconstruir el camino de vuelta a casa.*

La sargento Candela Oramas caminó entre las mesas de la amplia sala principal del cuartel de la Guardia Civil de La Orotava, un edificio color salmón de estilo colonial al que habían trasladado a Mario en uno de los coches patrulla sin que él hubiese articulado palabra en todo el trayecto. Se paró junto a la mesa de Quintana y bufó antes de hablar:

—Pobre chaval —dijo mirando en la distancia, donde Mario esperaba sentado a una mesa con la cabeza agachada—. A ver cómo hacemos esto sin destrozarlo aún más.

—¿Tú recuerdas algo así?

Candela repasó en su memoria y encontró dos muertes extrañas, atroces como aquella. En la primera encontraron el torso semidesnudo de una chica de unos veintipocos años, sin piernas, flotando en la playa de Costa Adeje. No había ADN ni signos de lucha, y nadie sabía de quién se trataba hasta que unos días después, desde Tánger, emitieron una alerta de búsqueda de una turista británica que había desaparecido en un crucero. Al parecer, se había caído por la borda y las gigantescas aspas la habían partido en dos. Nunca encontraron la otra parte.

En la segunda, en 2016, apareció el cadáver de una mujer de unos sesenta años con un golpe en la cabeza en un camino de tierra del barranco de las Campanitas. Se determinó como un robo que había acabado mal, puesto que hallaron la mochila de la víctima con algunas de las pertenencias a unos cien metros del cuerpo, pero sin rastro de objetos de valor. El patrimonio de la difunta, sin familiares vivos cercanos que reclamasen la herencia, acabó en manos de la Iglesia, y lo único que quedó de ella tras toda una vida ahorrando fue una nueva reja para la ermita de las Nieves.

—La mujer de las Campanitas, pero esto me da peor espina. ¿Tenemos algo? ¿Aunque sea preliminar?

—El estrangulamiento está en el aire —replicó Quintana—, pero el cuerpo ya ha llegado al forense y toca esperar. Ninguna herida mortal a la vista, tan solo los arañazos.

—Joder —se lamentó la sargento—. ¿Crees que habrá ADN?

—A saber. Esperemos a ver qué nos dicen los de Criminalística —replicó Quintana.

—¿Y el teléfono? ¿Han encontrado el móvil?

—Sí, un iPhone, hecho añicos a unos veinte metros del cadáver. Va a ser difícil rescatar algo de ahí.

—Mierda —se quejó en voz alta mientras pensaba sus opciones—. ¿Y qué tal con Tráfico? ¿Qué cámaras tenemos?

—De momento, ni idea. He hablado con ellos y también con los del cuartel de Adeje, que están mirando y recorriéndose el ascenso a ver qué pueden conseguir en esa zona. Los de Tráfico ya me han dicho que allí arriba no hay apenas, ya sabes. Hay poca cobertura y no tienen muchos recursos para mantenimiento. Lo de siempre, cuentos para invertir poco. Pero hay algunas gasolineras que podrían grabar y alguna vivienda privada que no cumple la normativa y enfoca a la calle sin permiso. Acabo de recibir la autorización de Anita y la he enviado a los compañeros de Adeje. Tenemos barra libre para imágenes, aunque parece que vamos a tener que conformarnos con migajas. A ver qué conseguimos. Creo que hay una cámara en el centro de visitantes de Cañada Blanca, pero no sé si nos servirá. No hay manera de hablar con ellos. Estarán hasta arriba de turistas y habrá que subir a hablar en persona. Mandarán una patrulla y nos dirán si tienen algo.

Candela Oramas contempló a Mario en la distancia y se preparó para una conversación demasiado difícil.

—Bien, vamos —le dijo la sargento a Quintana, que se puso en pie y la acompañó.

Los ojos de Mario estaban clavados en el vacío tratando de arrancarse del fondo de la retina la imagen del cuerpo de su hermana. Aún podía ver la forma en la que sus brazos descansaban apoyados en las rocas volcánicas por encima de su cabeza. Recordaba con nitidez el tono más pálido de la piel, la suciedad de las manos, los pequeños cortes que habían pintado su torso como si fuesen trazos a pincel de rojo borgoña.

Al llegar habían guiado a Mario hasta el fondo de la sala principal, lo habían sentado frente a una mesa llena de papeles, carpetas de color verde y un ordenador apagado que parecía seguir controlado por Windows XP, y lo habían hecho esperar sin que él fuese consciente de adónde lo llevaban. Tenía la capucha puesta y, a los ojos del resto de los agentes, bien podría tratarse de un turista detenido, si no fuese porque la noticia de la aparición del cuerpo de Laura y la presencia de su hermano en la escena del crimen ya habían flotado de radio en radio y lo esperaban en aquella comandancia.

—¿Señor Ardoz? —le dijo de pronto Candela, con la mirada apagada, dejando ver que empatizaba con su dolor. A su lado, Quintana lo miraba con tristeza—. ¿Mario? —insistió la sargento con su nombre de pila.

Este levantó la vista por primera vez y casi se sorprendió al descubrir dónde estaba. Se había convertido en un muñeco de trapo inerte que navegaba perdido en cada rincón de sus recuerdos con Laura desde que tuvo aquella explosión de cólera en la que peleó, forcejeó y chilló como nunca lo había hecho en su vida al ver el cadáver de su hermana. Cuando al fin entre todos los agentes consiguieron reducirlo y meterlo en uno de los vehículos, siguió llorando un rato más, con la vista clavada sobre el cráter de las Narices del Teide en la distancia, hasta que no le quedó ninguna lágrima dentro que dejar escapar. Mientras estuvo allí, dentro del coche, vio llegar un sinfín de vehículos oficiales, una unidad de Criminalística y también otro coche del que bajó una mujer, acompañada de otros dos hombres, que seguían sus instrucciones ante las miradas esquivas de la otra mujer que había intentado detenerlo. Finalmente, y tras toda la comitiva de vehículos, apareció el furgón funerario de la Policía Judicial y, nada más abrirse su puerta trasera, su coche empezó a moverse y él se giró con una extraña indiferencia para ver a través de la luna cómo montaban dentro un ataúd de plástico gris mientras a él lo alejaban para siempre de su hermana. Las emociones en un momento así funcionan de un modo caótico. La rabia te puede otorgar una fuerza sobrehumana, pero el dolor viaja de un rincón a otro del alma hasta que consigue sumergirte en un estado profundo de confusión e incredulidad.

Tras una larga hora dentro del vehículo, que pasó como una sucesión de momentos rápidos en la mente de Mario, los dos agentes que lo trasladaron desde la colada de lavas negras hasta el cuartel en La Orotava trataron de hablar con él durante el trayecto, pero no consiguieron sacarle ni una sola muestra de atención. Mario estuvo todo el camino con la cabeza apoyada en la ventanilla del coche patrulla mirando la isla pasar delante de sus ojos, pero sin llegar a verla en realidad.

—Soy la sargento Candela Oramas y él es mi compañero, Álex Quintana. Somos de la Unidad Orgánica de la Policía Judicial, encargados de la investigación. Siento la espera. Acabamos de llegar de arriba. No sé si nos recuerda.

—¿Qué hora es? —exhaló Mario al fin mientras miraba a ambos lados como si acabara de volver de un largo sueño irreal.

Candela alzó la vista en busca del reloj de la sala común.

—Las cinco y media —respondió con delicadeza al tiempo que se sentaba al otro lado de la mesa, frente a él.

El agente Quintana se quedó a un lado mientras Candela tecleaba un instante su inicio de sesión en SIGO, el sistema operativo de la Guardia Civil, y abría un atestado en LEXnet para presentar la documentación al juzgado.

—¿Lo han cogido ya? —le preguntó Mario en tono serio y con la voz rota, interrumpiendo su tarea.

Tenía los ojos hinchados de llorar y le molestó que la sargento perdiese el tiempo con el ordenador.

—¿Cómo dice? —replicó Candela tras mirar al cabo Quintana con el entrecejo fruncido.

—Si ya tienen a quien ha matado a mi hermana —preguntó a los dos—. ¿Quién lo ha hecho? ¿Dónde está? —los interrogó Mario con rabia y tristeza.

La sargento contuvo el aliento un instante con la certeza de que aquella conversación iba a ser más difícil de lo que creía. Alejó el teclado y lo miró a los ojos.

—Aún es pronto —se atrevió a hablar. Quintana se mantenía en silencio a su lado, visiblemente incómodo—. Estamos empezando a recabar las primeras pruebas. Criminalística sigue arriba recogiendo indicios y muestras en el coche y los alrededores. Huellas, restos de ADN, cabellos, fluidos... El cuerpo de su hermana está siendo trasladado al Instituto de Medicina Legal para realizar la autopsia. Créame, encontraremos algo que nos permita avanzar en la investigación para identificar al culpable.

—Bien —respondió Mario con energía al tiempo que asentía con la cabeza—. Eso está bien —se dijo a sí mismo—. ¿Y cuándo lo tendrán? —se dirigió con decisión a la sargento.

—Para eso mismo le hemos traído aquí. Necesitamos su ayuda. Saber dónde estuvo su hermana anoche, qué amigos tiene en la isla. Necesitamos saber qué hace, por dónde se mueve. Así podremos investigar su entorno, sus pasos. Estamos a ciegas todavía y toda la información que nos pueda dar nos guiará para que encontremos a quien está detrás de su muerte.

—¿A ciegas? ¿Cómo que a ciegas? —Se agarró desolado a aquella expresión de la inspectora como solo lo hace quien está en caída libre.

La inspectora se dio cuenta de que tenía que medir las palabras y trató de explicarse:

—Quiero decir que tenemos muchas formas de encontrar a quien lo hizo, pero de momento, mientras avanza Criminalística y nos arroja algo de luz, mi compañero y yo nos tenemos que adentrar en toda esta oscuridad, guiados por lo que descubramos de su hermana. Todo lo que nos cuente nos ayudará a estrechar el cerco y acelerar la búsqueda del culpable. Porque vamos a encontrarlo.

—Si nos echa una mano para reconstruir sus pasos, podremos ir mucho más rápido —añadió el agente Quintana—. ¿Cuándo fue la última vez que habló con ella?

Mario cerró los ojos, agachó la cabeza y escondió la cara entre las manos a la vez que respiraba hondo. La vio a los pies de su cama, en el hospital. También de lejos, hace años, tras cruzar la puerta de un largo pasillo mientras corría hacia él. Y de pronto a su lado, agarrada a su mano, en un cementerio, bajo la lluvia en Madrid.

—Ayer. En el hospital —exhaló al volver de aquellos instantes fugaces al tiempo que se quitaba la capucha de la sudadera y mostraba su cabeza rapada al cero. La sargento y el cabo contuvieron el aliento—. Tuvieron que ingresarme por una bajada de defensas. Estuvimos juntos hasta después de comer, a eso de las tres, cuando se marchó de mi habitación. Habíamos quedado en que vendría hoy por la mañana a recogerme, porque seguramente me darían el alta.

Tuvo que parar para reconstruir su voz, que se desmoronaba más y más tras cada palabra. Cerró los ojos, cansado, pero volvió a ver el cuerpo de su hermana. Era imposible luchar contra aquella imagen y prefirió huir de ella a través de la realidad.

—Tranquilo —dijo la sargento—. Sabemos que es difícil ahora mismo.

—Al despertarme hoy en el hospital tenía una llamada perdida de Laura y marqué de vuelta, pero no me respondió.

—¿A qué hora lo llamó ella? —incidió Quintana.

Mario sacó su móvil y mostró la llamada de su hermana a las 7:14 de la mañana. La sargento la anotó en un papel sobre la mesa, junto al teléfono de Laura.

—Pediremos autorización para que las operadoras localicen la llamada y desde dónde la realizó —dijo—. También intentaremos acceder a las cámaras de tráfico que suben al Teide en torno a esas horas para buscar el coche de su hermana. Si subió desde el sur o el norte, las cámaras la han debido de captar en varios puntos. Podríamos ver si iba con alguien en el vehículo y los demás coches que lo hicieron a la misma hora que ella. Tenemos suerte por el lugar en el que ha aparecido. Aquella zona es un erial, pero solo hay dos trayectos posibles para llegar hasta allí.

Mario asintió, conforme.

—Le escribí varios mensajes y la llamé después, pero no respondió en ningún momento —continuó él—. Pensé que estaría en su piso y que se habría quedado trabajando en el ordenador hasta tarde. Dios, esto es tan… —Su voz se volvió a desmoronar al pensar que ella lo necesitaba mientras él dormía en el hospital—. Cuando me dieron el alta —continuó en cuanto consiguió reponerse—, la esperé un rato más, hasta las once o así. No tenía coche, así que pedí un taxi para ir hasta su piso en el centro de La Laguna.

—¿La dirección es calle Obispo Rey Redondo, 53? La peatonal del centro, ¿verdad? —dijo la sargento leyendo la pantalla donde tenía abierta la orden de registro, cuya aprobación aparecía como pendiente.

—Sí. En el segundo.

—¿A qué hora llegó al piso?

—No sé. Diez minutos después. Tardé poco. Había taxis esperando en la parada frente al hospital.

—¿Y qué vio en el piso? ¿Algún signo de forcejeo? ¿Algo fuera de lo común?

—No subí —exhaló Mario a punto de desmoronarse—. No pude entrar. No tengo llaves. Yo vivo en Madrid y ella aquí en las islas, en La Laguna. Lleva años haciendo vida en Canarias. Estudió en la universidad de aquí y ahora estaba terminando su posgrado en Astrofísica.

—¿En el observatorio? —incidió la sargento Oramas—. Supongo que está en el Instituto de Astrofísica de Canarias.

—Estuvo un tiempo viviendo en la residencia del observatorio, pero se mudó a un piso ella sola en abril de este año, un poco antes de que a mí me detectaran el... —Evitó terminar la frase. Mario no ocultaba el cáncer, pero en ese momento tuvo la sensación de que, si lo nombraba, reaparecería y acabaría con él como si fuese una maldición que lo persiguiese—. Cuando me diagnosticaron el sarcoma, pidió investigar a distancia desde Madrid para hacerme compañía. La idea de todo este viaje —continuó— era pasar unos días juntos aquí, en las islas, para celebrar el final del tratamiento.

—Entonces ¿usted no entró en el piso desde que lo ingresaron hace tres días? —inquirió Quintana, interesado en aquel dato.

—Sí. Eso es. Desde el miércoles. Llamé al timbre desde el portal y, al ver que no me abría la puerta ni respondía a las llamadas, comprobé su ubicación en el teléfono. Tenemos la cuenta compartida para poder ver dónde estamos todo el tiempo, y fue entonces cuando vi que su última conexión había sido allí arriba, en esa carretera recta del Teide, y que no se movía.

—Y decidió alquilar un coche y subir hasta allí usted solo —apuntilló la sargento.

—Mierda, el coche —se lamentó—. Lo he alquilado para dos días.

—No se preocupe por el coche ahora. Los compañeros de Tráfico lo han llevado al aparcamiento del aeropuerto. Ni se imagina la de veces que los turistas se van de la isla sin devolver el coche de alquiler. Puede recogerlo cuando quiera.

—¿Y el de mi hermana? —preguntó él, confuso.

—Forma parte de la investigación —replicó ella—. Permanecerá en custodia judicial hasta que Criminalística termine con él y la jueza decida.

Mario tardó unos instantes en asimilar aquella respuesta.

—Un poco extraño, ¿no cree? —dijo Quintana incidiendo en la pregunta inicial de la sargento.

—¿Qué? —replicó Mario, turbado.

—Alquilar un coche así, de repente. Está lejos. Es una hora de camino desde La Laguna. Usted ve que su hermana está allí y alquila un coche para ir a por ella.

Mario suspiró. No había pensado en que aquello llamase la atención ni sonase extraño, pero cayó en la cuenta de que los agentes no conocían a Laura ni cómo era. Entonces prefirió ser sincero. No tenía nada que ocultar.

—Pensé que era un juego.

—¿Cómo dice? —se interesó la sargento.

—Uno de sus juegos. Ella es… —se corrigió de pronto—, era muy especial. Le gustaba esconderse, mandar acertijos, hablar en clave. En el hospital tuvimos una pequeña discusión y pensé que se trataba de una de sus formas de decirme algo. Siempre ha hecho ese tipo de cosas, ¿saben? Cuando les contó a mis padres que quería estudiar en Canarias lo hizo atrasando las horas de todos los relojes de la casa y, cuando le preguntaron cuál había sido su decisión sobre dónde estudiar, me guiñó un ojo y les dijo la hora. Ella era así. Enigmática. Su mente siempre iba varios pasos por delante. Tras nuestra pequeña discusión en el hospital la tarde antes, pensé que me estaba poniendo a prueba. Entonces fui al aeropuerto, que está cerca, alquilé el coche y conduje hasta allí. De verdad, creía que era una prueba más. Una especie de sorpresa. No esperaba esta pesadilla.

Quintana hizo un ademán con la cabeza y miró a la sargento, que no tardó en tirar de aquella frase que se había deslizado entre líneas.

—¿Sobre qué discutieron en el hospital? —inquirió Candela de pronto.

Mario negó en silencio y suspiró con profundidad. Miró a la sargento con rabia para dejarle ver que se había dado cuenta de lo que intentaba.

—No lo recuerdo —mintió solo con la intención de pasar página.

En realidad, recordaba perfectamente aquella conversación. La había rememorado una y otra vez en su mente desde que vio el cuerpo, tratando de volver a aquel instante en que ella le respondió con su promesa: «Siempre juntos, para siempre».

—¿Ha estado usted en el coche de su hermana? —preguntó la sargento.

—Sí, claro. El martes y el miércoles nos movimos en él.

—Necesitaremos sus huellas y su ADN para descartar lo que Criminalística encuentre en el vehículo.

Mario tragó saliva y aceptó en silencio al tiempo que emitía un largo suspiro y volvía a refugiarse entre sus manos.

—¿Conoce a amigas de su hermana en la isla con quienes podamos hablar? Gente con la que se relacionase, a la que podamos interrogar por si saben algo.

Mario negó sin abrir la boca, pero luego recordó algo y miró a ambos agentes con una ligera expresión de esperanza.

—Sus compañeros del observatorio —dijo—. Pero no los conozco. Bueno, a veces mencionaba a una tal Fayna, la canaria. Creo que trabajaba con ella. Había también gente de otros países, pero iban cambiando todo el tiempo. Había un chico italiano. ¿Gianluca? —se preguntó a sí mismo—. No recuerdo su nombre. Era Gianluca, sí. También el francés…, ¿cómo se llamaba? —se dijo rebuscando en su mente, pero no encontró su nombre en los cajones de su memoria—. Y la inglesa. Mary…, no. No era Mary. ¿Grace? —se preguntó mientras trataba de encajar aquel nombre en la voz de Laura durante las conversaciones que había tenido con ella sobre su vida en la isla.

—¿Conoce sus apellidos? ¿Algo más de lo que podamos tirar para localizarlos?

—No. Eran del observatorio. O de la universidad. No estoy seguro.

La sargento anotó aquellos nombres en su libreta y luego trató de ampliar el círculo en otra dirección.

—¿Sabe si su hermana salía con alguien?

—¿Que si tenía pareja? —preguntó él, confuso, para luego responderse a sí mismo con un gesto negativo.

Cada pregunta que Mario era incapaz de responder abría dentro de él una pequeña herida por la que se colaba la culpabilidad. Se dio cuenta de que, por muy unido a su hermana que se creyese, la distancia no solo había dejado que el Atlántico los separase, sino que también había desplegado un océano lleno de partes de ella de las que no tenía constancia. ¿Quién era en realidad? ¿Con quiénes se veía una y otra vez? ¿Qué hacía en la isla cuando no estaba al teléfono con él?

—No lo sé —admitió al fin, derrotado—. No me contaba nada de eso. Nunca le conocí ningún novio, al menos no mientras los tenía. Ni siquiera cuando estábamos en el instituto. Y tuvo varios. A pesar de haber compartido clase durante años, nunca descubrí con quién salía hasta tiempo después, cuando ya habían roto y ella había pasado página.

—Está bien, no se preocupe —lo reconfortó la sargento—. ¿A qué hora dice que la vio ayer por última vez?

—A eso de las tres. Le pedí que se quedara en el hospital, pero dijo que tenía cosas que hacer.

—¿Le dijo qué cosas? ¿Si se vería con alguien? —insistió Quintana.

Mario movió la cabeza de lado a lado.

—Bien. No se preocupe. Tenemos algo por lo que empezar —afirmó Candela justo antes de mirar la pantalla y fruncir el entrecejo, visiblemente molesta.

—¿Pasa algo? —inquirió Mario.

—No. Está todo bien —mintió.

En la pantalla, la solicitud de registro del domicilio de Laura Ardoz pasó a estado denegado. Desvió la vista a Quintana y contuvo el aliento un instante, antes de vocalizar sin emitir sonido alguno: «Hija de puta».

—Tenemos que esperar el informe del forense y los resultados de Criminalística —dijo casi en un tono mecánico—. Pero... ¿qué piensa sobre acompañarnos a dar un paseo?

—¿Qué? ¿Por qué? ¿Adónde? —preguntó Mario, confuso.

—Al piso de su hermana. Tenemos que hacer un registro. Nos ayudará a ver si hay algo fuera de lo común —sentenció la sargento, con un plan dibujado en su cabeza.

## Capítulo 6
## Puerto de la Cruz, isla de Tenerife
## 16 de octubre de 2019
## Tres días antes
## Mario Ardoz

*Solo seguimos el rastro de quienes*
*dejamos que marquen nuestro camino.*

—Bienvenido a Puerto de la Cruz, hermanito —me dijo Laura en cuanto nos bajamos del coche, con una amplia sonrisa que me dejó ver sus grandes dientes blancos. Le devolví una mueca de aprobación y me coloqué la capucha gris de la sudadera sobre la cabeza pelada para evitar la fuerza de los rayos de sol a esa hora—. Uno de mis lugares favoritos de Tenerife —continuó ella.

Miré a mi alrededor tratando de buscar por qué lo decía. Habíamos aparcado en el paseo marítimo, en la avenida de Cristóbal Colón, frente a un gimnasio callejero de barras metálicas negras en el que un grupo de chicos de veintitantos competían por hacer dominadas al sol. A lo lejos, en el cielo, un hombre volaba en parapente sobre el océano, que se mecía con suavidad al otro lado de un muro bajo de color gris basáltico. Una pareja joven se besaba sentada en unas construcciones hexagonales del paseo que la gente usaba como bancos. Al verlos tan enamorados pensé en cuándo volvería a sentirme atractivo. Eran las once de la mañana y una brisa me acariciaba el rostro con una temperatura cálida que rara vez había sentido en Madrid en pleno octubre.

—Me gusta —admití con media sonrisa—. Estoy empezando a echar de menos hacer algo de deporte. Siento que me falta energía todo el tiempo.

—Bien, eso es un paso —contestó mi hermana—. Un día en Tenerife y ya estás pensando en moverte un poco. En una semana te veo apuntándote al triatlón de Lanzarote —añadió con una ambición burlona.

Tenía la voz algo afónica de manera natural. Un ligero carraspeo se coló esporádicamente entre sus sílabas y me dio la impresión de que incluso sus gritos se podían desmoronar en una de esas grietas. Solté una carcajada.

—¿Yo? Ni loco.

—Imagínatelo —me replicó—. Tú con ropa ajustada pedaleando por una carretera entre las coladas de lava de la isla. ¡Tu cuerpo tostadito por el entrenamiento! —enfatizó en aquella imagen con incredulidad, como si supiese que la idea era casi igual de imposible que observar un agujero negro con sus propios ojos—. ¿Hace cuánto que no te tumbas como un lagarto al sol a recargar vitamina D?

—añadió con ojos brillantes mirándome con ilusión mientras sacaba del maletero un par de toallas y las alzaba en el aire con gesto triunfal.

Le sonreí. Era incapaz de luchar contra ella. Se notaba que le importaba que nuestro viaje de celebración a Canarias saliese bien y parecía alegrarse por cada pequeña muestra de entusiasmo que yo le demostraba. Ella lo había planificado como si fuese nuestro único modo de hacer sonar la campana al final de la quimioterapia. Me había sorprendido con los billetes justo antes de entrar a la primera sesión, en ese instante en que miraba al hospital y me aterraba atravesar aquella puerta.

—Prométeme que irá todo bien, Mario, y que, después de la última sesión, nos subiremos juntos a este avión —me propuso ella entonces, frente al 12 de Octubre.

Era, por así decirlo, un pacto sellado entre hermanos que parecía gritar: «Podemos con esto». El plan consistía en que aterrizaríamos en el aeropuerto del norte, nos quedaríamos a dormir en el pequeño apartamento alquilado que tenía Laura en La Laguna y al que ella se había mudado meses antes y desde allí visitaríamos Tenerife de norte a sur tratando de que la vida de la isla circulara por mis arterias y limpiase los fármacos que recorrían mi cuerpo. Mi hermana había estudiado Física en la Universidad de La Laguna y había pasado cinco años de carrera viviendo lejos de Madrid, con esporádicas visitas a la capital, en las que aparecía por mi casa sin previo aviso, como si fuese un fantasma. Fue durante su último viaje a

Madrid cuando el cáncer trastocó todos los planes. Un dolor persistente, una prueba rutinaria, un diagnóstico fulminante.

Caminamos un rato por el centro pasando de largo junto al lago Martiánez, frente al mar, mientras Laura tiraba de mí ilusionada, hasta que llegamos a la ermita de San Telmo. Me sorprendió que se santiguase al pasar por delante y que después le diese un beso profundo al crucifijo que llevaba al cuello, que había heredado de nuestra madre. Me dolió fijarme en aquella contradicción que había en ella: una estudiante de Astrofísica que besaba el recuerdo de alguien que ya no estaba. De pronto, se alejó de mí corriendo en dirección a la barandilla exterior del parque, en el borde sobre el acantilado. Se asomó para mirar a lo lejos, como si tratase de comprobar que todo seguía donde debía estar. Luego se giró hacia mí y apuntó con su mano a lo lejos.

—Nos vamos a bañar allí. —Señaló a un grupo de adolescentes que saltaba sin cuidado en las piscinas naturales de San Telmo, una formación rocosa negra dentro del agua llena de pequeñas pozas que habían sido adecuadas para aprovecharlas como una zona de baño única.

—¿Qué? —Sonreí, incrédulo.

—¿A que nunca te has bañado en un sitio así? —me dijo Laura levantando las cejas.

Esbocé una mueca de felicidad bajo la capucha y negué suavemente con la cabeza.

—Estás loca, ¿lo sabes?

Ella hizo un ademán con la cabeza mientras con los labios dibujaba un arco perfecto de felicidad. Bajamos unas escaleras, con Laura liderando el camino, y cuando alcanzamos la zona en la que debíamos abandonar el hormigón y adentrarnos entre las piedras, se quitó el vestido de flores azules que llevaba y se dejó ver con un biquini naranja. Lo colocó todo en un montón junto a las toallas, se quitó las sandalias y se tiró al agua con cuidado. Vi cómo su piel se erizaba por el frío, pero ella apretó los puños y se giró hacia mí con cara de sorpresa.

—Dios, está helada. Bueno, no tanto —añadió en un tono en el que parecía haberse conformado con aquella temperatura—. ¡En realidad está buenísima! —vociferó de pronto en un exabrupto al tiempo que me sonreía y se acostumbraba al agua—. Tienes que hacerlo, Mario. Tienes que meterte. En este viaje mando yo. Tienes que seguirme a donde vaya, ¿vale? Confía en mí.

La contemplé un instante sin poder evitar reírme. Habíamos crecido juntos, habíamos sufrido demasiado y estábamos conectados para siempre, por mucho o poco que entonces significasen aquellas palabras. Entonces pensé en ella, en cómo se estaba esforzando para verme feliz, y durante un instante sentí su dolor por la sola idea de perderme. Pensé en cómo recordaría aquel momento más adelante si el tratamiento no funcionaba. La imaginé contándoles a sus amigos que ella trató de sacarme del agujero, pero que yo no me esforcé en estirar la mano para dejarme ayudar. Me armé de valor, porque me negué a ser esa persona. Me quité la sudadera de golpe y dejé a la vista mi piel blanquecina y mi cuerpo sin pelo. Tiré las chanclas con un movimiento rápido de tobillo y me lancé al agua sin mucho cuidado. El cambio de temperatura me golpeó con tal fuerza que convirtió lo que debió ser un escalofrío en una risa nerviosa.

—Venga ya —me dijo ella—. ¡No te quejes! En el norte se dan baños en enero. Está espectacular.

Laura se sumergió hasta los hombros en el agua y luego sacó las manos para mojarse el pelo hacia atrás. Yo encogí los brazos tratando de protegerme de un frío que notaba cada vez con más intensidad, pero entonces ella me salpicó desde lejos.

—¡No, no! —Reí, pero en realidad quería venganza. Me giré e hice lo mismo, pero con más ímpetu, al tiempo que gritaba—: ¡Tsunami!

—¡No! —chilló ella mientras soltaba una carcajada como hacía tiempo que no recordaba.

Aquel instante me catapultó a nuestra infancia, donde casi podía vernos de niños haciéndonos lo mismo en una piscina de Madrid. Ella se quedó inmóvil, frente a mí, con los ojos cerrados, como si recibiese aquella lluvia de gotas con una extraña gratitud. Me di cuenta entonces de que pasaba algo. No estaba bien. Ella se giró y se quedó de espaldas esquivando mi mirada. Sin esperarlo, aquella chispa fugaz de felicidad se había evaporado delante de mí, no porque se hubiese acabado, sino porque en el fondo ambos temíamos que terminase. La observé un instante, pero luego traté de reconstruir aquel momento.

—¿Cuándo me vas a llevar a ver las estrellas de las que tanto hablas? —le pregunté buscando conectar con ella de nuevo.

—¿Desde cuándo te interesa el espacio? —me rebatió girándose sobre sí misma.

Seguro que incluso creyó que no me había dado cuenta de que estaba intentando ocultar su dolor.

—Me interesa mi hermana —admití—. Llevas años haciendo vida aquí mirando al cielo y quiero saber qué andas buscando ahí arriba mientras la gente está perdida aquí abajo.

—Respuestas. —Ella movió las manos dentro del agua—. Como todos, supongo. De dónde venimos. Adónde vamos. Si todo lo que nos ocurre tiene algún sentido. —Jugó con el agua mientras me respondía.

—¿Y has sacado algo en claro? —le pregunté justo en el instante en que una ola sobrepasó las rocas exteriores e inundó la poza natural con un manto de espuma blanca.

Su cara cambió a una expresión más solemne y clavó sus ojos en mí. Luego se me acercó, me agarró la mano y la guio hasta colocarla sobre mi pecho a la altura del corazón.

—Que todas las respuestas que importan están ahí dentro —me dijo bajando el tono de su voz—. Somos demasiado insignificantes comparado con lo que existe ahí fuera. Aquí todo es tan… —sin quitarme la mano del pecho, con la otra trató de coger un puñado de agua, pero se le escapó entre los dedos— efímero, ¿no crees?

Agaché la mirada y me fijé en nuestras manos, unidas sobre mi corazón, como si ambos estuviésemos taponando una herida.

—Cada vez nuestros telescopios pueden ver objetos más y más lejanos con mayor nitidez —continuó—, pero nosotros estamos aquí atrapados, en nuestra pequeña y perfecta bolita azul. De haber alguna respuesta a la vista en el espacio, nunca llegaremos a tocarla. Lo único que podemos hacer para encontrarle sentido a todo es buscar en nosotros mismos y en lo que nos rodea.

Desvió la mirada alrededor y señaló la ermita, la pequeña iglesia construida al borde del acantilado, desde donde nos habíamos asomado.

—Allí la gente busca un tipo de respuestas —dijo—. Y arriba, en el observatorio, buscamos otras distintas. Quizá podamos resolver qué espacio ocupamos en el universo, incluso si hay vida más allá, pero no podremos cambiar el hecho de que, aunque no estemos solos, siempre nos sentiremos así.

—Vaya. —Me sorprendí por el discurso. No porque creyese que no tenía razón, sino porque por primera vez vi a Laura uniendo la ciencia y la religión bajo el mismo paraguas de preguntas inalcanzables—. Sí que te ha cambiado este lugar —le dije con una sonrisa jocosa. Los restos de otra ola golpearon mi cintura y vi a un grupo de turistas alemanes que se aproximaba hacia la piscina en la que nos encontrábamos—. ¿Dónde está mi hermana? —le dije en tono jovial—. ¿Qué ha sido de la Laura de Madrid? La analítica. La de los números y las probabilidades.

—Supongo que esa Laura ha cambiado un poco a base de golpes —me admitió arqueando las cejas con resignación.

Aquella frase la sentí como un suave reproche y bufé por la nariz, con tristeza.

—Lo dices por mí —deduje, serio.

Ella apretó los labios. Me di cuenta de que en realidad se arrepentía de haber dicho aquello. Noté que le dolía sacar el tema, pero finalmente añadió:

—Y por papá y mamá —exhaló en un fino hilo de voz.

Tragué saliva para asimilar aquellas palabras con dificultad y me quedé en silencio. Aquel tema dolía. Nuestra soledad, nuestra manera distinta de encajar el golpe. Vi que ella bajaba los hombros. Siempre lo hacía cuando renunciaba a hablar de algo.

—Será mejor que nos vayamos. —Señaló al grupo de turistas que se aproximaba, que parecía demasiado numeroso para nuestra piscina.

Salimos del agua pisando sobre las rocas con cuidado y nos secamos con las toallas. Un alemán chilló «Scheiße!» al pisar el canto afilado de una de las piedras e hizo que todo el grupo que lo acompañaba explotara en carcajadas. Me contagié al oír la risa estridente de una mujer que iba con ellos, pero, al buscar los ojos de Laura, vi que seguía seria, perdida en la tristeza.

Nos vestimos en silencio y subimos las escaleras grises de vuelta al paseo. Laura caminaba unos pasos por delante de mí, con el pelo mojado y sin decir palabra. Me fijé por primera vez en que de la ermita de San Telmo colgaban unos banderines de colores que ondeaban con la brisa sobre el pequeño parque que la rodeaba. Era una imagen idílica junto al mar, y Laura se adentró allí, como si tratase de protegerse de los turistas que caminaban por el paseo, para estar en soledad.

Tuve una sensación extraña, pero no lograba saber qué ocurría. De pronto, mi hermana se giró, como si se hubiese armado de valor tras luchar contra una tristeza que en el fondo yo también sentía.

—¿Qué tal si vamos hoy? —me dijo ella a media voz.

Tenía una actitud distinta. El tema de nuestros padres era difícil; por eso cada uno tomamos caminos separados. Por mucho que hubiésemos compartido vientre, libramos aquella batalla en soledad lo mejor que supimos.

—¿Qué?

—Esta noche subimos al observatorio y te enseño el cielo como nunca lo has visto, ¿vale? —me propuso ella—. Podemos pasar por la residencia y te presento a algunos de mis compañeros.

—Me parece el mejor plan del mundo, Laura —acepté. Noté un picor suave en los ojos y me lancé—: Quiero que lo pasemos bien en este viaje. Quiero volver a conectar con mi hermana melliza. Te he echado de menos —admití en voz alta—. Quiero saber quién eres en este lugar.

Durante los últimos años... —busqué qué palabras emplear— me he perdido y por el camino te he perdido también a ti. —Mi voz se rompió lo justo y vi que Laura se daba cuenta.

—No me has perdido, Mario. Estoy aquí. Delante de ti. ¿Oyes mi voz? —añadió en un susurro que voló con el viento.

La oía. Podía verla. Deseaba abrazarla y volver a nuestra infancia, donde todo parecía estar teñido de una luz dorada que nos protegía.

—Se acabaron tantas llamadas de teléfono —continuó—. Al fin estamos juntos, aquí, en Canarias. Me ha costado sacarte de Madrid, pero sé que esto te vendrá bien. Además, tenemos que hacer algo con esa piel paliducha que se te ha quedado. —Me hizo reír. De la manera en que lo haces cuando estás a punto de llorar—. Aunque, bueno, hay tiempo —añadió decidida—. Aquí todo va a otro ritmo. Ya verás. Esto es el paraíso, Mario. Y no te has tenido que morir para verlo —bromeó como solo ella era capaz de hacer.

Me hizo bajar la guardia y la observé de cerca. Estaba más guapa que nunca. Quizá tenía razón y pisar aquella tierra de fuego te hacía vibrar de otro modo. En silencio, Laura apretó los labios con una media sonrisa y yo traté de inmortalizar ese instante en mi memoria, pero con una extraña sensación en mi interior. Su pelo castaño bailaba delante de su cara con la brisa del océano. ¿Cómo era posible que ambos hubiésemos salido adelante después de tantas piedras en el camino?

—Te prometo que voy a esforzarme, ¿vale? Pondré más de mi parte —le dije.

—Yo te prometo que, si volvemos a alejarnos, dejaré siempre un rastro que puedas seguir para encontrarme. Como Hansel y Gretel y sus migas de pan. Solo que, en lugar de marcar el camino a casa, te llevará hasta mí.

Apreté los labios con una media sonrisa mirándola a los ojos, pero entonces todo cambió. De repente, noté un temblor extraño en mi cuerpo y bajé la vista con rapidez para mirarme las manos.

—¿Qué te pasa? —Oí la voz de Laura llena de confusión.

Se acercó más a mí y, cuando la miré, me di cuenta de que estaba preocupada. De un instante a otro, su cara había viajado de la satisfacción al pánico mientras yo sentía que me caía en un agujero negro que se abría bajo mis pies.

—Me ha entrado frío —exhalé como pude sujetándome en ella.

—¿Cuánto tiempo llevas con frío?

—Desde por la mañana, pero de pronto me siento mucho peor.

—¿Por qué no me lo has dicho antes? No te habría dejado entrar en el agua. ¿Quieres que volvamos al piso? —me preguntó un poco asustada, pero yo notaba su voz cada vez más distante.

—¿Qué? No. —Forcejeé contra mi propio cuerpo y traté de recomponerme con dificultad—. No quiero encerrarme en casa. Quería que me enseñases la escalera de Agatha Christie de la que me hablaste.

—Pero no estás bien, Mario —protestó.

Entonces sentí sus dedos sobre mi piel.

—¡Joder, estás ardiendo! —exclamó asustada—. Tienes fiebre, Mario. Y muy alta. Tenemos que ir al hospital.

Noté su miedo. Percibí en su voz el pánico de que algo horrible estaba sucediendo.

—Pero…, Laura —dije al tiempo que un nuevo temblor hacía que me encorvase y que se me sacudiesen las manos.

—La quimio, Mario —me aclaró con miedo—. No tienes defensas. Te puedes morir por una infección. Y no quiero perderte, ¿lo entiendes? Ya hemos perdido demasiado. No puedo perderte a ti.

Sentí en el corazón su temor, pero nunca pude imaginar en ese momento que todo daría la vuelta y sería yo quien la perdería a ella.

## Capítulo 7
## La Orotava, isla de Tenerife
## Sábado, 19 de octubre de 2019
## Candela Oramas

*Un sueño roto te hace habitar dos lugares*
*al mismo tiempo: la realidad que vives*
*y el mundo que nunca fue.*

Candela Oramas aporreó el lateral de la máquina de café cuando se tragó los cincuenta céntimos que había introducido en ella. Era la tercera vez que le ocurría esa semana. El día anterior ya se había prometido dejar de intentarlo, pero tras la conversación con Mario había vuelto a ella, quizá no esperando un café, sino sentirse afortunada. El aparato funcionaba cuando quería, de manera esporádica y aleatoria, como si se hubiese mimetizado con la actitud de algunos miembros del personal de la comandancia, que ella miraba con la sensación de que habían bajado ya los brazos ante el evidente recorte de recursos. Los puestos de trabajo vacíos se habían extendido poco a poco, como si fuese un virus que devoraba jubilaciones y bajas que no volvían a cubrirse. La sala común contaba el doble de mesas que miembros activos del cuerpo, y todos miraban a los agentes de mayor edad con la triste sensación de que, una vez se marchasen, aquel hueco sería un mordisco más en el ánimo de los agentes. Suspiró con fuerza y cerró los ojos. Necesitaba pensar. Quintana apareció a su lado y la miró con gesto preocupado.

—¿Qué hacemos? Anita ha denegado la petición de registro. Y, si el muchacho no acepta, adiós a cualquier prueba que pueda haber allí.

Candela negó con la cabeza al recordar a la jueza.

—Lo sé. Lo ha hecho para joderme.

—Esa tía es gilipollas, de verdad.

—Solo conmigo, por lo que parece.

—¿Y qué le ha dado contigo?

Ella se giró hacia Quintana y clavó sus ojos en él con expresión de no dar crédito a aquella pregunta.

—¿Por Daniel? ¿En serio? —Sus ojos se abrieron de golpe—. ¿Qué ha pasado?

—Nada —esquivó el tema, como siempre hacía, pero su tono de voz indicaba que el rumor que había oído ya a varios compañeros podía ser cierto.

Después del aborto el julio pasado, en el séptimo mes de embarazo, Candela y Daniel se separaron devorados por el dolor. Este último llegó a aquel hogar con la apariencia de un fino hilo de sangre que se deslizó por el muslo de Candela y derrumbó todo lo que parecía que los unía.

Se habían conocido en 2016, en un juicio en el que ella declaraba contra un hombre de cincuenta años que había secuestrado a su exmujer y la había mantenido encadenada durante tres meses en una finca en Guía de Isora, al sur de la isla. Daniel, abogado penal de oficio, que se pasaba el día deambulando entre distintos juzgados del Palacio de la Justicia de Santa Cruz, se quedó sin habla en el momento en que Candela expuso los detalles inhumanos en los que encontraron a la mujer y cómo dieron con su paradero, no porque fuese incapaz de defender el caso, sino porque había caído rendido ante la firmeza de su voz y por la rabia que emanaba su tono. A la salida del juicio, Daniel la invitó a que tomasen una cerveza en un bar cercano en el que quedaban los letrados, jueces y fiscales tras el trabajo, como si las disputas en la sala quedasen olvidadas bajo el efecto del ron miel. Flirtearon durante un tiempo, se acostaron por primera vez el mismo día que el maltratador que los unió entró en la cárcel y se quedó embarazada en diciembre, poco más de dos años después, casualmente la misma semana que aquel tipo recibió una puñalada en el patio y murió desangrado, como si el destino estuviese jugando con ellos como un crío caprichoso.

Sin quererlo, Candela y Daniel depositaron todas y cada una de sus ilusiones como pareja en aquel bebé, construyendo una vida entera imaginaria en torno a él. Se llamaría Román, como el abuelo de Candela, que tan solo vivía en los recuerdos de su infancia. Bromeaban con que sería un delincuente en el futuro, y ella haría la vista gorda para encubrirlo y él lo defendería de delitos cada vez más alocados. Durante los siete meses de gestación, aquel bebé que crecía en su vientre pasó de ladrón a contrabandista, de político corrupto a narcotraficante y de tener un futuro devastador a ser solo el fantasma de una vida que no existió. En aquellos primeros meses de embarazo, hablaban durante horas por la noche ideando planes para su cuarto, mirando catálogos de muebles infantiles y pintando nubes en las paredes con esponjas mojadas en blanco. Pero una mañana de sábado, mientras terminaban de pegar juntos un vinilo con forma de globo aerostático en el futuro dormitorio de Román, sintió una sacudida en su vientre seguida de un calor que descendió por su pierna. Entonces todo se evaporó.

El aborto trajo consigo la tristeza, que se transformó en culpabilidad para después dejar paso a la soledad. Los sueños se convirtieron en discusiones, luego en excusas para pasar más tiempo fuera de casa y, finalmente, en agosto, solo un mes después del aborto, Daniel le confesó a Candela que había conocido a alguien en el trabajo y que su historia juntos no tenía solución. Se trataba de Ana Salcedo, jueza de instrucción, con quien ella había coincidido ya otras veces. Candela, tras una baja de apenas dos meses, se reincorporó en septiembre y se refugió en los casos que caían bajo su jurisdicción construyendo con ellos una coraza de soledad. Pero su valentía duró poco y, quizá porque anhelaba la vida que se paró con el aborto, a la semana de su incorporación escribió a Daniel y empezó una espiral en la que cada día se rebajaba un poco más perdonando gestos hirientes y cediendo en todas sus exigencias para recuperarlo. El día antes había sido el intento oficial, pero cualquier esperanza se había evaporado al amanecer.

—La jueza dirá que la petición no estaba motivada —continuó la sargento—, que nos ciñamos a la escena del crimen o cualquier historia que se invente, pero es obvio, ¿no? No me aguanta.

Candela cerró los ojos y se lamentó con un largo suspiro mientras negaba con la cabeza. Quintana contuvo el aliento con gesto preocupado, pero finalmente confesó:

—Hoy he visto a Daniel salir de tu casa.

—¿Qué?

—Yo estaba ya allí cuando te llamé por teléfono. Lo vi salir serio.

—¿Y qué quieres decirme con eso?

Él la contempló un segundo y dudó sobre por qué había tenido que sacarle el tema.

—Nada, sargento. —Se dio cuenta de que no era el momento. En realidad, nunca lo era—. Solo quería saber si estabas bien.

—¿Y por qué no iba a estarlo? —replicó tras corregirse la voz.

Luego se apretó la coleta y se pasó la mano por la melena, como si se tratase de un gesto para armarse de coraje.

—Por nada, jefa —respondió él percatándose de que cualquier intento de romper aquella barrera era en vano. La miró con tristeza, pero trató de buscar otro momento para aquella conversación—. ¿Y qué vamos a hacer? ¿Cuál es el plan?

—Nada.

—¿Cómo que nada? —inquirió Quintana, confuso.

—Si le pregunto al muchacho ahora mismo si podemos registrar el piso de su hermana, va a decir que no —replicó ella pulsando repetidas veces el interruptor de café con leche—. Prefiero que crea que no tiene opción de negarse.

—Si nos presentamos allí y el chico lo rechaza, me dejas con el culo al aire, jefa.

—Lo sé —confesó para luego respirar hondo—. Está dolido y tiene miedo. Puede que incluso piense que sospechamos de él.

—¿Y sospechamos de él? —preguntó Quintana, algo desconcertado.

Candela se giró y lo miró a los ojos con expresión de buscar la respuesta dentro de sí misma.

—No —respondió con dificultad—. O, bueno, eso creo —se corrigió—. Lo veo mal. Pero ya he visto de todo. No te puedes fiar de nadie. —Hizo una pausa, como si hablase desde sus heridas—. La gente miente bien. Te sonríe y, en el fondo, oculta algo. Y cada vez lo hacen mejor.

Pensó en Daniel. En todas sus mentiras. En cada una de sus promesas. Y también en si ella había hecho algo mal.

—El chico ha accedido al ADN, jefa. Si fuese culpable de algo, no nos lo hubiese puesto tan fácil, ¿no crees?

—No le quedaba otra. Son hermanos mellizos. De un modo u otro, ya tenemos su ADN. O al menos gran parte de él. —Se giró hacia Quintana y cambió el tono—: ¿Tienes cincuenta céntimos?

El agente torció el gesto y resopló por la nariz. Luego se metió la mano en el bolsillo con la certeza de que era tirar el dinero, pero sacó una moneda y la introdujo en la máquina. Dentro se oyó un chasquido metálico al caer sobre la bandeja, que parecía estar llena de ellas, pero no ocurrió absolutamente nada.

—Los de la cafetera se están forrando contigo, Candela.

Ella suspiró con resignación y tiró la toalla. Se apoyó de espaldas sobre la máquina, levantó la vista y buscó en la distancia a Mario, que seguía sentado a la mesa, cabizbajo y escondido bajo la capucha de su sudadera, como un cachorro herido.

—¿Qué te parece a ti?

Quintana miró al chico y contuvo el aliento.

—Que la vida es una mierda —sentenció—. Recuerdo a mi abuelo igual, consumiéndose poco a poco. Cáncer de pulmón. Estaba ya mayor y fumaba sin parar, pero fue un golpe duro. Para mí era como mi padre. Prácticamente me crie con él.

Candela permaneció en silencio un instante observándolo sin abrir la boca. A pesar de que llevaban ya tres años trabajando juntos, ella evitaba aquellos arrebatos de vida personal. Quintana sabía de ella lo justo e inevitable para ser buenos compañeros: vivía en La Orotava, tenía treinta y seis años, se había criado en La Palma y mudado a la isla de Tenerife cuando era adolescente, se había casado por lo civil, había perdido un bebé... Cuando Quintana se incorporó al cuerpo, Candela era muy distinta: cerrada con su vida personal, pero con momentos esporádicos de simpatía. Él había conocido fragmentos de ella tras encuentros fortuitos fuera del trabajo en los que a Candela no le había quedado más remedio que añadir contexto a aquellos instantes fugaces de vida propia. Una vez se la encontró en el aeropuerto con dos personas mayores, y durante un instante ella fue reacia a presentarle a sus padres, Romina y Eusebio, que vivían en La Palma y habían ido a visitar a su hija en un vuelo de Binter. Tras el aborto, Candela estuvo apenas dos meses sin aparecer por la comandancia y, cuando lo hizo, regresó una persona distinta, sin ningún atisbo de felicidad, y se sumió entonces en el trabajo sin hablar de ningún asunto personal.

—Me refiero a si crees que tuvo algo que ver —aclaró Candela con los ojos clavados en Mario.

Quintana negó con la cabeza y afirmó:

—Si ese muchacho es culpable, yo me bajo del mundo. Y dando el ADN..., no sé. Ni siquiera yo lo daría.

—¿Por qué? Si no has hecho nada y eres buena persona, ¿qué tienes que temer?

—Incluso las buenas personas pueden cruzar esa línea, jefa. Y yo confío en quién soy hoy, pero no en quién podría ser en un futuro. Puede que no hayas hecho nada hoy, pero… ¿quién te asegura que nunca te convertirás en un asesino? Y, una vez en el registro, eres carne de escrutinio de por vida.

Candela asintió, conforme. Nunca había pensado en aquel punto de vista, pero sí había sido testigo de primera mano de cómo una prueba de ADN de hacía años servía para esclarecer un crimen cometido una década después.

—¿Por dónde quieres que empiece? —se ofreció Quintana.

—Llama al hospital y comprueba su coartada —solicitó la sargento—. Y luego cita a los de Criminalística y al cerrajero en el piso de la chica. Nos vamos allí con él.

—¿Estás segura, jefa? Vamos sin orden. Es jugárnosla. Y, si se entera Anita, nos corta las alas.

Ella lo meditó durante un momento con la mirada perdida en algún punto de la sala y luego se lanzó.

—No nos queda otra —aseveró con la tez seria—. Quiero un furgón allí. Vamos a hacer un poco de ruido en el centro de La Laguna, pero tiene que funcionar —añadió con la sensación de estar a punto de dar un salto al vacío.

# Capítulo 8
## San Cristóbal de La Laguna, isla de Tenerife
## Sábado, 19 de octubre de 2019
## Mario Ardoz

*Es más fácil mirar a la muerte a los ojos*
*que lidiar con su destrucción.*

Me llevaron al centro de La Laguna en el asiento trasero del coche de la Guardia Civil. Me sentía como un trapo inerte, empapado en lágrimas, al que mueven de un lado a otro en busca de algo que limpiar. El vehículo giró en una calle y se adentró por la vía peatonal en la que vivía mi hermana. Sentí un pellizco en el estómago al recordar mis pasos por allí con Laura el primer día tras aterrizar.

La sargento Oramas se bajó del coche patrulla sin que su compañero Quintana tuviese tiempo de apagar el motor. Me fijé en que ella levantó la mirada hacia el 53 de la calle Obispo Rey Redondo para contemplar con el rostro serio el edificio donde residía Laura. Se trataba de un bloque de pisos de arquitectura canaria, con una estructura de balcones de madera oscura tallada, en el centro de San Cristóbal de La Laguna, en cuyo bajo se había instalado una tienda de Ale-Hop que acababa de apagar las luces. Suspiré con fuerza y miré a través de la ventanilla a la segunda planta.

—¿Ha llegado el cerrajero? El muchacho no tiene llaves. —Oí a la sargento dirigiéndose a los dos agentes de Criminalística ataviados con trajes blancos que esperaban apoyados sobre un furgón del mismo color.

—Ahí está —respondió uno de ellos señalando una pequeña furgoneta blanca que se aproximaba y de la que poco después se bajó un hombre de unos cincuenta años vestido con un mono de trabajo.

La luz dorada de la isla que nos había acompañado durante el trayecto desde el cuartel en La Orotava hasta el centro de La Laguna se había desvanecido para dar paso a un tenue tinte azulado que embellecía el gris del campanario de la iglesia de la Concepción, al fondo de la calle. El luminoso de una farmacia frente a la que había aparcado el furgón parpadeaba con intensidad y los transeúntes que deambulaban por el casco histórico frenaban su paso y fruncían el entrecejo al preguntarse, quizá, por qué estaba la Guardia Civil allí, con aquellos tipos vestidos de blanco, y si yo, sentado dentro, estaría detenido por algún crimen atroz. En el interior del vehículo, el agente Quintana se giró sobre el asiento y me preguntó en voz baja:

—¿De qué es el cáncer?

—Osteosarcoma —le respondí sin apartar la vista del edificio.

—¿Es jodido?

Negué con la cabeza. ¿Qué pregunta era aquella? Luego me volví hacia él, lo miré a los ojos y dije:

—Esto es peor.

El agente me contestó haciendo un simple ademán con la cabeza, aceptando aquella respuesta como una verdad indiscutible. Intuí que debía de haber tratado con el cáncer de cerca.

Volví a mirar fuera del coche al oír la voz de la sargento saludando al cerrajero, cargado con una caja de herramientas y el maletín pequeño de un taladro. Ella le señaló el portal. Luego se giró hacia nosotros y le hizo un gesto a Quintana con el rostro serio.

—Vamos —me dijo el agente al tiempo que abría la puerta y se bajaba.

Forcejeé un segundo con la manija del coche hasta que Quintana rodeó el vehículo y me abrió desde fuera. Fue un instante en el que me sentí culpable de algo que no había cometido, pero lo suficiente como para plantar aquella semilla de temor en mi cabeza.

Salí del coche y caminé hacia el portal de mi hermana con tal nudo en la garganta que me di cuenta de que me costaba respirar. Levanté la vista hacia el final de la calle y, justo en el instante en que me fijé en el campanario de la iglesia, sentí una punzada en el corazón cuando recordé que caminé por allí al llegar el martes. Había subido las maletas por las escaleras del edificio de Laura y luego habíamos paseado por allí hasta acabar en el Starbucks del final de la calle, ubicado en un bello edificio con patio interior y en el que le admití a Laura que era el más increíble en el que había estado nunca.

Desde la calle, la sargento Oramas llamó a varios timbres hasta que al fin le atendió alguien con voz metálica y nos abrió la puerta. Subimos en silencio por las escaleras hasta la segunda planta. Todo el grupo se detuvo frente a la puerta marcada con la letra A. El cerrajero se agachó frente a la cerradura y miró atrás, en espera de la aprobación.

—Señor Ardoz —dijo la sargento volviéndose hacia mí, que había subido detrás de los de Criminalística, pero delante de Quintana—. Vamos a proceder al registro de la vivienda, pero esto solo lo podemos hacer con su consentimiento expreso o, en caso de que lo deniegue, con autorización judicial. Si lo consiente, procederemos al registro de inmediato. Si no lo permite, quiero que sepa que corremos el riesgo de perder tiempo y retrasar todo esto innecesariamente. Debemos ser rápidos recopilando pruebas si queremos encontrar a quien lo hizo.

Contuve el aliento mientras escuchaba con atención. Intuía que detrás de aquella puerta podían estar los primeros pasos para descubrir quién había asesinado a mi hermana, pero no era capaz de ver entonces la magnitud de lo que encontraría allí dentro ni el viaje emocional que supondría para mí.

—Tiene derecho a estar presente durante el procedimiento —continuó— y puede detenerlo en cualquier momento si cambia de opinión. Cualquier objeto o prueba que requisemos quedará registrado en un documento del que usted recibirá una copia. Si está de acuerdo, firme aquí. —La sargento me extendió el portafolios delante y yo lo contemplé.

En mi interior se desató un torbellino de inseguridades por dar aquel paso. Necesitaba descubrir al culpable de la muerte de mi hermana, revelar el camino que recorrió mientras estaba ingresado en el hospital, pero entrar allí también suponía abrir la puerta a una pesadilla que acabaría conmigo. Finalmente asentí en silencio, la miré serio a los ojos y firmé al tiempo que tragaba saliva, en un intento inútil de detener aquel vendaval interior.

—Confío en usted —le dije con dificultad.

—Hace bien —me replicó con una mirada que sentí llena de alivio. Asintió hacia Quintana en señal de aprobación y luego continuó en voz alta en cuanto cerró el portafolios—: Bien. Adelante.

El cerrajero sacó el taladro, lo colocó sobre la cerradura y comenzó a perforarla, inundando con su ruido estridente el silencio casi solemne que flotaba en el aire. La otra puerta del segundo piso se entreabrió a nuestras espaldas y se asomó una vecina de unos sesenta años, confundida por aquel ruido, pero en cuanto vio al grupo ataviado con monos blancos y chalecos de la Guardia Civil cerró de golpe, como si no quisiese saber nada de lo que estaba pasando allí. Vi que la sargento le hizo un gesto con la cabeza al agente Quintana y él le asintió, como si pudiesen hablar sin abrir la boca.

Un olor a metal quemado se extendió con rapidez por el rellano y, de pronto, entre el ruido del taladro se oyó un crujido metálico que hizo que el cerrajero detuviese el aparato. Extrajo la broca, cogió unas pinzas y sacó del agujero que había perforado unas pequeñas piezas de metal. Luego cogió un destornillador y, tras colocarlo en la abertura para la llave, giró el cerrojo y empujó la puerta, que se abrió sin dificultad.

Respiré hondo y noté un calor intenso al observar la oscuridad en el interior de la casa.

—Mi parte está hecha —dijo el cerrajero—. Ahora les toca a ustedes —sentenció. Entonces, sin decir nada más, recogió sus cosas y bajó las escaleras como si hiciese aquello cien veces al día.

La sargento Oramas se puso unos guantes y el agente Quintana hizo lo mismo. Los de Criminalística ya los tenían puestos, pero aprovecharon aquel instante para recolocarse la capucha sobre la cabeza.

—Ya sabéis, chicos: no se toca nada sin que lo tengamos fotografiado y documentado. Ni una pisada más de las necesarias. Ha muerto una chica y, si encontramos algo ahí dentro, no quiero que la caguemos y las muestras lleguen contaminadas al laboratorio. La última vez fue todo un desastre. No puede volver a pasar.

Noté cómo los de Criminalística convenían a mi lado, y yo suspiré hondo para apagar el incendio que tenía en el pecho.

—Bien, vamos —dijo la sargento en voz alta al tiempo que asentía.

Fue Oramas quien dio el primer paso en el interior, seguida de Quintana. Yo caminé tras ellos, pero me quedé inmóvil en el umbral hasta que noté los pasos de los agentes de Criminalística justo detrás de mí. La sargento señaló el cuenco blanco del recibidor, vacío de llaves, y luego caminó hacia el salón mirando tanto el suelo como las paredes. Uno de Criminalística se agachó junto al cuenco y lo observó de cerca. Al llegar al salón me di cuenta de que todo estaba impoluto, nada fuera de su lugar. Los cojines rojos y verdes del sofá se hallaban colocados en forma de rombo, en equilibrio sobre una de las esquinas. Las estanterías, cargadas de libros de todo tipo, seguían tal y como yo las recordaba. El mueble con una pequeña televisión Sony de 32 pulgadas tenía a su lado un péndulo de Newton con las bolas inmóviles. Las paredes estaban decoradas con fotografías de nebulosas del telescopio James Webb. Su ordenador, un iMac de 27 pulgadas de color blanco, descansaba sobre la mesa de trabajo, con carpetas apiladas a un lado y rodeado de anotaciones en pósits en los que reconocí su letra. En uno de ellos me dio tiempo a leer la palabra «burbujas» justo en el momento en que la sargento Oramas se dirigía a mí:

—¿Ve algo fuera de lo común? —me preguntó en tono serio.

Negué en silencio, abrumado por estar respondiendo a aquello.

—Dice que usted se quedó aquí con ella, ¿verdad?

—Sí.

—¿Y dónde dormía?

—En el cuarto, con ella.

—¿En la misma cama?

—Somos hermanos mellizos. Hemos compartido vientre antes de nacer y cama durante muchos años.

La sargento pareció aceptar aquella respuesta con un movimiento leve de cabeza.

—¿Y sus cosas? ¿Dónde está su ropa para este viaje?

Traté de reconstruir mis pensamientos al tiempo que esquivaba los fragmentos de Laura que recreaba en aquel lugar: la veía sentada delante de su ordenador; caminando por allí descalza en dirección a la cocina vestida con una camiseta de publicidad de Clipper; su silueta contorneada frente al ventanal que daba a la calle, pensando en silencio…

—En su armario, en el dormitorio —respondí finalmente señalando hacia la puerta abierta a un lado.

—¿Le importa? —me preguntó Oramas por cortesía.

Quintana se encorvó sobre el ordenador y echó un vistazo a los pósits.

—Está todo muy ordenado, ¿no cree? —observó el agente—. Hasta los papelitos en el ordenador están alineados con la misma separación.

—Ella siempre ha sido así —aclaré notando cómo la garganta se me cerraba.

Recordé cómo de niños tenía sus juguetes clasificados en los cajones blancos de nuestro cuarto y no toleraba que yo colocase un arma de juguete en el de los peluches pequeños o un muñeco de Playmobil suelto en el de las frutas de madera.

De pronto, sentí aquella pregunta de Quintana como si tratase de entretenerme mientras la sargento entraba en el cuarto sola. La seguí, temeroso, a la vez que notaba el suelo a punto de desmoronarse bajo mis pies. El agente se quedó atrás con los de Criminalística y yo me detuve bajo el marco de la puerta al ver a Oramas de pie, junto a la cama, mirando en todas direcciones en busca de algo que pudiese hablar con la voz de Laura. Todo estaba ordenado tal y como lo recordaba: la cama estaba hecha con una perfección militar; del cabecero de madera colgaban pequeñas luces de colores apagadas; en las estanterías de la pared lateral había dos grupos de libros, apoyados a ambos lados, separados por una lámpara de sal esférica, un astrolabio de metal dorado y una roca de lava basáltica del tamaño de un puño. Recordé mi primera noche allí, cuando examiné aquella estantería y Laura trató de convencerme de que leyese *El tejido del cosmos*, de Brian Greene, y *La vida secreta de los árboles*, de Peter Wohlleben.

—Parece que su hermana no pasó la noche aquí —dedujo la sargento resaltando el hecho de que la cama estaba hecha.

Suspiré hondo. Me dolía oír hablar de ella en pasado, en su cuarto, donde en cada rincón emanaba mucho de lo que amaba: astronomía, matemáticas, naturaleza. Las paredes estaban repletas de ilustraciones en acuarela enmarcadas que ella había coleccionado durante su estancia en las islas: en una reconocí el Roque Cinchado, con el imponente volcán al fondo en tonos rojizos. En otra de las ilustraciones identifiqué la Tarta del Teide, cuya imagen real volvió a mi mente, de cuando conducía de camino a esta pesadilla. Había una decena más, todas del mismo estilo acuoso, etéreo y difuso, con lugares que yo no conocía: un pasadizo entre dos bloques de tierra ondulantes anaranjados, una puerta que parecía haber sido picada en una pared de piedra rodeada de vegetación.

La sargento abrió una de las puertas blancas del armario empotrado y echó un vistazo al interior, donde colgaban de las perchas vestidos cortos de Laura ordenados por colores. Sin esperarlo, a mi retina volvió la imagen de mi hermana tumbada sobre las rocas de lava con uno de ellos puesto, y apreté la mandíbula para encajar aquel golpe. Abrió otra puerta y vi apiladas varias de mis camisetas delante de dos pantalones que había traído al viaje. Debajo, en el hueco inferior, colgaba una solitaria sudadera gris, parecida a la que llevaba puesta, y en el suelo, de pie, mi maleta negra de American Tourister.

—Supongo que todo esto es suyo, ¿no es así? —me dijo la sargento señalando el montículo de ropa.

Asentí sin pronunciar palabra. El nudo en mi garganta había crecido hasta el punto de dejarme sin habla. Fuera se oían los pasos de Quintana entremezclados con los siseos que emitían los dos agentes de Criminalística con cada movimiento de su cuerpo envuelto en plástico. Aún no podía creer todo aquello. Lo que se suponía que sería un viaje de reencuentro con mi hermana, de pasar página de la quimioterapia y de cargarme de energía tras el tratamiento se había convertido en una pesadilla en la que me encontraba rodeado de gente, pero completamente solo y lleno de preguntas sin respuesta. «¿Por qué fuiste hasta allí, Laura? ¿Quién acabó con tu vida?».

De pronto el agente Quintana se asomó por la puerta y fue informando de sus pesquisas:

—Parece que aquí fuera no hay mucho, sargento.

—¿Nada? —preguntó Oramas en un tono con el que parecía que tan solo estaba confirmando lo que ella misma había deducido al ver todo tan ordenado.

Negó con la cabeza.

—La cocina está limpia. En el sofá del salón, algunos cabellos y poco más.

—¿Huellas?

—Están en ello, pero les va a llevar un poco.

La sargento asintió. Luego me miró, pero me di cuenta de que en realidad estaba pensando con la vista perdida.

—El ordenador. Requisadlo, ¿vale? —ordenó de pronto sin apartar sus ojos castaños de mí—. A ver si rescatamos algo de ahí. Historial de búsqueda, archivos temporales, yo qué sé.

Sentí aquella frase como si estuviesen convirtiendo a mi hermana en la culpable y no pude evitar protestar por aquello:

—¿Esto es siempre así?

—¿A qué se refiere?

—A hurgar en la víctima. A convertirla en el centro de la culpabilidad.

—¿Qué está diciendo? —exclamó Quintana con gesto preocupado.

—Buscan excusas para no hacer su trabajo. Parece que están tratando de probar que quizá salió con quien no debía. Que quizá frecuentó el lugar equivocado. Que quizá se vistió con un vestido más provocativo de la cuenta —vociferé.

—Se está confundiendo, señor Ardoz —dijo la sargento tras echar un vistazo rápido a Quintana—. Solo intentamos...

—Solo están perdiendo el tiempo mientras ahí fuera está quien mató a mi hermana —interrumpí enfadado—. Tiene que haber cámaras, imágenes, gente que viese algo. Y pierden el tiempo aquí. Registrando sus cosas, como si buscasen un motivo que provocase su muerte. Y no..., no debería ser así.

Me vi sobrepasado, con ganas de llorar y dejando al descubierto la impotencia que apenas me permitía respirar.

—Mario, escúchame —dijo la sargento renunciando a formalismos—. Todo eso lo vamos a hacer. Pero necesitamos avanzar en paralelo. Cuanto más sepamos de ella y de lo que hizo durante los tres días que has estado ingresado, más probabilidades tenemos de localizar al culpable. Sé que esto es difícil —continuó al tiempo que se acercaba y se situaba delante de mí—, pero tienes que confiar en nosotros. Haré todo lo posible por dar con quien hizo esto a tu hermana, ¿vale?

La contemplé un instante, el suficiente para prometerme a mí mismo lo que estaba a punto de decirle.

—Encuéntrelo o lo haré yo —aseveré en tono de amenaza sin saber muy bien qué líneas estaría dispuesto a cruzar con aquello.

La sargento Oramas me miró seria, llena de resignación, y asintió en silencio. ¿Acaso tenía algo más que perder? ¿Acaso tenía algo mejor que hacer con el tiempo que me quedaba? Tan solo abrimos los ojos cuando es demasiado tarde y la vida nos ha arrebatado ya todo lo que hacía que mereciese la pena. Y es cuando pierdes aquello que más amas cuando te das cuenta de cuánto has desaprovechado el tiempo.

Traté de apartar la vista de la sargento y de los recuerdos que se me agolpaban en la memoria sobre mi hermana y que alimentaban aquel ardor en mi interior, y volví a fijarme en las imágenes enmarcadas de las paredes en busca de un refugio de paz. Era curioso, pero aquellos trazos en acuarela tenían algo que me calmaba. Identifiqué en una de ellas el Drago Milenario, con sus intrincadas ramas que se bifurcaban infinitas veces en dirección al cielo, y también reconocí en otra la forma de unas dunas que parecían ser olas de arena. Fue entonces cuando lo vi.

—Faltan dos ilustraciones —exhalé en voz alta con la sensación de que era algo extraño.

—¿Cómo dice? —preguntó la sargento mirándome con el rostro lleno de confusión.

—Que faltan dos de las láminas —repetí mientras señalaba los huecos a media altura en la pared, en los que había dos alcayatas a la vista.

La sargento siguió mi mano y se acercó a la pared para inspeccionarla de cerca.

—¿Está seguro? —inquirió.

—No estaban esos huecos hace tres noches, cuando dormí aquí.

—¿Qué me quiere decir con esto?

—No lo sé. Puede que los moviese para algo. O que se cayesen por algún motivo.

La sargento dirigió un vistazo rápido a Quintana, que pareció aceptar aquella misión sin decirle nada. El agente se giró y salió de la habitación, con prisa, mirando abajo y a los lados, como si buscase algo. La sargento hizo lo mismo por la habitación y abrió de golpe el resto de las puertas del armario. Removió algunas prendas con cuidado. Yo rebusqué por el suelo y luego me tiré sobre la tarima de madera para buscar debajo de la cama, pero solo encontré pelusas que flotaron en cuanto aparté el bajo de la colcha. Me incorporé de nuevo y, al fijarme en los cojines sobre la cama, vi que de uno de ellos sobresalía el ángulo recto de un objeto blanco de madera. Aparté el cojín a un lado y allí estaba, tumbado sobre la almohada, el marco con una de las láminas que faltaban. Se trataba de una ilustración del mismo estilo que las otras, de unos acantilados de piedra oscura que destacaban sobre el azul de un océano que rugía debajo de él. Pero lo que me dolió fue ver que en la parte baja, pegado sobre el cristal, había un pósit amarillo en el que reconocí la letra de Laura:

BÚSCAME, MARIO

# Capítulo 9
# IES San Isidro, Madrid
# Nueve años antes
# Hermanos Ardoz

*El amor es lo único capaz de llenar*
*el corazón de una persona de oscuridad.*

A Mario el rumor le llegó escrito en un papel doblado que alguien le pasó durante la clase de Física en el instituto. Aquel día Laura había estado más callada que de costumbre: seria en el desayuno, distante en el trayecto a clase y esquiva a sus preguntas.

Cuando llegaron y estaban a punto de entrar, él se detuvo frente a ella y la interrogó una última vez, mirándola a los ojos:

—¿De verdad que no te pasa nada?

La conocía demasiado bien como para no percatarse de que algo no funcionaba. Se fijó en ella como si estuviese tratando de descifrar las diminutas señales que dibujaba su rostro: tenía la punta de la nariz y las mejillas rosadas, pero él lo achacó al frío que parecía haber llegado a la ciudad de golpe y sin previo aviso, como siempre lo hacía al caer el otoño. Quizá fue por eso por lo que no prestó atención a que también un fino hilo rosado se dibujaba alrededor de sus párpados como si fuesen las cicatrices de llorar a escondidas.

—Estoy bien, Mario —exhaló Laura apartando la mirada.

Él no sabía entonces, a sus dieciséis años, que el dolor tiende a esconderse en los recovecos de quien lo vive y que, cuando es profundo, consigue transformarse en distancia y silencio.

—Sé que te pasa algo, Lau. Te lo noto.

Ella tragó saliva.

—No me pasa nada.

—Nos saltamos la clase si quieres. Ya me inventaré alguna excusa y diremos que fue mi culpa. Pero te conozco. Sé que ocurre algo. Cuéntamelo.

Ella lo observó un instante debatiéndose con aquella idea, pero se dio cuenta de que no tenía escapatoria y bajó los hombros.

—Déjalo, ¿quieres? No puedes hacer nada.

—Sí puedo, Laura. Eres mi hermana. Déjame ayudarte.

—Esta vez no, Mario —aseveró en un tono más bajo, derrotada, al tiempo que se giraba y se perdía en el interior del instituto.

Él pasó la mañana dándole vueltas a aquella conversación con su hermana. Su impotencia crecía tras cada clase. Laura estaba sentada a su lado, apenas asentía a nada de lo que se decía y solo se limitaba a tomar apuntes, sin mirarlo ni una sola vez. Mario lo notaba en su corazón. Lo percibió cuando Gonzalo, el chico bajito de clase, salió a la pizarra en Geografía y cantó los ríos de España con la entonación de una canción pop y ella ni siquiera sonrió. La clase entera se rio a carcajadas cuando explicó con la cara y las orejas coloradas por la vergüenza que aquel ritmo lo ayudaba con la memoria.

—¿Me vas a decir qué te pasa de una vez? —le insistió en el tercer cambio de clase, con las voces de sus compañeros de fondo, que habían despertado como un rugido tras sonar el timbre.

No podía más. Era la primera vez que su hermana no compartía algo con él y sintió, de algún modo, que estaba perdiendo lo que los unía. Ella fijó la mirada en algún punto de la mesa y respiró hondo, y él, en un gesto que brotó de las profundidades de su memoria, le puso la mano en la espalda y la acarició de arriba abajo. No sabía por qué lo hizo, pero su hermana lo sintió como si estuviesen de nuevo juntos, protegidos por el vientre de su madre. Laura se volvió hacia su hermano decidida a rendirse en aquella guerra interior y abrió la boca para dejar entrar el aire y al fin soltar aquello que la atormentaba. Se encorvaron el uno hacia el otro hasta que sus frentes se tocaron. Laura suspiró una última vez; Mario esperó con el corazón en la mano. Sin embargo, cuando parecía que ella se iba a lanzar, el ruido y las voces de sus compañeros se disiparon con la llegada apresurada de la profesora, y Laura se incorporó y se giró al frente, cerrando de golpe aquel resquicio que había abierto en su alma. Mario no podía más. Le dolía verla así.

—Olvídalo, por favor —le susurró ella sin mirarlo—. No puedes ayudarme.

—Laura... —suplicó él tratando de convencerla sin encontrar qué decirle, pero los ojos de su hermana ya estaban perdidos en la pizarra, con la tristeza pintada en el rostro.

Resignado, abrió su libreta y comenzó a copiar lo que la profesora escribía con la tiza, como si fuesen palabras vacías. Pasaron unos minutos de aquel modo, oyendo la clase pero sin escucharla, y, a su lado, ella parecía perdida en la misma oscuridad que él, aunque cada uno atrapado en su propio rincón.

Y entonces todo se precipitó.

Mario volvió en sí al sentir un par de golpecitos en el hombro. Se giró hacia atrás con un gesto rápido y vio a Gerardo, su compañero de laboratorio en Química, con la mano extendida por el lateral bajo la mesa. Él acercó la suya en un movimiento, que ya le salía de forma automática, y recibió un pequeño papel plegado. Lo abrió con cuidado bajo la mesa pensando que sería algún plan para el descanso que él ya pensaba rechazar. Internamente había decidido reunirse con Laura al fondo del patio, tras la canasta, e intentarlo una vez más. Abrió el papel sin ganas, pero al leerlo sintió un golpe en el pecho que le erizó la piel de todo su cuerpo: «Tu hermana se la ha chupado a Yago en el baño».

Mario escuchó las risas detrás de él. Se giró para buscar de dónde provenían y vio que Carlos y Juan lo miraban desde la última fila, cubriéndose la boca con las manos y con sus cuerpos echados sobre la mesa. Apretó la mandíbula y resopló por la nariz tratando de controlar su cólera, pero no pudo contenerse. Leyó de nuevo la nota, como si intentase encontrar en ella un mensaje distinto. Sentada junto a él, Laura apartó la vista de la pizarra y miró a su hermano, pues se dio cuenta de que le pasaba algo. Ella bajó los ojos hacia sus manos y, al leer fugazmente el nombre de Yago, sintió el mismo escalofrío que él, pero acompañado del impacto de un relámpago que recorrió todo su cuerpo. Ambos se miraron un segundo, y ella gesticuló un «no es verdad» con los labios, sin emitir sonido alguno. Pero no tuvo tiempo de repetirlo; Mario se había puesto en pie de golpe y había tirado la silla hacia atrás. El estruendo hizo que toda la clase se girase hacia él.

—¡¿Quién ha sido?! —vociferó en dirección a los dos alumnos de la última fila.

—Siéntese ahora mismo, señor Ardoz —dijo la profesora tras volverse en la pizarra y dejar a medias el enunciado de la tercera ley de Newton.

Él la ignoró y caminó con tal celeridad hacia ellos que las Converse negras desgastadas que calzaba apenas parecían tocar el suelo hidráulico de baldosas negras y blancas. Se detuvo delante de sus mesas con la mano cerrada y los nudillos tensos, blancos sobre la piel.

—¡¿Quién ha sido?! —repitió más alto, como un volcán a punto de explotar.

Carlos se echó hacia atrás sobre el respaldo de la silla y sonrió como si estuviese conteniendo una carcajada maliciosa.

—Deberías controlarla, Mario. Está desatada. Tu hermana se ha vuelto popular. ¿A que sí, Laurita? —dijo, lo que hizo que Juan estallara en una risa sin control.

El gruñido de Mario rasgó el aire e interrumpió las risitas de ambos justo antes de que él se abalanzase sobre Carlos y lo tirase al suelo de espaldas, sobre la silla. Los gritos de toda la clase invadieron la sala, y el eco de aquellos aullidos recorrió los pasillos del edificio histórico hasta volar entre los pilares del patio central. La profesora corrió hacia el fondo de la clase, pero no tuvo tiempo de detener el primer puñetazo, que impactó en el rostro del muchacho como un martillo que le partió la cara. La sangre salpicó el rostro de Mario y su camiseta quedó marcada por un centenar de diminutas gotas, como una constelación de estrellas rojas. Levantó el puño y volvió a golpearlo, en el mismo lugar, en la misma herida, con la misma fuerza, con el mismo odio, y justo fue aquel golpe el que quedó grabado en sus recuerdos para nunca olvidar aquel suceso. La memoria funciona de ese modo, tomando una instantánea relevante de un momento para construir a partir de ella todo lo demás: el sabor de la sangre al entrar en su boca, la incómoda sensación de tener la rodilla apoyada sobre el metal de una de las patas de la silla, el sonido ensordecedor de los chillidos de toda la clase.

Estuvo a punto de golpearlo una tercera vez, pero la voz de Laura se elevó por encima de las de todos los de la clase, y Mario detuvo el puño en el aire, con la cara roja temblando de rabia.

—¡Mario! —aulló su hermana con tal fuerza que sintió aquel grito como si le estuviese pidiendo auxilio.

—¡Retíralo! —gritó Mario, montado encima de él—. ¡Retira lo que has dicho! —repitió con más ímpetu.

Unas manos agarraron a Mario por los brazos y tiraron de él hacia atrás con fuerza. Luego a esas manos se unieron también las de Gerardo, quien lo sujetó desde los hombros y lo apartó con dificultad.

—¡Basta ya! ¡Quieto! —gritó la profesora, autoritaria.

Mario forcejeó con ellos para volver a la carga, con la vista clavada en Carlos, que lo miraba asustado desde el suelo, con la cara hinchada y pintada por el rojo oscuro de la sangre.

—¡Soltadme! —rugió Mario—. ¡Te voy a matar, hijo de puta!

Sacudió su cuerpo con fuerza tratando de zafarse y abalanzarse sobre él. Sintió los dedos de la profesora sumergiéndose en sus bíceps y la camiseta estirarse desde atrás, con las costuras a punto de ceder, pero entonces Laura se puso delante de él.

—Para, por favor —exhaló con la voz rota al tiempo que se refugiaba en el pecho de su hermano.

Fue entonces cuando Mario se rindió y dejó de pelear. Notaba el llanto de Laura. Notaba su tristeza en la piel. Notaba el calor que desprendía su cuerpo sobre el suyo, helado de frío. El silencio inundó de pronto la clase, que contuvo el aliento en aquel instante. Solo se oían los sollozos de Laura y la respiración entrecortada de Mario. Él dejó de forcejear al percibir el olor metálico de la sangre entremezclado con el frágil perfume floral que llevaba su hermana, como si fuese un pequeño faro que seguir en medio de la tempestad. La profesora lo soltó poco a poco y le dijo algo que él no escuchó. Solo oía la voz de Laura, escondida entre sus brazos, que le susurraba una y otra vez:

—Todos están mintiendo, Mario.

# Capítulo 10
## San Cristóbal de La Laguna, isla de Tenerife
## Sábado, 19 de octubre de 2019
## Mario Ardoz

*Los peores recuerdos*
*siempre encuentran el camino de vuelta.*

Sentí tal golpe en el corazón al ver el mensaje de Laura que creí que toda la estancia se oscurecía a mi alrededor. No pude evitar temblar y sentí que se abría de nuevo la herida. Creía que mi hermana me estaba hablando. Leí otra vez el mensaje escrito en mayúsculas en el pósit:

BÚSCAME, MARIO

Viajé sin querer a nuestra infancia jugando a las tinieblas y oí su voz en la negrura de nuestro cuarto.

—¿Qué es eso? —inquirió la sargento Oramas a mi lado iluminándolo todo, como si fuesen nuestros padres abriendo la puerta y terminando así el juego.

No pude responderle. No entendía nada. ¿Me había preparado una sorpresa para cuando me diesen el alta? Algo en mi interior me gritaba que Laura trataba de hacerme sonreír, como siempre intentaba desde el diagnóstico, pero lo que había conseguido era destrozarme al traerme a la mente aquel recuerdo, los dos jugando a oscuras. No sabía por qué me decía aquello ni dónde estaba el lugar que representaba la pintura. Ella estaba muerta y aquella invitación era lo último a lo que podía agarrarme. Me fijé de nuevo en las formas del dibujo que había debajo de la nota, unos trazos rápidos y difuminados que insinuaban unos acantilados negros, salpicados de destellos rojizos, y cuyas paredes verticales se elevaban sobre el océano como si fuesen una gigantesca ola de lava petrificada.

—No lo sé —le respondí a la sargento.

Me acerqué para coger el pequeño cuadro y observarlo de cerca, pero Oramas me puso una mano en el hombro y me mostró la otra enguantada con un gesto rápido.

—¿Es la letra de su hermana? —me interrogó Quintana a nuestra espalda.

Oí su voz como si fuese un eco lejano, aunque tan solo estaba a unos pasos de mí. Asentí sin abrir la boca. Me di cuenta de que apenas podía hablar.

—Son los acantilados de Los Gigantes —soltó la sargento de pronto.

«Los Gigantes», repetí en mi cabeza. Fue entonces cuando recordé nuestra conversación en el hospital; nos prometimos que los veríamos tras el alta. Era, según ella, su lugar favorito de la isla, y me había pedido que no buscase información sobre ellos para que me sorprendiesen en persona. Sería la siguiente parada de nuestro viaje y, quizá de algún modo, Laura pensó que sería divertido enseñarme nuestro itinerario de aquella manera. Me la imaginé tapándome los ojos para luego descubrirlos y mostrarme aquel cuadro delante de mí.

—¿Qué quiere decir eso de «Búscame, Mario»? ¿Que la busque allí? —me preguntó la sargento, como si yo pudiese meterme en la cabeza de mi hermana y comprender cómo funcionaba su intrincada mente.

Debatí qué hacer y qué contarle. No me sentía bien. Estaba agotado y notaba una molestia creciente en la pierna.

—Es una frase que nos decíamos de niños —confesé. Volví a leer aquellas palabras en silencio y casi pude sentir que ella pasaba por mi lado y cambiaba de escondite sin yo poder verla—. ¿Conoce las tinieblas? —añadí emocionado.

—No. ¿Qué es eso?

—De niños, jugábamos mucho. Bajábamos las persianas del cuarto, dejábamos la habitación en la más absoluta oscuridad y uno de los dos debía encontrar al otro tanteando con las manos, guiándose por el resto de los sentidos. Pasábamos tardes enteras en casa jugando a las tinieblas y, con el tiempo, esa frase se convirtió en parte de nuestra jerga de hermanos.

—¿Jerga de hermanos? —Quintana se coló en nuestra conversación con tono confuso.

—Era nuestra manera de decirnos que el otro estaba disponible cuando uno de los dos pasase por un bache —admití finalmente—. Yo le decía: «Búscame, Laura», cuando la veía mal por los estudios o la soledad. Ella me decía: «Búscame, Mario», cuando sabía que no me encontraba bien. Era nuestra forma de llamarnos la atención y recordarnos que no estábamos solos.

Me dolía el pecho al pensar que todo ese idioma propio entre los dos se había desvanecido con su muerte. Nuestro «siempre juntos, para siempre» había terminado de un modo inesperado, nada había salido como lo habíamos pensado. Por algún motivo, el universo se había cebado con nosotros y había destrozado cada pequeño atisbo de felicidad. Lloré una vez más.

Y una lágrima se deslizó por mi mejilla transportando un dolor más intenso incluso que el de aquel fatídico día, cuatro años antes, cuando levanté el auricular y oí la voz de Laura al otro lado del teléfono:

—Mario... —dijo entonces con la voz arañada. Me llamaba desde Canarias y yo la escuchaba desde nuestro piso en Madrid—. Papá y mamá han tenido un accidente.

—¿De qué estás hablando, Lau? —protesté, incrédulo—. Han salido de casa hace un rato por su aniversario. Están bien. Papá ha reservado en el Dorian.

—Me han llamado desde el hospital, Mario —me interrumpió entre sollozos—. Mamá me registró como contacto de emergencia. Ha sido grave...

—Pero... —balbuceé, confuso.

En mi mente no encajaba nada de aquello. Mis padres habían venido a mi dormitorio y se habían despedido con prisa porque llegaban tarde a la reserva.

—Un coche ha invadido su carril. —Se derrumbó y lloró al otro lado de la línea—. No me han querido decir cómo están. Voy al aeropuerto y estaré allí lo antes posible. El último vuelo sale dentro de una hora. Si me doy prisa, aún llego.

—¿Qué? No entiendo... —Barajé entonces lo que significaba todo aquello—. ¿Vas a venir? —Estaba muy confuso—. No te preocupes. Voy yo al hospital y te llamo en cuanto sepa algo.

—No, Mario. Necesito estar allí contigo. Siempre juntos, para siempre. ¿Recuerdas?

Exhalé con un nudo en la garganta. Sabía que sería imposible contener a mi hermana.

—Está bien —acepté al fin con la sensación de que la noche sería larga—. ¿Te han dicho en qué hospital están?

—En el 12 de Octubre —respondió entonces.

Era irónico pensar cómo el mismo lugar se iba a convertir en el epicentro de las noticias trágicas de mi vida. Allí me diagnosticaron el cáncer y allí, también, recibí la peor de las noticias.

—Voy para allá —le dije con prisa—. Avísame si consigues embarcar.

—Lo haré. —Y suspiró antes de colgar.

Llegué en taxi al hospital y, al preguntar por mis padres, una enfermera me guio hasta una silla de plástico en un pasillo desangelado sin información de ningún tipo, salvo que los habían llevado en ambulancia y que estaban en el quirófano. No quisieron decirme nada más. Poco después recibí un mensaje de Laura: «Estoy en el avión. Te veo en el hospital. XXX».

No me percaté de la velocidad a la que pasaba el tiempo en aquel lugar. Poco a poco fui sintiendo cómo el pasillo inerte se colaba dentro de mí. De vez en cuando aparecían médicos y enfermeros caminando con celeridad y trataba de encontrar en sus ojos alguna señal de lo que ocurría dentro de la sala de operaciones, pero todos pasaban de largo e ignoraban mi presencia hasta perderse en la distancia. Cerca de la medianoche recibí una llamada de Laura y miré su foto en la pantalla durante un segundo antes de descolgar.

—Acabo de aterrizar —dijo de golpe nada más oír mi voz. Por su tono parecía algo más calmada. El tiempo siempre causa ese tipo de estragos en la tristeza—. ¿Cómo están? ¿Estás con ellos?

—Nada aún —aseveré con miedo.

—¿Nada? ¿No has podido verlos?

—Están en el quirófano. Parecen todos muy ocupados de un lado a otro.

—Joder. ¿Por qué tardan tanto?

De pronto oí un ruido tras la puerta y salió un hombre ataviado con una mascarilla y un gorro que apenas dejaba a la vista sus ojos azules y su expresión seria. Vestía un uniforme verde hospitalario y, nada más verme, se paró frente a mí y agachó la cabeza.

—Lau, ha venido el médico —dije al tiempo que me ponía en pie frente al doctor.

—Al fin. Voy en camino. Te veo allí.

—Te espero —dije a modo de despedida antes de colgar y quedarme delante del cirujano que los había atendido.

No recuerdo sus palabras exactas, pero sí el vacío interior que dejó tras ellas. También el sonido de sus pasos alejándose, el tacto de la silla donde me senté a esperar a Laura y mis esfuerzos por pensar cómo contarle aquello. De un día para otro las luces se apagaron en la vida de mis padres, como parecía que también ocurriría en la mía. Una llamada de teléfono, alguien frente a ti te dice: «Tengo-malas-noticias». No somos conscientes de cada golpe que se nos viene encima y, sin embargo, seguimos creyendo que tenemos el control. No solté ninguna lágrima con la noticia, no sé por qué. Tan solo me senté otra vez en la silla, miré hacia abajo y contemplé durante un rato la marca de nacimiento de mi mano, aquella que Laura tenía igual. Un rato después, no sabría decir cuánto, oí una puerta abrirse a lo lejos y, al levantar la vista, mi hermana corría hacia mí desde el otro extremo del pasillo.

—Mario… —susurró en mi oído al tiempo que me abrazaba. Me di cuenta de que Laura necesitaba ese abrazo más que yo. Su cuerpo se amoldó al mío como si encajase la pieza que faltaba de mi puzle y aquel momento con ella compensó toda la espera en soledad—. ¿Qué te han dicho? Te he llamado desde el taxi. ¿Sabes algo? ¿Has hablado con alguien? ¿Los has podido ver? —me interrogó con prisa al tiempo que me soltaba y me miraba con esperanza de que pudiese contarle algo.

Fue entonces cuando me derrumbé y dejé escapar todas las lágrimas que había acumulado.

—¿Qué ocurre, Mario? ¿Qué pasa? —chilló.

Noté su rabia y su incomprensión. La abracé fuerte y ella luchó conmigo, tratando de escaparse, a la vez que me golpeaba el pecho.

—¡No! —gritó—. ¡No!

Percibí su dolor dentro de mí. Noté cada una de sus heridas en mi cuerpo.

Mamá tenía cuarenta y seis años. Papá, dos más. Nosotros nos quedamos solos aquel día, con veintiún años.

A partir de ese momento, Laura y yo nos convertimos en el único pilar que sostenía la existencia del otro: todo lo que éramos, todo lo que habíamos sido. Aquello fue un golpe inesperado que nos empujó a la vida cuando aún no estábamos preparados. Hubo un juicio. Y el juez dictaminó homicidio imprudente. Recibimos una suma de dinero irrelevante para el futuro que se nos presentaba.

Laura y yo asumimos la noticia de modos opuestos: ella se volcó en sus estudios en Canarias; yo me desmoroné sobre los míos en Madrid. Hablábamos cada noche durante una hora por teléfono, porque, sin pretenderlo, nos habíamos convertido en los últimos testigos vivos de nuestra propia vida. Muchas de nuestras conversaciones giraban en torno a una infancia que luchábamos por completar con las piezas que el otro guardaba en algún rincón de la memoria. «¿Recuerdas aquello?». «¿Y aquel día en que...?». Con la muerte de mi hermana, toda aquella vida que yo no recordaba se desvanecería para siempre.

Una voz interrumpió todos mis recuerdos.

—Aquí no hay nada, sargento. Parece que está todo limpio —dijo uno de los agentes de Criminalística mientras se asomaba por la puerta de la habitación de Laura—. Hemos cogido algunas huellas y cabellos del sofá que mandaremos al SECRIM, pero todo indica que aquí no pasó nada relacionado con la muerte de la chica. Nos llevaremos el ordenador y poco más.

Ella asintió en silencio y se giró hacia mí.

—Supongo que no tiene otro lugar donde dormir, ¿verdad? —me preguntó.

Negué con la cabeza con un nudo en el pecho.

—¿Me puedo quedar aquí?

La sargento me observó un instante y miró a su alrededor. Parecía que buscaba algo allí que no conseguía comprender, pero no encontraba nada que la llevase a una conclusión concreta.

—¿Qué pensáis vosotros? —preguntó a sus compañeros.

Uno de los tipos enfundados en el mono blanco respondió encogiéndose de hombros.

—Tenemos el coche, el entorno y las imágenes de las cámaras que vayamos encontrando. No sé. Aquí todo parece limpio, sargento —replicó Quintana, en cuyo tono de voz sentí brotes de empatía y cansancio—. Podríamos tirar con lo que tenemos, ¿no crees?

Ella asintió sin abrir la boca, pero no parecía conforme. Volvió a repasar la habitación con la vista y luego me miró a los ojos con una mueca de resignación en los labios.

—Lo siento, muchacho —dijo finalmente—. Te ayudaremos a buscar un lugar donde dormir unas noches.

—¿Cómo dice? —No comprendí aquellas palabras.

—Precintaremos el piso, que quedará bajo investigación unos días hasta que aclaremos lo que ha sucedido. Hay algo aquí que no me cuadra.

—A sus órdenes, sargento —aceptó el agente Quintana con gesto de sorpresa.

—Joder —exhalé.

Una parte de mí quería cerrar los ojos y que todo terminase de una vez; otra, ahondar en la venganza y encontrar a quien había matado a mi hermana. Lo último que me importaba era pensar en dónde dormir, cómo salir adelante o qué iba a hacer con mi vida a partir de entonces. ¿Acaso me quedaba algo de ella?

—Coja algo de ropa —añadió la sargento—. Hay algunos hoteles por aquí cerca que seguro que tienen habitación y están bien de precio. Trataremos de que no dure mucho esta situación, pero durante unos días no podrá entrar, ¿de acuerdo?

—¿Qué más les falta por ver aquí? ¿Acaso no tienen suficiente?

Agaché la cabeza y resoplé por la nariz. Ya nada importaba. La sargento cogió el marco de la ilustración con sus manos enguantadas y lo ondeó un instante en el aire, dejándome leer una vez más las palabras de mi hermana sobre los acantilados de Los Gigantes.

«Búscame, Mario», leí con la voz de Laura que resonaba en mi cabeza. Me sequé en los pantalones las manos, húmedas por mis propias lágrimas, y cuando levanté de nuevo la vista allí estaba Laura, contorneada por la luz que entraba desde la calle a través del ventanal, mirándome con los ojos tristes.

## Capítulo 11
## La Orotava, isla de Tenerife
## Domingo, 20 de octubre de 2019
## Candela Oramas

*Un trauma es como llevar un reloj roto*
*que siempre marca la misma hora.*

Candela Oramas se despertó en su piso en La Orotava, vestida con los vaqueros y la blusa del día anterior, y se revolvió en la cama dolorida por haber dormido incómoda. Tras despedirse de la unidad de Criminalística, Quintana y ella acompañaron al chico hasta el Aguere, un hotel de dos estrellas emplazado en un edificio colonial justo al lado del piso de Laura, en el centro de La Laguna. Esperaron hasta que el recepcionista les aseguró que tenían disponibilidad. Tuvieron suerte porque quedaba libre una habitación individual donde Mario Ardoz podría, al fin, llorar en soledad. Luego Quintana la llevó en el coche patrulla directa a casa en La Orotava, en un trayecto silencioso donde ambos estaban desanimados por cómo iban evolucionando los primeros pasos del caso.

—¿Nos vemos mañana a primera hora en la comandancia? —preguntó Quintana mientras ella se bajaba del coche. Emitió un bostezo largo que acompañó la segunda parte de la frase—: Ya deberíamos tener algunas imágenes de Tráfico.

—Descansa, Quintana. Ha sido un día largo —replicó mientras cerraba con un portazo.

Nada más entrar en el piso, Candela rememoró sin querer la discusión con Daniel, cuyo eco aún retumbaba en cada rincón, y prefirió dirigirse directa al dormitorio y desaparecer durante unas horas para dejar de escucharlo. Se quitó la coleta y las zapatillas, y se tumbó en la cama, agotada.

Un instante después, o al menos ella lo sintió así, abrió los ojos de golpe y miró el reloj digital de su mesilla, que marcaba las 06:29. Le molestó ver aquella hora brillando en la pantalla. Era demasiado pronto para bajar los brazos y rendirse, y demasiado tarde para seguir durmiendo. Se había prometido recuperarse de la resaca emocional del día anterior y había fijado la alarma a las siete, pero aquello siempre le pasaba cuando había algo en su cabeza rebotando en los rincones más oscuros. Se puso en pie de mal humor y se desvistió mientras caminaba hacia la ducha. Se metió y dejó correr el agua sobre ella más tiempo de la cuenta al tiempo que pensaba en la imagen del cuerpo de Laura, tirado sobre las rocas. Se secó mirándose desnuda en el espejo y, sin querer, se imaginó a sí misma sufriendo la misma suerte.

Entonces se acordó de aquel episodio, cuando tenía nueve años y vivía en La Palma, en el que se perdió mientras hacía senderismo con sus padres en el Parque Natural de Cumbre Vieja. Habían aparcado a la entrada del camino de tierra, junto a una construcción eléctrica pintada en verde y llena de grafitis, a la salida del puente de la LP-3, y se adentraron en el Sendero de los Lomos zigzagueando entre la vegetación hasta que se vieron envueltos por el encanto y la belleza del bosque de laurisilva de troncos finos y retorcidos que abrazaban el camino con las ramas de las fayas, los brezos y los laureles, los acebiños y los helechos. Sus padres avanzaban más rápido que ella, que trataba de seguirles el ritmo con dificultad mientras ascendían por el camino resbaladizo. Tras pasar el cortafuegos, la ruta se complicó. Las hojas mojadas y la pendiente de aquel tramo hacían que sus pequeños pies se deslizaran ocasionalmente sobre las rocas húmedas del bosque. Aunque estaba acostumbrada a caminar en la naturaleza, aquel domingo todo parecía más difícil. El plan era terminar pronto porque habían reservado en un guachinche para comer. Ella aún recordaba la voz de su padre, que le gritaba desde la distancia: «Venga, Candela. No te quedes atrás». La pequeña jadeaba por el esfuerzo y aprovechaba los tramos fáciles para hacer un sprint y recuperar la distancia perdida, pero pronto la brecha volvía a abrirse en cuanto se inclinaba la pendiente. A veces, en la noche, aún podía oír el sonido de los pasos de sus padres a pocos metros de ella y cómo, tras un giro, aquel sonido se difuminaba y desaparecía. Aquel día aceleró el ritmo y volvió a correr para darles alcance, pero sintió un golpe de adrenalina al verse envuelta en la más absoluta soledad, rodeada de plantas y árboles que le bloqueaban la vista y bifurcaban el camino en una decena de opciones.

—¡Mamá! —chilló—. ¡Papá! ¿Dónde estáis?

Pero no oía ninguna respuesta. Se giró sobre sí misma buscando el camino de vuelta, pero no sabía hacia dónde dirigirse. Asustada y sin dejar de gritar, pensó que la mejor opción era quedarse allí pidiendo auxilio hasta que sus padres apareciesen. Sin embargo, ellos corrían buscándola en otra dirección porque, aunque podían oírla, su voz viajaba a través del viento y parecía que venía de la cima del volcán.

Pasó allí ocho horas sola, oyendo gritos en la lejanía. Ella trataba de guiarlos hasta donde estaba, sin conseguirlo. Cuando la noche empezaba a insinuarse en el horizonte, con la voz rota de tanto gritar y agotada por el miedo, se acurrucó entre las raíces intrincadas de un árbol cubierto de musgo y se imaginó que moriría allí, sobre la tierra húmeda, vibrante y fértil de aquella isla volcánica. Su cuerpo alimentaría a las plantas y viviría para siempre sobre sus hojas. De pronto, mientras lloraba y notaba ligeros temblores bajo la superficie, oyó unos pasos cerca y, sin que tuviese tiempo de girarse y volver a pedir auxilio, sintió la mano cálida de su madre sobre ella, que la abrazó mientras lloraba de felicidad.

Regresó de golpe a la realidad... Sonó el despertador en el dormitorio, marcando las siete, y se vistió con rapidez con otros vaqueros, esta vez negros, y una blusa verde oliva. Se preparó una tostada con mantequilla y mermelada de fresa, que se tomó con el café que había sobrado del día anterior tras calentarlo en el microondas. Sin azúcar. Aquel día todo merecía ser un poco más amargo. Puso un pódcast en su móvil para eludir el silencio, pero lo cortó porque le molestaba el ruido, y desayunó sobre la mesa de la cocina mirando al vacío, evitando pensar en la soledad que se le presentaba por delante a sus treinta y seis años. Limpió la taza y el plato, y luego se dirigió al dormitorio para coger el chaleco de la Guardia Civil y ponerse las zapatillas. Se recogió la melena castaña en una cola, pero luego, tras sacarse algunos mechones y colocárselos delante de la cara, se la quitó para volvérsela a hacer. No le gustaba cómo se veía, pero tampoco quería perder tiempo en arreglarse mucho más.

Salió de casa con los primeros rayos de sol y buscó su coche en el aparcamiento de San Agustín, donde tenía una plaza alquilada para el Seat León gris a razón de noventa euros al mes. El vigilante la saludó desde la caseta con la mano en alto y miró el reloj, como siempre hacía cuando veía llegar a Candela. Era su señal para salir a tomarse el café de máquina de la mañana.

Condujo cuesta abajo desde el aparcamiento rodeando la iglesia de San Agustín, donde giró al oeste y luego al norte, por la calle Tomás Pérez, y se topó de frente con el imponente blanco que destacaba sobre las rocas oscuras de la fachada de la iglesia de la Concepción. Detuvo el coche frente al portón de madera de un edificio de dos plantas color salmón, y otro guardia civil de veintipocos años que se encontraba en la entrada se acercó al vehículo con cara de pocos amigos y aires de grandeza.

—Aquí no puede aparcar, señora. Esto es un juzgado y las plazas están reservadas para el personal del edificio —dijo antes de que ella se bajase del coche y se girase mostrando el chaleco de la Guardia Civil. Él abrió los ojos sorprendido y trató de corregirse con prisa, ruborizado, al tiempo que la saludaba llevándose la mano a la frente—: Sargento Oramas. Disculpe, no la había reconocido.

Ella no recordaba su nombre y esperó a que se presentase.

—Cabo Betancourt, mi sargento.

—¿Qué tal? ¿Jaleo por la noche? —preguntó ella mientras rodeaba el coche y se acercaba a la puerta.

—Como siempre. Aquí tengo a dos detenidos. Una riña familiar. Dos varones se pelearon con cuchillos de cocina por repartirse la herencia de su madre. Todo esto con ella en la casa, vivita y coleando. Setenta años tiene la señora y está más en forma que yo. Fue ella la que llamó.

—La gente está perdiendo el norte —replicó la sargento en un tono que dejaba ver que había presenciado cosas peores por dinero.

—Lo mejor es que ella nos dijo, mientras nos llevábamos a sus hijos detenidos, que piensa gastarse la pensión de viudedad y lo poco que tiene ahorrado viajando por el mundo.

La sargento esbozó una sonrisa. Luego miró hacia el vestíbulo del juzgado y suspiró.

—¿Ha llegado la jueza de instrucción? —preguntó sin querer andarse con rodeos.

—¿Ana Salcedo? —inquirió el agente—. Sí, está arriba. En su despacho.

Candela trató de ocultar el enfado que sintió al oír su nombre y se adentró en el edificio con paso firme. Sabía que se arrepentiría de lo que iba a hacer, pero lo necesitaba. Estaba agotada, furiosa y al límite. Lo último que quería era dejar que el caso de Laura Ardoz se retorciese entre sus manos por haber tenido la mala fortuna de caer en las fauces de una disputa personal. Subió por las escaleras sin despedirse de Betancourt mientras recordaba a Mario, con aspecto derrotado en la comandancia, sin pelo y con la capucha puesta, pero también su impotencia arriba, en el parque nacional, gritando el nombre de su hermana hasta quedarse sin voz. Cuando llegó al piso superior, sin quererlo, pensó en Daniel y en su imagen cerrando la puerta de casa tras la discusión, hasta que una mujer interrumpió sus pensamientos.

—¿Candela? —le dijo una voz a su espalda en una entonación que dejaba entrever que no era bienvenida allí.

Era Romina, una auxiliar del juzgado que se notaba que detestaba a Candela tanto como ella a la jueza Ana Salcedo.

—Tengo que hablar con la jueza de instrucción —replicó ella.

—La jueza está ocupada. Lo siento, pero ahora mismo no puede recibirte.

—Es sobre…

—Sobre la chica muerta en el parque nacional, ¿verdad? Que sepas que está enfadadísima por cómo se gestionó todo allí arriba. ¿Has visto el periódico hoy? Está en la portada del *Diario de Avisos* y parece que ya se han hecho eco *El País* y *El Mundo*. Reza para que no llegue más lejos o la isla se va a convertir en un circo.

—¿Qué?

—Alguien hizo una foto al cuerpo, lo subió a Twitter y ha llegado a los medios.

—Joder —espetó al pensar en la familia de Málaga que había encontrado el cadáver de Laura Ardoz.

—Está al teléfono con Madrid tratando de parar la ola que se nos viene encima —añadió—. Ahora no puedes pasar, lo siento. Le diré que te llame.

Candela la miró seria, intentando dejar ver que aquel juego de poder y distancia no iba con ella.

—Pero es que me denegó ayer el registro al piso de la víctima.

—¿Y? No estaría suficientemente justificado. Es un caso grave y no la quiere cagar. Y entre nosotras... —Se acercó a ella y bajó la voz, como si le estuviese haciendo un favor contándole aquello—. No está muy contenta con que estés tú llevándolo, la verdad.

La sargento resopló por la nariz y sonrió con sarcasmo al tiempo que negaba con la cabeza.

—Os avisaremos cuando tengamos el informe del forense —añadió Romina tendiendo una mano hacia la escalera, invitándola a marcharse— y la jueza decida cómo proceder.

—Por favor, Romina. Déjame hablar con ella. Será un minuto. Tú no has visto a su hermano llorar —aseveró—. Se ha quedado solo, en la isla, sin su hermana y sin respuestas. Lo acompañé anoche a un hotel en el centro sin estar muy segura de si hacía bien dejándolo allí sin compañía. Ese chico lo ha perdido todo y quiere saber quién es el culpable lo antes posible. Todos lo queremos, ¿no? ¿No te preocupa que pueda haber un asesino suelto en la isla? ¿Te gustaría vivir en un lugar en el que muere una chica y los encargados de descubrir quién la asesinó se dedican a jueguecitos de poder y burocracia en lugar de buscar al responsable?

—No, claro que no, Candela. Pero ahora no es el momento. —La miró con interés, con los ojos abiertos y las cejas arqueadas. Candela no entendía su actitud—. Me ha pedido que no pase nadie a su despacho y tenemos la mañana ajetreada, así que, por favor, Candela, déjalo estar. —Colocó la mano sobre el omóplato de la sargento y la empujó con suavidad hacia la escalera—. Le diré que has estado aquí y que te llame. ¿De acuerdo?

—No me toques —protestó Candela evitándola con un movimiento rápido.

Suspiró con profundidad para contener las ganas de darle un empujón, pero pensó que, si lo hacía, tendría medio pie fuera del caso de Laura Ardoz. Agachó la cabeza y descendió hasta la planta baja con pasos lentos en dirección a la salida, confusa y enfadada. Estaba a punto de explotar. No entendía aquella negativa momentánea y pensó que ocurría algo más, pero no llegaba a comprenderlo. Al alcanzar la puerta del juzgado, seguida de Romina a pocos pasos de ella, levantó la vista y entonces todo encajó: en la acera de enfrente, al otro lado de la calle, estaba aparcado el coche de Daniel, su expareja. Se giró y se encaró con Romina, con los ojos fijos en ella, negando con la cabeza.

—No me lo puedo creer.

—¿El qué?

—Está arriba, ¿no? Con ella.

—Mira, Candela, no es el momento ni el lugar, ¿vale? —replicó la auxiliar oteando a ambos lados para asegurarse de que nadie la oía—. Quería ahorrarte esto.

—¿Os estáis riendo de mí? ¿Es eso? Porque no tiene otra explicación.

Romina agachó la vista y lo admitió al fin.

—Hoy han llegado juntos y temprano, Candela. Y, cuando te he visto, me has dado pena. Quería evitarte el mal rato porque entiendo que debe de ser difícil.

—¿Pena? —Candela trató de esconder en el timbre de su voz aquella palabra que la destrozaba por dentro.

—Aquí todos sabemos lo de vuestra pérdida y que tras la ruptura él empezó a salir con Ana. Es un abogado simpático que se pasea por los juzgados haciendo amigos, y yo fui un poco testigo de cómo fue aquello. Y te aseguro que nada de lo que dicen es verdad, ¿sabes? Fue después de que rompierais.

—¿Por qué haces esto, Romina? —le preguntó Candela derrumbándose como un castillo de naipes.

Le costó contener las lágrimas.

—Porque yo también perdí a un hijo estando embarazada de pocas semanas y empatizo contigo, Candela.

—Lo mío fueron siete meses, Romina —se lamentó ella, dolida.

—Pero los sueños eran los mismos, ¿no crees?

Candela agachó la cabeza hacia el suelo y asintió sin saber muy bien por qué lo hacía. Quizá era un modo de aceptar aquella verdad para sentirse menos sola, pero también vio en los ojos de Romina un fino hilo de tristeza en el que se reconoció.

De pronto se oyeron unas risas seguidas de unos pasos rápidos bajando la escalera. Entonces levantó la vista por encima de Romina y vio a Daniel, cuyo rostro viajó de la felicidad a la sorpresa como solo lo consigue la culpa. Aminoró el paso y agachó la mirada. Candela se apartó para que pasase sin mirarlo, pero él se detuvo delante de ella un instante y no supo qué decir.

—Ni lo intentes —susurró Candela.

Él hizo un ademán con la cabeza y, sin pronunciar palabra, salió del edificio con las manos en los bolsillos. Se montó en el coche y, sin volverse hacia ella, arrancó y desapareció de su vista. Entonces Candela se giró y, como si estuviese cargada de una energía recobrada, subió las escaleras a toda prisa ignorando los gritos de Romina.

—¡Candela, no!

Oyó la voz de la auxiliar rebotando en las paredes y en el suelo de baldosas blancas y, cuando llegó arriba, agarró el pomo y abrió de golpe la puerta de madera noble del despacho de Ana Salcedo.

# Capítulo 12
# San Cristóbal de La Laguna, isla de Tenerife
## Madrugada del domingo, 20 de octubre de 2019
## Mario Ardoz

*En toda oscuridad*
*siempre hay esperanza*
*para una chispa inesperada.*

Me fue imposible pegar ojo aquella noche en la habitación del hotel Aguere sabiendo que tenía tan cerca el piso de mi hermana. El hotel estaba justo en el edificio de al lado y, cuando oía un ruido que provenía de alguna de las habitaciones contiguas, me imaginaba que era ella, que podía oírla a través de las paredes. Unos pasos en la planta superior me evocaban a Laura caminando descalza al otro lado del muro; el sonido de una puerta de un mueble cerrándose me hacía viajar hasta un instante en que la veía preparando el desayuno tras el tabique. La cama era incómoda, demasiado estrecha, y tumbado en ella en la penumbra sentía como si estuviese durmiendo sobre una roca. Me retorcía y contorsionaba buscando una posición en la que poder conciliar el sueño, pero, cada vez que cerraba los ojos, veía a Laura delante de mí, con la mirada triste, mientras me susurraba: «Búscame, Mario».

Unas horas antes, cuando salimos del apartamento de Laura, los agentes de la Guardia Civil me acompañaron hasta el edificio de al lado, donde esperaron hasta confirmar que había una cama disponible en el hotel. Me repitieron una decena de veces que me llamarían para tenerme al tanto de la investigación, y la sargento Oramas, antes de marcharse, me apartó a un lado para asegurarse, con gesto preocupado, de que no cometería ninguna estupidez.

—Aquí tiene mi teléfono por si necesita algo, ¿vale? —me dijo entonces con un tono en el que identifiqué que creía que me suicidaría o algo por el estilo—. No se vaya de la isla. Puede que lo necesitemos. Y sea fuerte. Sé que es difícil, pero encontraremos una respuesta a todo esto, ¿de acuerdo? Daremos con el culpable.

—No se preocupe. No tengo nada de lo que huir —le respondí con decisión.

Y era verdad. Me dolía el pecho de llorar, me dolía la pierna por la operación, me dolía la piel por el sol. Pero no me dolía el alma por mentir, sino por la culpa de no haber podido protegerla. La visita al piso de Laura había sido un fracaso desde el punto de vista de la Guardia Civil, pero yo no paraba de darle vueltas a la acuarela de los acantilados de Los Gigantes y su significado. ¿Qué quería decirme Laura? ¿Acaso había planeado algo en aquel lugar? ¿O solo era su manera de mostrarme el inicio de nuestro viaje?

Volví a incorporarme con dificultad, sintiendo un ardor punzante en la pierna izquierda, y contemplé en la penumbra de la noche el reloj digital que marcaba las 02:17 en color rojo. La habitación era pequeña, apenas decorada con la cama individual de noventa, un minibar bajo, un estrecho escritorio y un armario sin perchas. Cero quejas; no tenía nada que colgar. Abrí el minibar y me tomé de un sorbo casi toda la botella de agua de cortesía y aun así sentía la boca seca de tanto llorar. Me acabé también el agua con gas, que me arañó la lengua y la garganta para recordarme que seguía vivo. Me había acostado con los vaqueros y sin la sudadera, solo con una camiseta blanca de manga corta, pero, aun así, necesitaba aire. Estaba acalorado, pero con un sudor frío recorriéndome la espalda y la respiración entrecortada. Tenía la sensación de que estaba a punto de darme un ataque de pánico, y no había nadie para ayudarme.

Caminé a oscuras por la habitación hacia el pequeño balcón que daba a la calle peatonal, que apenas estaba iluminada por una decena de farolas amarillentas, con la señal de la farmacia apagada, y lo abrí para salir. Noté alivio al sentir una ráfaga de aire fresco en el rostro que disipó el sudor de la frente y miré a la distancia, en el silencio de la calle, tratando de encontrarme a mí mismo en aquella oscuridad. No había nadie por ninguna parte y, de vez en cuando, se oían los aullidos de los gatos hablando en el idioma de la noche. Todo parecía dormido, como si el mundo hubiese decidido acompañarme en el duelo, pero no en el insomnio, hasta que, de pronto, una figura emergió desde el fondo de la calle en una moto grande en dirección a donde yo me encontraba. Cuando llegó frente al edificio colindante, paró junto a la farmacia, se bajó de la moto y caminó con prisa con el casco puesto hacia el portal de mi hermana. Entonces llamó al timbre con una desesperación que me resultaba familiar. Era, por algún motivo, como si me estuviese viendo a mí mismo por la mañana, buscándola antes de coger el coche y conducir hacia el Teide.

Luego la figura se llevó las manos a la cabeza mientras yo la miraba, asombrado y asustado, tratando de traducir sus gestos. Era pequeña y delgada, quizá de la altura de mi hermana, y reconocí en ella sus formas de mujer. Vestía un pantalón largo negro y una blusa en tonos grises que Laura nunca se habría puesto.

De nuevo, llamó al telefonillo para después caminar de un lado a otro, como si tratase de contener su impotencia mientras esperaba una voz en el portal que no llegaba. Yo la observaba sin que se diese cuenta de que estaba allí, como uno de esos gatos nocturnos que aullaban en la distancia, y prestaba atención a sus pasos, que sonaban en la noche como los latidos de mi corazón. Fue entonces cuando se quitó el casco y vi su rostro bajo la luz tenue de la calle. Tenía el pelo castaño rizado y las farolas pintaban sobre él destellos dorados que se deslizaban por su cabeza como olas de luz. Entonces observé cómo sacaba de su bolsillo un móvil y marcaba mirando hacia arriba, en dirección al piso de Laura. Estuvo quieta varios segundos, con el auricular pegado a la oreja y los ojos clavados en la segunda planta, hasta que se separó del teléfono lentamente y se derrumbó en un llanto que le hizo temblar todo el cuerpo. Lloraba. Y lo hacía sin emitir sonido alguno. Y yo me reconocí en su tristeza y no pude evitar unirme a ella.

—¿Hola? —le dije de pronto desde el balcón.

Me miró como si fuese un ciervo en el bosque: los ojos grandes y asustados, la cabeza inmóvil y amenazante. Se llevó la mano a la cara y se secó su dolor. Luego negó con la cabeza y se dirigió a la moto.

—¿Quién eres? —le grité, temeroso de perderla. Se movía como un fantasma que yo no quería perder de vista. Algo en mi mente me decía que no podía dejarla marchar—. No te vayas, por favor. ¿Quién eres?

Volvió a negar y se puso el casco. Arrancó la moto y aceleró un par de veces para indicar que se marchaba. El sonido atronador de un motor de 250 cc rugió en la calle. Fue entonces, atropellado por el miedo, cuando vociferé las palabras que me ardían en el pecho y que me llevarían a un viaje sin retorno.

—¿Conocías a Laura? —grité tan alto como pude para que me oyese.

Aquella pregunta pareció golpearla con la misma fuerza con la que yo la había pronunciado. Tiré al suelo mis temores, sabedor de que no tendría otra oportunidad, y me lancé de nuevo:

—Era mi hermana —añadí con fuerza desde el balcón.

Oí el eco de mi voz viajando por la calle, colándose entre el sonido del motor de su moto, que podría pesar el triple que ella. No retiré la mirada ni un segundo de sus ojos. Mientras, el aire me acariciaba la piel de la cabeza y me erizaba la piel de todo el cuerpo. No había pensado en que mi aspecto de chico sin pelo podría asustarla porque yo no quería perder más el tiempo en cosas banales. Ella también me miraba a través del casco.

—La conocías, ¿verdad? Por eso has venido —dije con la respiración entrecortada.

Permaneció inmóvil, observándome en silencio. Pensaba que se iría de un momento a otro y dudé de si había hecho bien hablándole. Caí en la cuenta de que en el bloque de mi hermana vivía más gente y podría tratarse de cualquier otra persona, por cualquier otro motivo, y de repente quise esconderme en la habitación y morirme en soledad. Quizá estaba demasiado sugestionado por la situación y me había equivocado con lo que había querido ver. Pero en ese momento la chica apagó el motor y se quitó el casco. Seguía llorando. Tenía la mirada apagada y llena de dolor. Y entonces se dirigió a mí con una voz dulce y ajada:

—¿Eres Mario?

## Capítulo 13
## La Orotava, isla de Tenerife
## Domingo, 20 de octubre de 2019
## Candela Oramas

*El amor es el germen de nuestras acciones*
*más bellas y también de las más estúpidas.*

Candela permaneció inmóvil bajo el umbral del despacho de la jueza de instrucción con los ojos fijos en ella. Tenía tantas cosas que decirle que era incapaz de elegir una sola. Había llegado hasta allí motivada por la rabia y la impotencia, pero una vez que se encontró de frente con Ana Salcedo se dio cuenta de que no servía de nada pelearse por un hombre que no la merecía. Él la había traicionado en su momento más bajo, cuando no era más que un montón de fragmentos esparcidos por el suelo. Ella había tratado de perdonarlo porque creyó que, si lo hacía, sería capaz de unir las piezas de sí misma, pero en el fondo cada poro de su cuerpo le gritaba que aquello era un error, que el amor no funciona así. El amor puro, como el que sentían sus padres, aumenta y crece con el dolor compartido. Dos personas que se quieren se unen para siempre en la adversidad; dos personas que tan solo se aguantan se distancian tras el primer bache.

Sumida en una tristeza difícil de asumir, Candela había tratado de justificar la infidelidad de Daniel porque ella se había encerrado en sí misma tras perder al bebé en julio y se había convertido en un alma en pena que caminaba por la casa depresiva y distante. Al separarse en agosto tras confesarle Daniel que se había visto con otra persona, él se mudó a su piso en Santa Cruz y ella se quedó viviendo en el que compartían de alquiler en La Orotava, y dejaron de verse. Pero el martes anterior ella lo llamó en un arrebato de soledad y quedó con él en Casa Egón, una cafetería tradicional con vistas a los jardines del Marquesado de la Quinta Roja.

—Volvamos a intentarlo —le dijo ella mientras movía la cucharilla para calmar sus nervios ante aquel retroceso.

Corría una brisa suave que parecía transportar el aroma del perdón. Daniel vestía de traje con una corbata que ella le había anudado una decena de veces antes de marcharse a algún juicio. Ella se inclinó sobre la mesa y le tocó la pierna.

—No sé, Candela. No sé si estoy preparado. No sé lo que quiero. Nos hemos hecho mucho daño.

—Te necesito, Dani. No puedo con esto sola. Te echo de menos. Teníamos todos nuestros sueños en el aire.

Él la contempló unos segundos con expresión triste, y ella no se dio cuenta de que era la misma mirada de quien observa a un cachorro malherido en el centro de una carretera, con vehículos pasando a toda velocidad por su lado, en espera del impacto final.

—Te veo mejor —le dijo él—. Más animada.

—Me reincorporé el mes pasado. No hay mucho de momento en la comandancia y está la cosa tranquila.

—Yo tengo más trabajo que nunca —replicó él dejando clara la distancia entre los dos.

—Busquemos tiempo juntos. Podríamos tener una cita. Empecemos poco a poco, como al principio. ¿Recuerdas nuestro primer beso?

Él dibujó una mueca triste con los labios. Ella creyó que era una sonrisa.

—He venido porque quería asegurarme de que estabas bien, Candela. Sé que me porté mal y lo siento. No debí alejarme así, pero me sentía solo.

—No me pidas perdón, Dani —dijo ella en un tono que parecía más bien una súplica—. No te he pedido quedar para echarnos nada en cara. Fui yo la que se alejó de ti. No me encontraba bien y... me encerré en mí misma.

Él respondió con una sonrisa leve y Candela se aferró a aquel gesto con esperanza.

—Te echo de menos, Dani. Nos merecemos intentarlo de nuevo, ¿no crees?

Ella subió la mano por el muslo y se detuvo más cerca de su entrepierna. Él se fijó en aquel gesto y se inclinó hacia ella. Se besaron. O más bien fue ella la que se lanzó en el último momento al ver que se acercaba.

Y, durante aquel beso, Candela creyó acariciar su vida pasada con la punta de los dedos. Recordó aquellas noches juntos, abrazados en el sofá, viendo una serie en Netflix; también se vislumbró junto a él, manchados de blanco, mientras pintaban las nubes en aquel cuarto que se quedó a medias; y, de pronto, un destello del rostro del bebé que ella sostenía en brazos en una butaca del hospital, inmóvil y con la piel fría. Candela se separó por el impacto de aquella imagen y miró a Daniel a los ojos, aterrada. En ese instante, cuando parecía que estaban cerca pero en realidad se encontraban más lejos que nunca, sonó el móvil de Daniel y él, en lugar de ignorarlo como habría hecho cualquier persona enamorada, atendió la llamada al instante y se puso en pie, con la vista perdida en los jardines.

—Dime. —Candela no sabía qué pensar—. Claro. Sí. Estoy cerca. En diez minutos puedo llegar.

Tras colgar, se acercó a Candela, serio, y no le dio tiempo a justificarse cuando ella habló por él.

—Te tienes que ir.

Daniel asintió.

—Pero quedemos, ¿vale? Yo también te echo de menos, Cande.

—¿Cuándo? Puedo pedir el día.

—¿Qué tal el viernes? Cenamos por ahí. Conozco un sitio nuevo de carne en Puerto de la Cruz. Buen vino, vistas al océano.

—Suena perfecto —respondió ella con una ilusión ciega que le impedía ver las señales.

Él se despidió con un beso y ella lo observó marcharse con la sensación equivocada de haber puesto orden en su vida.

Cuando llegó el viernes, él pasó a recogerla y la llevó al Brunelli's, un local de manteles de tela y cristaleras mirando al horizonte, situado en las inmediaciones del Loro Parque. Llegaron con los últimos rayos del atardecer, ella con un vestido negro de tirantes finos, él con un traje gris oscuro que usaba para el trabajo y con barba de tres días. Se sentaron mirando a la inmensidad del agua, que se oscurecía ante ellos poco a poco entre risas, recuerdos y complicidades.

Durante lo que duró aquella cena, pareció que todo volvía a ser como antes y, al llegar al postre, ambos estaban tan cerca el uno del otro que fue inevitable que Candela lo invitase a ir a su casa. Se tomaron la última copa juntos en el salón y se difuminaron las imágenes que golpeaban a Candela en forma de frío entre sus brazos. Se acostó con él para acallar los gritos de auxilio que reverberaban en el fondo de su alma. Cuando él se marchó por la mañana, sintió de nuevo el frío en su piel, pero algo en ella había cambiado: su corazón estaba en llamas.

Todo eso pasaba por su cabeza mientras Ana Salcedo, vestida de calle pero maquillada pulcramente, la miraba con un gesto de sorpresa e incomprensión.

—¿Qué hace aquí, sargento Oramas? —La jueza la sacó de sus pensamientos con un tono de voz impecable, como su aspecto. Candela seguía bajo el marco de la puerta—. ¿Tenemos cita? Supongo que no. Si necesita algo, hable con el auxiliar del juzgado.

—No, señoría. No tenemos cita. Y, créame, preferiría estar ahora mismo en la comandancia, avanzando en el caso de Laura Ardoz, antes que aquí, pero hay cosas que no pueden esperar.

La jueza Salcedo enarcó las cejas y no supo qué responderle.

—He venido a decirle una sola cosa y me marcho —añadió Candela. El corazón le bombeaba con fuerza en el pecho y notaba cada uno de sus latidos hasta en la punta de los dedos—. Quédese con él, pero no me ponga zancadillas en mi trabajo —aseveró con los ojos fijos en la jueza.

—¿Cómo dice? —inquirió ella con incredulidad.

—Usted y yo sabemos de lo que hablo. Y no me importa. No me importa nada ya. Me ha dolido, pero yo no soy mis heridas, ¿entiende? Y sé que le molesta que esté con el caso de Laura Ardoz, pero soy la persona perfecta para resolverlo. Y si pido una orden de registro a un domicilio es por un motivo. No me importa lo que pasara entre Daniel y usted, ni si van a estar juntos o ya lo están, o si será una aventura que no llegará a nada. Le repito, por si no lo he dejado claro: no me importa lo que tengan entre los dos. No pienso volver a arrastrarme por alguien como él. Solo le pido que sea profesional. Hay un chico ahí fuera que ha perdido a su hermana. Y hay un culpable a quien de momento ni nos hemos acercado. Quédese con Daniel. Él es el origen… —Se detuvo un instante para luchar contra la grieta en su tono. Hasta ese momento había conseguido hablar sin titubeos, pero aceptar aquel punto final de su vida le dolía, y aquella emoción trepó por su garganta hasta conquistarla y convertir su voz en un susurro—. Es el origen de lo mejor que me ha pasado en la vida, pero también de lo peor.

La jueza la escuchó inmóvil, con el rostro quieto, como si estuviese congelado.

—Y necesito que usted apruebe nuestras actuaciones —continuó la sargento—. Lo único que quiero es que me deje trabajar y tendrá a su culpable. Pero no me torpedee, y no lo haga con tecnicismos absurdos. Ya he perdido demasiadas cosas en mi vida y no pienso renunciar a hacer bien mi trabajo —sentenció como pudo, casi sin aliento.

Ana Salcedo esperó en silencio y, tras asimilar sus palabras, se giró sobre la mesa y observó los papeles que tenía sobre ella, como si hubiese dado por zanjada la conversación. Candela esperó un instante sin saber muy bien cómo interpretar sus movimientos. Una parte de ella creía que se desencadenaría una disputa directa, y así se lo hacía saber cada músculo de su cuerpo, que estaban contraídos en señal de defensa, pero otra parte respiró aliviada cuando la jueza la miró una vez más y preguntó:

—¿Ha terminado?

Candela asintió. Ella seguía sin creerse aún aquel salto al vacío que acababa de dar. En ese momento pensó que había cometido un error y que su carrera como sargento en la Unidad Orgánica de la Policía Judicial de la Guardia Civil estaba a punto de terminar. La apartarían un tiempo, le abrirían un expediente disciplinario y, poco a poco, se alejaría de su puesto para nunca volver.

—Bien —prosiguió la jueza—. No seré yo quien le impida que encuentre al culpable, pero no admitiré errores. Quiero cada paso justificado correctamente y documentado en las diligencias. No me gustaría tener que desestimar pruebas. Encuentre a quien ha matado a esa chica. La ola de la prensa acaba de comenzar. No me apetece este ruido personal, sargento. Me tiene en su equipo, aunque le duela.

Candela tragó saliva e interiorizó en silencio aquella respuesta como un pacto entre las dos para tratar de dejar el tema a un lado. Debían trabajar juntas, o, al menos, no provocar que aquello fuese un desastre.

—Sé que anoche hizo el registro con permiso del hermano. Por su bien espero que él lo autorizase.

—Lo hizo. Le mandaré una copia firmada del permiso y de la lista de bienes confiscados. Ordenador, algunas muestras, poco más —replicó la sargento aceptando el trato de la jueza de llevarlo todo por la vía profesional, por mucho que la situación la sobrepasara.

—¿Y consiguió algo?

Candela negó con la cabeza, como si aquello fuese una derrota.

—Cerramos la vivienda por si necesitamos volver, pero no parece que hubiese nada.

—Bien. Confío en usted. Prepararé el auto de precinto —concedió para que la sargento sintiese aquel gesto como un avance—. Pero no se salga del camino, por el bien de todos.

—Gracias —murmuró Candela.

—¿Y bien?, ¿algo más? ¿Ha hablado ya con sus compañeros de estudio?

—Todavía no. Nos ponemos con ello ya.

—Pediré ayuda a los del cuartel de Adeje para que agilicen la toma de declaraciones a posibles testigos. Habrá que preguntar a mucha gente. Quiero esto resuelto. No podemos fallar.

—Estoy de acuerdo —replicó Candela evitando más polémica.

—Descubra todo lo que pueda de su entorno. Quiero nombres de los trabajadores del observatorio y dónde estaban cuando murió. Quiero que comprueben los antecedentes de todos ellos —incidió la jueza, y Candela asintió—. Las imágenes de las cámaras de tráfico que pidió han llegado hace un rato. No sé qué hace aquí aún. Páseme el informe cuando lo tenga.

Aquella diatriba de tareas cayó sobre la sargento como una nube de ceniza que lo ennegreció todo a su alrededor.

—Claro, señoría.

—Pues no pierda el tiempo —ordenó la jueza en tono serio y distante mientras volvía a mirar sus papeles—. Y cierre la puerta, por favor. La próxima vez llame antes y nos ahorramos todo esto, ¿de acuerdo?

—Sí, señoría —aceptó ella finalmente antes de girarse sobre sí misma y cerrar con una determinación recobrada.

Candela bajó con prisa e ignoró a Romina, que la esperaba en la escalera con gesto frío, y también al agente Betancourt, que la vio pasar caminando con paso decidido.

Sin despedirse de nadie, movida por una suerte de rabia contenida, se montó en su coche y arrancó en dirección a la comandancia.

## Capítulo 14
## San Cristóbal de La Laguna, isla de Tenerife
## Madrugada del domingo,
## 20 de octubre de 2019
## Mario Ardoz

*Caminamos por la vida revisitando*
*recuerdos de quienes pasaron por ella*
*y dejaron su huella.*

El corazón me dio un vuelco al oír a aquella chica pronunciar mi nombre. Por un segundo, no supe si la había escuchado en realidad o si mi mente había querido imaginarlo, como si tratase de aferrarse a un sueño, cuando de pronto insistió con voz insegura:

—Te llamas Mario, ¿verdad?

Asentí sin abrir la boca. La farola a su lado pintaba en el suelo una sombra alargada que se perdía debajo de mí.

—Tu hermana me habló de ti.

Era la primera vez que descubría una pequeña brizna de la vida de Laura que yo no conocía, y sentí tal vértigo por adentrarme en aquel mundo que amaba y temía que no supe qué responder.

—Ha muerto, ¿verdad? —continuó. Su voz sonaba débil y frágil—. Es ella la de la foto que circula por internet. Arriba, en la colada de lavas negras.

¿Foto? ¿A qué se refería? Agaché la mirada para evitar responderle, pero comprendí que mis ojos esquivos hablaban por mí. Volví a observarla, afectado por aquel encuentro, y me di cuenta de que ella seguía llorando.

Sin pensarlo demasiado, cogí la sudadera arrugada que había dejado sobre la silla y salí corriendo de la habitación mientras me la ponía. Bajé las escaleras dando saltos, impulsado por la necesidad de confirmar que aquella chica no era producto de mi imaginación. No había nadie en el mostrador de la planta baja y pasé por delante con pasos silenciosos para evitar que el recepcionista, que seguramente estaba dando una cabezada en alguna parte del hotel, interrumpiese aquel encuentro. Me puse la capucha y, al llegar a la calle, la vi por primera vez delante de mí, de pie junto a su moto apagada, con el casco protegiéndole el codo y su pelo castaño convertido en un mar de oro por la luz de las farolas. Sentí algo en ella que me resultaba familiar. Su melena rizada caía como una maraña desordenada sobre sus hombros. En sus ojos claros solo vi tristeza.

Me detuve a unos metros de ella con la respiración agitada.

—Dime que no es cierto —dijo al verme.

Fui incapaz de pronunciar en voz alta la confirmación de la muerte de mi hermana.

—¿Quién eres? —le pregunté con la certeza de que desaparecería tras hablarle.

—Me llamo Fayna. —Recordé que mi hermana me había hablado de ella en nuestras conversaciones por teléfono—. Soy amiga de Laura. Investigamos juntas en el observatorio. ¿Qué ha ocurrido? Dime que está bien, por favor. He visto esa foto y creo que es ella. La llamo y no me coge el teléfono. Le escribo y no responde. Y nunca ha tardado tanto en hacerlo.

Se notaba que le dolían aquellas palabras. Puede que no como a mí pensar en la respuesta, pero podía sentir su dolor flotando en la noche.

—¿De qué foto hablas? —indagué con una horrible sensación en el pecho.

Se metió la mano en el bolsillo, sacó el móvil y, tras deslizar sus dedos con rapidez por la pantalla, lo apuntó en mi dirección y me mostró la misma imagen que yo tenía clavada en la retina: el cuerpo de Laura tumbado sobre las rocas en una pose difícil, su vestido negro de flores blancas rasgado a la altura del pecho, las Converse negras, su rostro apuntando al cielo.

—Es ella, ¿verdad? —me insistió una vez más con la voz rota.

Hice un gesto afirmativo con la cabeza, con el aliento atrapado en mi pecho. No me salían las palabras. Y entonces ella agachó la cabeza, derrotada, y sollozó.

—No...

Yo miré al suelo. Me dolía verla compartir mi tristeza. Le vi un pequeño tatuaje de puntos en su tobillo izquierdo y, cuando levanté los ojos de nuevo al darme cuenta de aquella conexión con mi hermana, sin esperarlo, me rodeó con sus brazos y el olor de su pelo. Me quedé quieto sintiendo cómo su cuerpo entero vibraba por el llanto que a mí ya no me quedaba dentro. Sus brazos me estrechaban sin encontrar resistencia. Estuvimos un rato así, abrazados en la noche, inmóviles y solos en la penumbra de una calle por la que aún caminaba la estela de Laura, sin decirnos nada, sin conocernos, pero unidos por el amor a mi hermana.

—Lo siento —exhaló Fayna sobre mi hombro—. Lo siento —repitió varias veces entre sollozos.

Cuando me soltó y me miró a los ojos de cerca, con el rostro cubierto por los estragos de la tristeza, vi que los suyos eran de color miel.

—¿Quién le ha hecho eso? ¿Cómo ha sido? ¿Cuándo? —Me empezó a lanzar preguntas en voz baja y me costó ordenar mis pensamientos para construir una respuesta que no podía dar.

—No lo sé. Yo estaba ingresado en el hospital, pero ya me iban a dar el alta. Habíamos quedado en que ella me recogería. Cuando desperté, vi que me había llamado a las siete de la mañana y la llamé varias veces, pero no respondía. Al ver que ella no venía, salí en su búsqueda. Su móvil me ayudó a encontrarla, pero ya estaba la Guardia Civil allí arriba, con su cuerpo inerte. Han registrado el piso y no han encontrado nada. Creo que la policía va a ciegas y no saben ni por dónde empezar.

—¿Y han hablado con los de la residencia del observatorio? Compartíamos proyecto de investigación en el mismo equipo. Ella estuvo allí el jueves por la tarde.

—¿Qué?

—El jueves vino al observatorio. Se pasó por la residencia y allí estuvimos un rato juntas. Nos tomamos un café en la cantina, hablamos del futuro y de qué haríamos después del proyecto.

Bufó por la nariz con ironía y yo me di cuenta de que compartía la lección que yo había aprendido y que me había explotado en las manos: en la vida es imposible hacer planes.

—¿El jueves? Yo ya estaba ingresado. ¿De qué hablasteis?

—Me habló de ti, de que estabas en el hospital y de este viaje. Y de que quería enseñarte muchos de los rincones mágicos de las islas. Me preguntó por lugares de Canarias que no debías perderte y le recordé Los Gigantes o el Sendero de los Sentidos. También en Gran Canaria, el Bufadero de La Garita y las dunas de Maspalomas. Parecía como si… estuviese preparando algo, ¿sabes?

—Supongo que conoces esa parte de ella tanto como yo.

Fayna me sonrió y se secó las lágrimas. Un camión de la basura apareció al fondo de la calle. Un operario se bajó y comenzó a acercar algunas bolsas apiladas junto a las farolas, lanzándolas dentro del vehículo. El silencio que nos acompañaba se evaporó y ambos nos miramos, conscientes de que ya no estábamos solos.

—Una vez me entregó un cuento envuelto con un lazo rojo —recordó Fayna como si estuviese invocando a un fantasma—. Lo había escrito ella en una libreta de tapa dura, trataba sobre la historia trágica de mi nombre. Luego se subió en la cama de nuestra habitación y lo leyó en voz alta entonando con rabia las injusticias.

Esta vez sonreí yo.

—Ella y yo compartíamos habitación hasta que se mudó a La Laguna en abril —continuó—. Hablábamos mucho. Era mi mejor amiga aquí, ¿sabes? Yo me crie en Fuerteventura y estudié en Tenerife. Mis padres se mudaron a Santa Cruz por trabajo, así que pasé el instituto aquí y también la carrera. Tristemente, la ciencia es un mundo de hombres y es difícil encontrar a alguien con quien conectar sin que esté pensando en acostarse contigo. Hay mucho friki en el mundo del espacio, pero todos tienen las manos un poco largas. Ella y yo somos las dos únicas… —Se detuvo en seco y cerró los ojos lamentándose por el error—. Éramos las dos únicas investigadoras de la residencia principal del observatorio astronómico. Hay otras chicas en el edificio R0 que van y vienen de proyectos internacionales, y en la casa solar hay ahora un grupo del MIT en el que hay algunas mujeres, pero nosotras éramos las que llevábamos más tiempo allí, hasta que ella se marchó. La echaba de menos y cuando vino el jueves la vi bien. Algo triste quizá al hablar de ti y de tu... —titubeó.

—Puedes decirlo. Es evidente, ¿no?

Me quité la capucha y dejé que viese de cerca mi belleza pelada por la quimio.

—De tu cáncer, sí.

Apretó los labios un instante, pero luego pareció aceptarlo sin más importancia.

—Pero en el fondo la vi ilusionada —prosiguió—. Decía que había ido todo bien y que había avanzado con una idea para el proyecto en el que estamos. Había subido al observatorio porque quería pedir permiso en persona al director del proyecto QUIJOTE para hacer unas comprobaciones con sus dos telescopios.

El camión de la basura llegó a nuestra altura y se detuvo con el motor rugiendo a nuestro lado. El operario recogió algunas bolsas del portal de Laura y un contenedor morado que estaba apoyado junto a la puerta de mi hotel para volcarlo en la zona de carga.

—¿Qué es eso de QUIJOTE?

—Es uno de los muchos programas que se desarrollan arriba. Es una colaboración entre Reino Unido y España para mapear la radiación de fondo del universo, el tenue rastro fósil del Big Bang. Busca encontrarle sentido al origen del universo, medir las diferencias de una región a otra del espacio. Tu hermana era alucinante, Mario. Su mente funcionaba a otra velocidad. Como si fuese capaz de adentrarse en recovecos imposibles de la imaginación. Los que estudiábamos con ella nos sentíamos un poco abrumados por su capacidad de estar siempre ideando.

—Lo sé. Me crie con ella. Te hacía sentir que siempre ibas dos pasos por detrás.

Fayna me sonrió e intuí que comprendía exactamente a lo que me refería.

—¿Qué hizo después de verte? ¿Sabes algo? —le pregunté con ganas de reconstruir las piezas de los últimos días de mi hermana mientras yo estaba en el hospital.

Aquella vida era un fragmento de Laura que yo desconocía, y quizá el culpable de su muerte podía encontrarse en ese círculo del que yo no formaba parte.

—Bueno, yo me tuve que ir, y ella se quedó en la cantina hablando con otros investigadores. Allí estaban también Gianluca y Grace, del R0, y Markus y el otro alemán, Christoph creo que se llama, dos investigadores que están haciendo una estancia corta en la casa solar. No sé qué investigan. La gente allí arriba va y viene desde todas las partes del mundo. Tu hermana me propuso quedar estos días para tomar algo por la isla. Era por la tarde, como las seis y media, y en la cantina solo atienden a quienes han reservado antes de que comience la noche y todos se pongan a observar las estrellas. Supongo que después iría al telescopio QUIJOTE a ver a Tristán Santana, el director de nuestro proyecto, porque hablamos por WhatsApp poco después y celebró que lo había conseguido.

Toda aquella información me abrumó, especialmente por lo diferente que habían sido nuestras vidas. En mis estudios de Matemáticas en Madrid yo era el más solitario. Tenía algunos conocidos con quienes compartía fila en clase, pero lo más parecido a una cuadrilla era un grupo de WhatsApp de compraventa de apuntes de las horas que perdíamos. Ella, en cambio, parecía llevarse bien con todo el mundo y se notaba que causaba impacto en los demás. Era mi mitad, pero poco a poco me estaba dando cuenta de que era, de los dos, la que más merecía sobrevivir.

El camión se alejó en la noche y giró a la izquierda cuando llegó al campanario de la iglesia para perderse por fin por otras calles. Su ruido se disipó y volvió a emerger el aullido triste de los gatos, que parecían hablar entre ellos sobre mi hermana.

Fayna sacó el teléfono y me mostró la conversación que habían tenido por WhatsApp el jueves 17 de octubre a partir de las 18:45.

«Me ha encantado verte hoy. Estás tan... viva que alegras a cualquiera. Tengo buenas noticias. Tristán me ha dado permiso para dos sesiones con los telescopios del QUIJOTE. Si estoy en lo cierto, el planeta entero mirará a Canarias y sabrá que desde aquí, desde nuestro pequeño y ardiente rincón del planeta, cambiamos la historia».

Leí también su respuesta, cuya conversación se alargó entre las 18:47 y las 18:51.

«Se te echaba de menos, la verdad. Me tienes intrigadísima, Lau. ¿Qué se te ha ocurrido ya? ¿Quedamos el sábado y me cuentas?».

«Estaré con mi hermano y quiero aprovechar el tiempo. Pero podemos vernos los tres, te lo cuento todo y así te lo presento. Le vendrá bien conocerte».

«OK. Qué intriga, muchacha. Siempre tan tú. Te odio. Dime algo al menos».

«BURBUJAS. Yo también te quiero <3».

No sabría describir qué sentí al leer aquellos mensajes de mi hermana, pero conecté al instante aquella palabra inicial del último wasap con la nota que había sobre su ordenador y que decía lo mismo: «BURBUJAS».

—¿Qué es eso de «burbujas»? —pregunté al leer la pantalla—. Lo he visto en un pósit encima de su ordenador.

—No lo sé. Ella siempre hablaba en clave. Podría ser cualquier cosa. Era la primera vez que me lo mencionaba. Quizá quería celebrar con champán algún avance de su proyecto. No sé.

Entonces me fijé en el móvil y vi que más abajo había un mensaje de voz, enviado el día después, el viernes 18 de octubre a las 20:34, unas horas más tarde de que se marchase del hospital; unas horas antes de morir en aquel río de piedras negras. Era el último vestigio que quedaba de ella.

—Te mandó un audio —comenté con dificultad al sentir una punzada en el pecho.

Me fijé en que Fayna tragó saliva y luego suspiró con fuerza, como si comprendiese la importancia de aquel mensaje. Pulsó la pantalla y la voz de mi hermana se escuchó con un tono más rápido y nervioso que el que ella solía emplear: «Fayna, ¿sigues arriba? ¿Qué tal se presenta el cielo hoy? Voy conduciendo de vuelta de Los Gigantes y he pensado en ti. ¿Recuerdas cuando fuimos juntas allí, a los acantilados? He estado en el mismo punto al que íbamos las dos, el mirador prohibido, como tú lo llamaste. ¿Recuerdas aquella promesa? Hoy he pensado en ella. Y durante demasiado tiempo».

Los segundos del audio continuaban avanzando, pero solo se escuchaba el ruido del coche. Podía imaginarme a Laura agarrando el volante mientras pensaba en cómo continuar aquel mensaje, hasta que la voz emergió de nuevo tras unos segundos, más rota y débil: «Y me ha dado miedo, Fayna. No estoy bien. No. Y trato de aparentar que sí. Ayer al verte me di cuenta de que alejarme de la isla me ha ido consumiendo poco a poco. Tú, tan llena de vida. Yo, más apagada que nunca. Lo único que tengo ahora es una idea, y no sé si tiene sentido. Todo esto de mi hermano es difícil y echo de menos pasar algo de tiempo juntas. ¿Podemos volver a vernos? Es más, ¿por qué no te unes a nosotros para enseñarle la isla a Mario? Yo me enamoré de esta tierra cuando la recorrimos de arriba abajo juntas, en aquella moto destartalada que tenías. Contigo se ve distinta y sé que Mario te caerá bien. Se parece un poco a mí, pero eso ya lo sabías. Vente con nosotros, ¿vale? Será divertido. He preparado algo».

El audio terminó y, al levantar la mirada hacia Fayna, me di cuenta de que me observaba, afectada.

—Lo escuché esta mañana. Le escribí y no me respondió. La llamé varias veces, pero me rendí cuando vi que siempre saltaba el contestador. Cuando he entrado en Twitter y he visto que la gente estaba compartiendo la foto, no podía creerlo y por eso he venido hasta aquí. Me siento tan mal por no haberle respondido en ese momento... Si la hubiese llamado de vuelta, quizá ahora estaría viva. Lo siento tanto.

—El viernes estuvo en Los Gigantes —exhalé en voz baja al caer de pronto en que podía seguir los pasos de Laura por la isla durante mi ingreso.

Así reconstruiría su camino y podría, de algún modo, descubrir la verdad, al margen de la policía. Suspiró y luego me respondió sin estar muy convencida:

—Sí. Eso parece.

—El jueves y el viernes, mi hermana se marchó del hospital por la tarde, pero no sé adónde fue. Yo creía que se quedaba en casa, pero el audio demuestra que estuvo en esos acantilados. Me ingresaron el miércoles y estuvo todo el día a mi lado hasta que se hizo de noche. Pero tanto el jueves como el viernes se fue pronto, al mediodía, sin decirme adónde iba. Según ese audio, el viernes estuvo en Los Gigantes. ¿Y si allí había alguien y la siguió? ¿Y si hay alguna pista en aquel sitio que ayude a descubrir quién la mató?

—La policía ya lo estará investigando, ¿no?

—Sí, pero no confío en que lleguen a ningún sitio. Hoy han registrado su piso y no han encontrado nada, han estado perdiendo el tiempo. Solo una… —me detuve en seco al sentir cómo aquel mensaje de Laura encajaba con el audio que había mandado a Fayna— una ilustración de Los Gigantes en la que había pegado un pósit escrito por ella en el que ponía: «Búscame, Mario».

—¿En serio?

A Fayna aquella noticia pareció afectarle tanto como a mí. Se giró hacia la moto y me dio la espalda unos momentos, como si aquella pista también hablase de ella. El corazón me latía con fuerza. Acababa de conocer a Fayna y ya sentía que había removido varias veces mi mundo. Lo que no esperaba entonces era que en ella encontraría más preguntas que respuestas.

—Me preparaba una de sus sorpresas —dije conectando todas las ideas.

Dejé escapar una bocanada de aire al comprender que podría haber muerto mientras trataba de sorprenderme con su manera única de ver el mundo.

—Si quieres, podemos ir mañana juntos a Los Gigantes. —Miró la hora en su móvil y sonrió por primera vez—. Bueno, hoy. Dentro de unas horas. —Su comisura se elevó insinuando un pequeño hoyuelo junto a su boca.

—Sí, pero tal vez la Guardia Civil debería saber que te mandó esos mensajes. No quiero que te metas en un lío. Puede que los ayude a establecer un orden en los movimientos de mi hermana. Sé que querían hablar con los del observatorio, pero quizá tienen que saber que por la noche estaba bien y te mandó ese audio.

Ella vaciló y suspiró preocupada. Luego desvió la mirada hacia mí y asintió finalmente, conforme.

—Yo creo que sigo teniendo un coche alquilado en el aeropuerto —dije al recordar el vehículo que la policía debía de haber devuelto al *rent-a-car*.

—No hace falta —replicó al tiempo que hacía un ademán con la cabeza y señalaba su moto—. Yo conduzco, ¿vale?

Contuve el aliento, nervioso. Solo había montado en moto dos veces en mi vida, en Madrid. La segunda vez tuve una experiencia tan aterradora que pensé que mi vida terminaría bajo las ruedas de un autobús. Mis padres las odiaban y yo les cogí bastante miedo, sobre todo cuando un compañero de instituto murió con diecisiete años sobre el capó de un taxi. Pero ¿acaso tenía algo que perder?

—Está bien —acepté.

No sabía bien cómo coordinar nuestro encuentro, pero ella lo hizo por mí:

—A las nueve te recojo —informó Fayna.

—¿Dónde vas a dormir? —inquirí, confuso, pero al oírme a mí mismo pronunciar aquella pregunta sentí que mi rostro se encendía como una bombilla.

Parecía una propuesta para que subiese al hotel conmigo y, en realidad, aquello era lo último en lo que pensaba.

—Quiero decir... —traté de justificarme tropezándome con mis palabras—, has dicho que, bueno, me refiero a que si..., que vives en la residencia del observatorio. ¿No es así? Está lejos. ¿No pensarás conducir hasta allí ahora?

Me sonrió mostrando por primera vez sus dientes blancos y reconocí en sus ojos que se había dado cuenta de las implicaciones de mi pregunta. Si el cáncer tenía planeado acabar conmigo, aquel habría sido un buen momento. Agaché la cabeza. No sabía dónde meterme.

—Mis padres viven en Santa Cruz, muchacho —respondió al fin al tiempo que se ponía el casco y se subía a la moto. Yo creí morirme en aquella palabra final, pronunciada con su acento de las islas.

—Claro. —Sonreí conteniendo mi vergüenza.

Arrancó el motor y su rugido invadió la calle solitaria.

—Hasta las nueve, Mario.

Luego aceleró y se marchó en la lejanía. Yo me quedé quieto en el centro de la calle viendo cómo se alejaba y me dejaba allí solo, con una esperanza recobrada, sin saber que me adentraba en un viaje sin retorno.

# Capítulo 15
## La Orotava, isla de Tenerife
## Domingo, 20 de octubre de 2019
## Candela Oramas

*La esperanza es un acto de rebeldía*
*en un mundo gobernado por la derrota.*

Al llegar al cuartel de la Guardia Civil en La Orotava, Candela aparcó en una de las plazas reservadas, apagó el motor y se quedó un instante quieta con las manos en el volante. La imagen de Mario, con la capucha calada y los hombros hundidos, volvió a ella. Le había prometido resolver la muerte de su hermana, pero intuía, por algún motivo, que cada paso que diese añadiría una nueva capa de tristeza sobre el chaval. Dio una bocanada profunda de aire y salió del coche.

Dentro del edificio, dos agentes uniformados la saludaron con un gesto leve de cabeza al reconocerla y ella respondió con el mismo movimiento mientras se dirigía a su mesa envuelta en el zumbido de los ordenadores y en el murmullo de fondo de las conversaciones. Quintana, al verla a lo lejos, alzó la mano, como si le estuviese indicando el camino por el laberinto de mesas. Estaba sentado a su mesa, frente a la pantalla del ordenador, y parecía que se habían puesto de acuerdo en la vestimenta: pantalones oscuros y polo verde bajo el chaleco identificativo. De camino a su puesto, ella trató de volver al presente y olvidar, sin ser capaz, la discusión con la jueza.

—Tenemos las cámaras de tráfico, sargento. Han llegado a primera hora —le informó Quintana cuando la vio llegar.

—Buenos días. ¿Cuáles? ¿Las tenemos localizadas? —añadió mientras encendía el ordenador.

—No celebres mucho. Mira esto.

Quintana se levantó y extendió sobre la mesa de la sargento un plano de la isla impreso en un folio con puntos azules marcados en el norte y el sur, que rodeaban Tenerife a lo largo de la autopista pero que mostraban, con una claridad que dolía, que en la zona interior no había ninguno.

—Estas son las cámaras de tráfico que hay operativas en Tenerife —aclaró.

La mayor concentración de la nube de puntos era alrededor de La Laguna y Santa Cruz, las zonas que sufrían más atascos, accidentes y multas por los radares de velocidad. Pero, conforme se avanzaba hacia el sur, la nube de puntos desaparecía al llegar a la última cámara disponible en Adeje, cerca de la costa, pero a kilómetros del acceso a la carretera de subida al Teide, que comenzaba a la altura de Chío. En la zona norte el panorama resultaba más desolador: el rastro de cámaras de tráfico disponibles solo llegaba hasta el cruce de la autopista con la salida de La Laguna y no se adentraba en ningún momento hacia la carretera de la Esperanza, el lugar lógico de subida desde donde vivía Laura Ardoz. Candela reconoció el problema al instante.

—Joder. ¿Es lo que tenemos? ¿Solo esta? —Señaló el punto en el mapa en la salida de La Laguna, que estaba a casi una hora de camino del lugar donde había aparecido el cadáver.

—De los compañeros de Tráfico sí. Y va a llevar tiempo encontrar su coche. La calidad deja mucho que desear y por esa zona hay mucha circulación. Se mezclan los coches de La Laguna, que es un hervidero, con los que salen a la autopista hacia otros municipios. Tiene que estar, pero acabo de empezar y va a ser largo.

—¿Y las gasolineras? ¿Tenemos alguna? ¿Qué han conseguido los del cuartel de Adeje?

—Bien, aquí la cosa promete un poco más. Estas son las carreteras de acceso al Teide desde La Laguna en el norte, donde vivía, y desde el sur, el camino más cercano a una población del punto en el que apareció. Centrémonos en esas dos vías —dijo recorriendo con el dedo la línea que dibujaba la carretera de la Esperanza desde el norte y el tramo de la TF-38 desde el sur—. Aquí es donde aparecieron el coche y el cuerpo. —Señaló un punto en el Mirador de las Narices del Teide, en el centro de la isla, y luego cogió un rotulador rojo de la mesa y marcó tres puntos más en el mapa, uno en cada carretera y otro cerca del lugar del crimen—. Esta de aquí, la más cercana, es de la ermita de las Nieves, junto al hotel Parador. Tiene una cámara apuntando a la calle, pero es de circuito cerrado y no graba. Estas dos de aquí son las estaciones de servicio PCAN, en la Esperanza, y Cepsa, en la subida desde el sur. Tienen cámaras y… apuntan a la calle.

Candela lo celebró con un latido de más en su corazón que apenas se sintió en la superficie.

—Dime que sí guardan las grabaciones.

Quintana asintió con una sonrisa débil. Giró su pantalla y mostró la imagen de una cámara de seguridad que apuntaba a la salida de una estación de servicio y a la parte de la carretera principal que pasaba a su lado. Los coches que circulaban por esta apenas eran un borrón de píxeles, pero en movimiento se podían determinar la marca y el modelo.

—Las de Cepsa las guardan y las recogieron ayer los del cuartel de Adeje, que nos hicieron el favor de traerlas anoche. Tenemos grabadas desde las cuatro de la mañana hasta las seis de la tarde. Las de PCAN, en el norte, las he recogido yo esta mañana, antes de venir, y tenemos desde las tres de la madrugada hasta el mediodía. Dieron el aviso sobre el hallazgo del cuerpo a las diez y cuatro minutos. Si subió por alguno de los dos caminos, tiene que estar en ellas.

—¿En serio? ¿Has ido esta mañana tú solo?

—No podía pegar ojo, jefa. Y por tu cara creo que no soy el único que no ha dormido mucho.

Candela lo observó un instante y se fijó por primera vez en su aspecto enérgico y en su mirada cansada, y se reconoció en él.

—Eres el mejor, Quintana. ¿Cómo haces para estar siempre de buen humor?

—Mi abuela, que era de Cádiz —respondió él.

La sargento resopló por la nariz y sonrió el tiempo justo hasta que su mente le lanzó a la retina la imagen de Laura.

—Tenemos que subir al observatorio —aseveró Candela—. Quizá sus compañeros de posgrado o los trabajadores sepan algo.

La sargento buscó a su alrededor y se acercó a la mesa del cabo Artiles, que estaba dando un sorbo a un termo de aluminio mientras la impresora a su lado imprimía algunos folios.

—¿Con qué estás?

—El informe preliminar del forense —dijo al tiempo que agarraba las hojas y las extendía hacia ella—. Acaba de llegar.

—No me jodas. ¿Y qué dice?

Candela lo cogió con rapidez.

—No he visto nada. Lo he impreso en cuanto ha entrado a la bandeja —le explicó el cabo mientras la sargento ya leía en silencio.

Los ojos de Candela recorrieron el papel con rapidez y trataron de llegar a una conclusión rápida. El informe estaba escrito con tanta distancia y frialdad que parecía que hablaba de un objeto:

> Sexo femenino, veinticinco años, buen estado, excoriaciones superficiales en pecho, manos y piernas de escasa profundidad, compatibles con rozaduras o fricción contra una superficie rugosa. Equimosis de 6x4 en ambos lados de la región anterolateral del cuello, con signos de compresión severa. No se detectan signos evidentes de lucha o defensa. Presencia de restos de comida púrpura en el estómago, posiblemente teñida por ingesta de vino. Dentadura en buen estado. Rigidez cadavérica completa a la hora del informe. Sitúo la hora de la muerte unas seis horas antes del inicio de la autopsia, lo que sería alrededor de las 7:30 a. m. del sábado, 19 de octubre de 2019. El examen macroscópico de las uñas revela la ausencia de restos epidérmicos o de material biológico compatible con ADN.
>
> Causa de la muerte (preliminar): a la espera de resultados toxicológicos definitivos, con la ausencia de signos de resistencia y las marcas en el cuello, todo parece indicar muerte por estrangulamiento tras sumisión química de origen aún incierto. Todos los indicios apuntan a esta hipótesis. Se han mandado muestras de sangre, orina, fluidos vaginales, humor vítreo y del contenido del estómago a analizar. En espera de resultados definitivos.

—Joder —dijo Candela al leerlo.

Quintana la vio y se acercó a ella.

—¿El forense? ¿Qué dice? —le preguntó.

—Sumisión química y estrangulamiento.

—Hijo de puta. —El insulto le salió de las entrañas.

El cabo Artiles recibió aquel mensaje con las cejas arqueadas y los ojos tristes mientras Candela se imaginaba la escena y la visualizaba en su cabeza. Una chica inmóvil, con los brazos lacios tumbada sobre las rocas, y un tipo encima de ella apretándole el cuello sin que ella opusiera resistencia hasta morir.

—Tenemos que encontrar a ese cabrón —afirmó con decisión—. Artiles, ¿os podéis poner tú y Bencomo con las cámaras para buscar el coche? Quintana os explica. Dadme un minuto que coja mis cosas.

—Claro, sargento —replicó Artiles.

No le dio tiempo ni a terminar la frase, Candela ya avanzaba y se adentraba en el cuartucho que hacía las veces de armería. Abrió su caja de seguridad, se puso el cinturón para la funda y sacó su arma reglamentaria, una HK USP Compact, una pistola semiautomática de 9 mm de Heckler & Koch. La contempló un instante y deseó no tener que usarla.

Volvió a la sala común con paso decidido y el cuerpo cargado de rabia. Artiles ya tenía las imágenes de la cámara en su pantalla y el agente Bencomo estaba de pie, a un lado, mientras Quintana les mostraba el mapa y una fotografía del Toyota gris que buscaban.

—Quiero que os dejéis los ojos en esa pantalla, ¿está claro? —ordenó Candela al llegar—. Murió a las 7:30. Desde cualquiera de esos dos extremos se tarda entre cuarenta minutos y una hora en llegar allí. Anotad y haced captura de los coches que bajen del lugar a partir de las ocho de la mañana. Identificad sus matrículas y decidme si hay un hijo de puta con antecedentes entre ellos. Es lo que estamos buscando. ¿Está claro?

—Sí, sargento —replicó Bencomo de camino a su mesa.

Artiles pulsó el Play en el reproductor de vídeo y se reclinó hacia atrás en la silla.

—Artiles, ¿quieres palomitas o qué?

—¿Qué? —inquirió él, contrariado.

—Que si quieres palomitas —agravó el tono la sargento—. No te estoy mandando ver una serie de Netflix. ¿Qué haces ahí tirado?

—Perdón, perdón —dijo al instante dando un salto hacia la pantalla—. A sus órdenes —añadió, ruborizado.

Candela miró a Quintana, que esperaba a su lado, y le hizo un gesto con la cabeza. Se dieron la vuelta, dispuestos a salir hacia el aparcamiento de coches patrulla, cuando el teléfono de la sargento sonó en su bolsillo. Al sacarlo, vio en la pantalla un número que no tenía guardado en la agenda.

—¿Diga?

—¿Sargento Oramas? —dijo una voz masculina y frágil al otro lado.

—¿Quién es?

—Soy Mario Ardoz, el hermano de Laura.

Candela se detuvo en seco y miró a su compañero.

—Sí. Hola, Mario. ¿Qué ocurre? ¿Está bien? ¿Algún problema con el alojamiento? —preguntó la sargento, cercana. Le había dado su teléfono por si necesitaba algo, pero no esperaba aquella llamada tan pronto—. ¿Qué ha pasado?

—Estoy fuera del cuartel con una amiga de Laura. Tiene que contarle algo.

# Capítulo 16
# Playa de la Barceloneta, Barcelona
# Siete años antes
# Hermanos Ardoz

*La llama más peligrosa es la que nace de una chispa de verdad.*

El aire de Barcelona olía a sal, a madera seca y a verano. Mario miraba al horizonte frente al mar. La playa estaba atestada de gente en una noche con la luna baja y los sueños por las nubes. Toda su clase del instituto se había desperdigado en pequeños grupos por la arena de la Barceloneta. Hablaban sin parar o se reían recordando las mil y una anécdotas que habían dejado atrás. Algunos comentaban sobre las nuevas parejas que se habían formado durante el viaje de fin de curso y que solo durarían hasta el trayecto de vuelta en AVE. Otros, sobre los planes para después del verano, en los que todos se incluían como si fuesen un grupo inseparable. Lo que no sabían era que estaban a punto de alejarse para siempre, como cada una de las olas que llegaba hasta la orilla. Tras unos días recorriendo Barcelona, tomando selfis frente a la Sagrada Familia y la Casa Batlló, había llegado la última noche del viaje y habían conseguido permiso de los tutores para acudir a la playa a celebrar Sant Joan y decir adiós a una etapa dulce para abrazar un futuro incierto.

En la playa había extraños que bailaban con los pies mojados y sin dejar de beber, parejas besándose que se acababan de conocer, grupos organizados de jóvenes que apilaban en las hogueras apagadas palos, ramas y piezas de muebles desmontados en espera de algo que todos intuían que estaba a punto de llegar. Mario oteaba de vez en cuando a todos sus compañeros, en silencio, sin saber bien por qué aquel día se sentía así. Era la noche de San Juan y en la playa todos aguardaban la llegada de la Flama del Canigó para que prendiese alguna de las hogueras preparadas y que su fuego contagiara a todas las demás.

Con los pies hundidos en la arena, Mario buscó a Laura y la vio a lo lejos, feliz y con un brillante pegado en la frente. Estaba riendo junto a un chico alto que le pasó un brazo por los hombros y le susurró algo al oído. Mario pensó que por qué eran tan distintos si habían compartido vientre. Ella, tan enérgica y confiada. Él, tan apagado y seco, como las hogueras que esperaban las llamas.

Con la medianoche próxima, la playa se llenó de miles de personas que buscaban sitio en la arena y la música que escuchaban en pequeños altavoces portátiles se fue colando por encima del sonido de las olas. Fue entonces cuando Laura apareció a su lado con una sonrisa despreocupada. Llevaba un vestido corto y el pelo suelto con dos pequeñas trenzas que salían de su frente para atarse entre ellas detrás de la cabeza.

—¿Sigues en tu mundo, Mario? ¿Qué haces aquí solo?

—No sé. Me ha dado el bajón esperando el fuego.

—De eso nada —protestó ella, animada—. Aún queda lo mejor. Y, además, quiero que te diviertas. Es el último día que pasaremos todos juntos. Tienes que animarte y pasarlo bien.

—Bueno, ellos se van cada uno a estudiar sus cosas, pero tú y yo seguiremos juntos.

Ella apartó la vista y miró seria al mar.

—¿Estás seguro de querer encerrarte a estudiar Matemáticas en Madrid? —le preguntó ella—. Se te dan bien, pero... no sé. Creo que no te pegan. ¿No has pensado en otra cosa? ¿Algo que te ilusione un poco más?

Mario negó con la cabeza y se encogió de hombros.

—No me gusta otra cosa. Y se me dan bien. Luego podría ser profesor en un insti o entrar en finanzas. O tratar de resolver algún enigma extraño, de esos problemas imposibles, y hacerme famoso.

—No te veo siendo famoso, Mario. Si te da vergüenza hasta salir en la orla. Y mira que eres guapo. No sé de dónde te viene esa tontería. Ah, ya sé. Es un truco para ligar. Dar penita, así, timidito, para que las chicas caigan en la trampa y se enamoren de ti. ¿Es eso?

—Tan lista y estúpida como siempre. —Rio Mario chocando su hombro con el de su hermana.

—¿Qué deseo vas a pedir cuando llegue el fuego? —le preguntó ella cambiando de tema.

—No sé. Sacar buena nota en selectividad, supongo. Me salió bien, pero yo qué sé. Me da un poco igual. ¿Y tú?

Ella jugueteó un poco y le tocó la nariz.

—¿Qué tal una vida inolvidable? ¿Una que te haga sentir vivo? Yo quiero buscarle sentido a algo más grande que nosotros mismos. —Sonrió ladeando la cabeza—. Quiero aprovechar cada instante que nos entrega el universo. Quiero equivocarme. Quiero enamorarme, pero de verdad. Y que me rompan el corazón. Quiero pasar frío y sentir que lo tengo todo, y también pasar calor, a pesar de no tener nada. Quiero sentirme conectada con el mundo, con las estrellas y con la tierra. Sentir que de algún modo formo parte del mar y también… —levantó la mano del suelo y mostró su palma pintada con granos de arena— de los pequeños átomos que están en todas partes.

Laura le puso un brazo encima y apoyó la cabeza sobre él.

—Y una capital grande como Madrid no me deja mirar arriba, a las estrellas —sentenció ella cambiando el tono y llenándolo de melancolía.

—¿A qué te refieres? No entiendo nada de lo que dices. ¿A qué viene eso? ¿Has fumado algo? ¿Qué has tomado con tu amigo ese tan alto?

Ella hizo una pausa y respiró hondo antes de lanzarse.

—Me voy a ir, Mario —le confesó al fin justo en el instante en que una ola fría tocaba los pies de ambos.

—¿Qué? —No podía estar más confuso.

—He pensado estudiar en Canarias. Física en la Universidad de La Laguna. Tiene un buen programa de Astrofísica con el IAC. Allí podría hacer todo eso que quiero. Estudiar las grandes preguntas del mundo y, al mismo tiempo, conectar con todo.

—¿Me vas a dejar solo con papá y mamá? —replicó Mario, contrariado.

—Vas a estar bien con ellos. O eso espero. Tú querías la ciudad, te gusta Madrid. Pero a mí me consumiría y acabaría conmigo si sigo allí más tiempo. Me encanta Madrid, pero no tiene cielo. Necesito un lugar en el que sienta que cada rincón me conecta un poco con el mundo, que soy parte de algo gigantesco. Quiero pisar el suelo descalza y sentir que debajo de la superficie, en el fondo, todos estamos hechos de fuego.

De pronto, la música se paró y el murmullo de las conversaciones se disipó en el viento. La playa quedó en calma y Laura sonrió, miró la hora y se puso en pie. Era medianoche.

—El silencio antes de la llegada de la flama —dijo ella—. Toda la ciudad espera una única llama que viaja desde ayer y viene de la cima de una montaña. Ahora mismo alguien ha llegado a la playa con ella, pero antes se ha dividido en decenas de lámparas protegidas que han estado viajando hacia todas partes a pie, en coche o en bicicleta tras prenderla ayer desde el Canigó, casi en la frontera con Francia.

—¿Cómo sabes todo eso? —le preguntó él.

—Porque siempre me ha fascinado cómo nos relacionamos con la naturaleza. Es bonito, ¿no? Eso de mantener una llama viva, que se comparte y pasa de mano en mano hasta que ilumina las hogueras y los corazones de todo el mundo. Me recuerda un poco a un buen libro que alguien lee y le llega tan adentro que le cambia para siempre. Luego esa persona habla de ese libro con otras, que a su vez lo descubren y también las transforma. Ellas lo recomiendan a otra gente distinta y, de repente, ese libro acaba en todos los hogares, y esa chispa inicial se convierte en un incendio incontrolable.

En ese instante, una hoguera se encendió en la distancia y la playa entera lo celebró al unísono con silbidos y aplausos. Laura caminó hasta la fogata más cercana y él la siguió. Observó cómo su hermana miraba las llamas, que poco a poco iban conquistando la madera, quemándola.

—Te voy a echar de menos, Mario. Lo sabes, ¿no?

A lo lejos, otras hogueras repartidas por la playa se prendieron y acabaron formando una línea de puntos cálidos que bordeaban la costa.

—Y yo a ti, enana.

—¿Por nacer diez minutos antes vas a estar toda la vida llamándome así?

—Te eché de menos esos diez minutos, Lau.

Mario lloró y ella le secó la lágrima. Se sonrieron y se fundieron en un abrazo que parecía una despedida para siempre. Un destello chispeante se elevó en el cielo sobre el mar y toda la playa cogió aire al mismo tiempo. Tras unos instantes en que esa chispa desapareció en la oscuridad, un tenue punto grisáceo explotó con un estruendo que reverberó en los edificios de la costa y llenó de resplandor la noche de Barcelona. La música volvió de repente y Laura se dejó llevar por ella. Miraba a Mario sonriendo. Y esa sonrisa bailaba entre el perdón y la felicidad. Aquella imagen de su hermana era la que volvería una y otra vez a él cuando evocara sus recuerdos con ella. En aquel momento la veía feliz, seguían juntos y estaban más unidos que nunca.

El chico alto con el que había estado hablando antes cogió de la mano a Laura y ella no opuso resistencia y bailaron juntos frente al mar. De vez en cuando, ella desviaba la vista hacia Mario, que se había sentado en una toalla cerca de la hoguera a mirar el fuego concentrado, como si lo oyese hablar. Estuvo un rato así, rodeado de gente, pero solo en realidad, pensando en qué supondría la marcha de su hermana. No era algo que hubiese contemplado nunca y encontrarse con aquel golpe de frente lo dejó noqueado. La vida iba de eso. De creer que lo tienes todo atado hasta que descubres que es imposible predecirla y todo se desmorona o se da la vuelta. Comprendió ahí, en ese instante, frente a las llamas, que estaba a merced de los golpes inesperados y de las sorpresas placenteras, y que siempre llegaban ambos, una y otra vez sin orden y sin hacer justicia. Oyó una voz femenina a su lado y, al girar la cabeza, vio a una chica de su misma edad con una fina corona de cuentas de cristal que rodeaba su cabeza.

—Eres Mario, ¿verdad?

—Sí. ¿Cómo lo sabes?

—Tu hermana me ha pedido que baile contigo —confesó ella de golpe.

Él buscó a Laura con la mirada y ella le sonrió desde lejos, de espaldas al chico alto.

—Mi hermana es idiota. ¿Por qué le haces caso? —dijo él negando con la cabeza con una sonrisa que expresaba su vergüenza.

—Porque me gustas —replicó ella para después quedarse en silencio mientras lo observaba iluminado por el fuego. Entonces se levantó, lo cogió de la mano y tiró de él—. Ven, vamos a saltar.

Mario se quedó callado y se dejó guiar. Corrió detrás de la chica hacia una de las hogueras más pequeñas y, cuando llegaron a un grupo que daba palmas frente a las llamas, se detuvieron un instante y se miraron con nerviosismo.

—Uno, dos y tres —gritó la chica llena de euforia justo antes de saltar sobre las pavesas que se elevaban en el aire y que acariciaron su melena—. ¡Ahora tú, venga! —le dijo desde el otro lado.

Él asintió mientras su corazón latía con fuerza y trató de envalentonarse apretando los puños. Pero en el fondo estaba aterrado. Desde cerca, las llamas le parecieron gigantescas y estaba seguro de que tropezaría y se caería sobre ellas. Pensó en cuánto dolería una quemadura por todo el cuerpo e imaginó cómo sería su aspecto cubierto de cicatrices de aquella noche. Por su mente viajaron todas las consecuencias de un simple traspiés y se quedó inmóvil mirando la luz anaranjada que bailaba delante de él.

—No, no puedo —se dijo en voz baja.

—¡Venga, salta! —chilló la chica.

De repente, otro muchacho se le adelantó y pasó como un pájaro por encima de la hoguera. Era el alto que estaba con su hermana. Otros lo siguieron, y pronto Mario se vio rodeado de gente que quería saltar y lo miraban esperando a que se decidiese. Pero él se quedó paralizado, absorto por el fuego.

—No. —Negó con la cabeza—. Me voy a quemar. No quiero. —Hizo un ademán de marcharse, pero se encontró de bruces con los ojos de Laura, a su lado.

—Salta, Mario —susurró ella—. Venga. No te quedes ahí. ¡Salta!

Mario tragó aire y contuvo el aliento. Miró el fuego de nuevo y trató de armarse de valor.

—¡Vamos! ¡Salta! —gritó Laura.

—¿Vas a saltar ya? —le preguntó otro chico que estaba a su lado, impaciente.

—Voy yo —replicó Laura, quien, sin pensarlo, corrió hacia la hoguera y, con un grito agudo mientras estaba en el aire, pasó por encima con el calor demasiado cerca de sus pies.

Laura celebró el salto con una sonrisa de oreja a oreja, pero, al girarse, vio a Mario tras las llamas, serio con la mirada baja. Estaba quieto, rodeado de gente que aplaudía y bailaba. Se encontraba librando una guerra en su interior, y ese tipo de batallas son imposibles de vencer sin un motivo.

—¡Salta, Mario! —lo animó una última vez con tristeza.

—¡No puedo! Déjalo ya —vociferó de golpe con los ojos tristes y llenos de rabia.

Entonces negó con la cabeza, se dio la vuelta y se perdió entre la gente de la playa dejando a Laura allí, al otro lado del fuego.

## Capítulo 17
## San Cristóbal de La Laguna, isla de Tenerife
## Domingo, 20 de octubre de 2019
## Mario Ardoz

*Hay fuegos que solo se apagan*
*por la ausencia de alguien que los aviva.*

Pasé la noche tumbado en la cama del hotel mirando al techo, rememorando la conversación con Fayna una y otra vez. Repasé los nombres de los compañeros que había mencionado y pensé en el recorrido de Laura, desde Los Gigantes hasta el lugar en el que había muerto. El audio era de las 20:34 y ya volvía en coche desde los acantilados. La siguiente noticia que tenía de Laura era la llamada que me hizo a las 7:14 de la mañana y que no atendí. ¿Para qué subió a aquel lugar? ¿Qué acabó con su vida? ¿Por qué su torso estaba pintado con pequeñas heridas? Cuando cerraba los ojos intentando dormir, veía la acuarela difusa frente a mí y el contorno de Laura susurrándome: «Búscame, Mario».

El zumbido eléctrico del minibar me acompañó hasta que se colaron los primeros rayos de sol que tiñeron de plata los bordes de la cortina. No había dormido, pero había descansado algo y recobrado, al menos, el impulso para seguir adelante con un propósito. Me puse en pie y la pierna izquierda protestó con la habitual molestia, que siempre se despertaba conmigo desde la operación, me desvestí y me quité el reloj de papá. Me duché con agua templada tocando con cuidado el grifo para evitar el calambre y me sequé con prisa mientras me miraba en el espejo del baño. Tenía los ojos enrojecidos por la tristeza y la falta de sueño y unas ojeras más profundas que de costumbre por el llanto. Me pasé la mano por la cabeza y sentí que echaba de menos mi pelo. No era lo único que había perdido con la quimio. Me notaba sin tanta fuerza como de costumbre, pero el motivo era que durante los arrebatos de náuseas del tratamiento dejé de comer y perdí peso. Me miré a la cara y me di cuenta de que el chico al otro lado del espejo me miraba distinto. No estaba perdido, sino que, al menos, sabía cómo avanzar. Saqué de la bolsa otros vaqueros Levi's que me regaló Laura dos Navidades atrás y una camiseta negra que me hacía sentir bien. Me lavé rápido los dientes y me puse el reloj y las Converse negras.

Bajé a la calle y el aire fresco de la mañana en La Laguna me erizó la piel. Olía a humedad y café. Seguía con las manos heladas por los efectos de la quimio, pero notaba un rumor distinto que me recorría las venas. Por la zona ya deambulaban madrugadores o sonámbulos como yo. Caminé en dirección al final de la calle y me adentré en el Starbucks que se había instalado en aquel corazón histórico como si fuese un implante de modernidad. Había estado allí con Laura el martes tras aterrizar y una parte de mí ya quería andar los últimos pasos que había dado con ella para aplacar la rabia por perderla. No me apetecía esperar al desayuno del hotel, y aquel lugar era justo lo que necesitaba. Un sitio neutro, en el que no tuviese que pensar mucho. Un hombre con barba de unos treinta y tantos me atendió con cara de dormido y me di cuenta de que lanzó dos miradas furtivas a mi cabeza pelada.

—Un *latte* con vainilla, por favor. Y uno de esos bollos enrollados de canela —pedí.

—No me queda vainilla, pero le puedo poner un fleje de sirope de caramelo, amigo —me dijo con un marcado acento canario.

Entonaba cada sílaba con fuerza, pero me pareció que quería joderme un poco con aquella propuesta que no entendí del todo.

—¿Caramelo? Ni loco. Antes prefiero que me lleve el cáncer —bromeé.

Exhaló una risa débil.

—¿Tanto lo detesta? No está bien odiar nada dulce.

—Siempre es bueno tener algo absurdo que detestar. Te hace sentir un poco vivo —le dije señalando hacia arriba.

Asintió con una mueca en la boca y me señaló el datáfono. Pagué con el móvil. Cinco con ochenta, casi como en la capital. Me gustaban el café de allí y sus atracos.

—Eres el primer cliente del día y, por lo que veo, ha debido de ser una mala noche, ¿no?

—Una mala vida, en realidad —repliqué creyendo que se quedaría conforme y terminaría la conversación.

—Veo mucha gente así últimamente —contraatacó. El tipo se colocó detrás de la cafetera y la encendió mientras hablaba—. Mi yaya siempre decía que la vida es para disfrutarla y para sufrirla, ¿sabe? Y tenía razón. Aunque no haya épocas fáciles, ¿no es eso lo especial de estar vivo?

Fruncí el entrecejo por aquel arrebato.

—Ella siempre repetía —continuó— que el mejor regalo de la vida era poder sentir lo bueno y lo malo que nos ocurre. Cuando le pasen cosas buenas, abrácelas, amigo. Y, cuando las cosas no vayan como espera, hágalo también y con más fuerza. Hemos venido a este mundo a absorber emociones para subir a las estrellas, ¿sabe? ¿No conoce la leyenda guanche?

—¿Cuál? —dije con temor.

No sabía adónde quería ir.

—Aquí en Canarias todo se ve distinto, no es lo mismo que en tierra firme, amigo. Incluso la muerte, que solo es otra parte del camino, ¿sabe? —Me di cuenta de que repetía aquella coletilla casi en cada frase—. Aquí muchos creemos que, cuando morimos, nuestra alma asciende caminando hacia el Teide y, una vez en la cima, si hemos tenido una vida plena, subimos al cielo convertidos en una estrella. Es una leyenda guanche que todos, de un modo u otro, tenemos siempre presente cuando un ser cercano muere. Ha ido pasando de generación en generación y, si eres de aquí, una parte de ti cree en ella. No es que pensemos que no existe el paraíso, sino que cada estrella es una representación en este mundo de las buenas personas que pasaron por él. Mi abuela decía que toda esa gente que viene a ver el cielo de Canarias desde todo el mundo en realidad es gente que echa de menos a alguien y tan solo quiere volver a encontrarse con esa persona.

Asentí al darme cuenta de que todo aquello parecía hablar de mí. El café iba a resultarme barato después de todo. Se alejó hacia el horno y vino de vuelta con el bollo de canela caliente. Luego paró la cafetera, volcó la leche caliente con espuma en el vaso y colocó el resultado final sobre el mostrador con una sonrisa. Brindé en el aire al ver que había pintado a rotulador varias estrellitas en el cartón y le di un sorbo que calentó mi garganta.

—Gracias, Yeray —dije al leer rápido el nombre de su solapa.

—No hay de qué —replicó con una sonrisa—. Me recuerda a alguien, ¿sabe? Pero ahora mismo no caigo.

Sabía a quién se refería. Mi hermana vivía cerca.

—No tengo pelo ahora mismo, pero sí una cara común —respondí, y me marché a una esquina para desayunar rápido.

Me terminé el rollo de canela con los ecos de aquella idea en mi mente y me llevé el café quemándome los dedos para terminarlo en el hotel mientras esperaba a Fayna. Me lavé los dientes, me puse una sudadera y esperé un rato mirando el reloj de papá cada cinco, cuatro o dos minutos. A las 8:50 las agujas aminoraron el ritmo, y sentí que me daba tiempo a caminar una maratón de un lado a otro de la habitación. A la hora en punto salí al balcón con la esperanza de ver a Fayna aparecer en la distancia y descubrí cómo la ciudad aceleraba el paso. Los pocos transeúntes de un rato antes se habían convertido en un río constante de turistas que, como yo, no querían perder el tiempo. Había demasiado que hacer. La busqué impaciente a ambos lados de la calle, pero no había ni rastro de ella. Pensé en escribirle y ver qué pasaba, pero no tenía su teléfono. Esperé buscándola en la distancia tratando de reconocer su moto o su figura entre los turistas, pero no llegaba. A las nueve y media perdí la esperanza y evalué mis opciones. Podría ir al aeropuerto y recoger el coche de alquiler para ir en solitario, pero por algún motivo aquel plan ya no me llenaba igual. «¿Dónde estás, Fayna? ¿Qué ha cambiado desde anoche?».

A las 9:40 tiré la toalla. Me puse mi otra sudadera limpia, como si llevarla me diese fuerzas, y bajé las escaleras del hotel con una mezcla de desencanto y decisión. No podía creerme que Fayna me hubiese dejado tirado, pero, en realidad, ¿qué esperaba? Aunque su actitud me hizo pensar que le importaba Laura, no la conocía de verdad. El recepcionista me saludó con la mano cuando pasé por su lado, y, al salir a la puerta, allí estaba, sentada sobre su moto, con el pelo rizado rozándole los hombros. Vestía con un top de tirantes verde y un pantalón corto. Estaba seria y parecía haber dormido igual de mal que yo, pero noté en sus ojos un brillo de esperanza que avivó la mía. Con un brazo sujetaba un casco y tenía otro colgando del manillar. La luz del día le sentaba demasiado bien.

—Eh, tú —me dijo como saludo—. ¿Has dormido algo?

—¿Dónde estabas? Creí que no vendrías.

—He llegado bien, ¿no? —me respondió con gesto contrariado.

—Quedamos a las nueve.

—¿Y qué hora es?

—Las diez menos cuarto.

—¿Y cuál es el problema?

—Llegas cuarenta y cinco minutos tarde —dije aquella frase sílaba a sílaba porque una parte de mí creía que no entendía mi idioma.

—Son las nueve y cuarenta y cinco. Está bien. Está dentro de las nueve.

—¿Perdona? Cuando quedas con alguien a las nueve es a las nueve cero cero —remarqué los minutos, por si no quedaba claro.

—Eso será en la península —aseveró—. Aquí en las islas todo va a otro ritmo. Pensaba que lo sabías.

—¿Cuarenta y cinco minutos tarde? ¿Qué ritmo es ese?

—Quince minutos adelantados si consideras el cambio de hora con vosotros en la península, ¿no? —dijo convencida.

No sabía qué responderle. En realidad, estaba contento de que hubiese llegado, pero el choque inicial por su retraso me había llenado de incomprensión y me costó dejarme llevar.

—Te he conseguido un casco —continuó—. Espero que te entre esa cabeza pelada que tienes. Es de un vecino de mis padres.

—No me puedo creer que llegues cuarenta y cinco minutos tarde y ni siquiera te disculpes. Un «lo siento», un «perdona, ha pasado no sé qué».

—Es que no ha pasado nada. Estaba en casa. He salido a las nueve y veinte y he llegado ahora mismo.

La observé incrédulo. Su actitud consiguió que bajase la guardia.

—Podrías mentirme al menos. Decirme que había un atasco. No sé, cualquier cosa. Como hace todo el mundo.

—¿Prefieres una puntual y mentirosa a alguien que llega tarde y te dice la verdad? No sé mentir. Así que no cuentes conmigo para ello. ¿Vamos o qué?

—Supongo que no vamos a ponernos de acuerdo en esto.

—Oh, claro que sí. Solo dame tiempo para que consiga que entres en razón —dijo golpeándome con el casco negro lleno de arañazos.

Me bajé la capucha y me lo puse. Regresaron mis miedos con las motos.

—Sube —me dijo al tiempo que bajaba la patilla. El motor tosió primero y luego rugió con fuerza. La moto era mucho más grande que ella y me preocupó que no pudiese con mi peso. Me subí con cuidado y noté un pinchazo en la pierna izquierda al pasarla por encima del asiento—. Y agárrate —soltó de pronto.

Sin apenas darme tiempo a hacerle caso, aceleró y mi cuerpo entero se sacudió con fuerza hacia atrás. Me sujeté como pude a ella y noté el calor que emanaba de su piel bajo la tela de su top. El aire se coló por la abertura del casco y ventiló mi alma cargada de adrenalina. Fayna parecía tan habituada a conducir la moto que incluso se tumbaba ligeramente en las curvas con el peso de los dos, sin apenas importarle o temer por perder el equilibrio.

Callejeamos por La Laguna y, tras algunos giros, salimos a la TF-5 en dirección a La Orotava. La moto rugía sobre el asfalto y avanzamos acompañados por una hilera de coches que iban tomando salidas en Guamasa, Tacoronte, La Matanza de Acentejo o Santa Úrsula. Aquellos fueron los carteles de las poblaciones que me dio tiempo a leer, porque después solo me dejé llevar por ese viaje junto a Fayna, que de pronto había conseguido que olvidase mis traumas en la carretera, salvo el que se llevó por delante a mis padres. Fayna olía a Laura, y ese aroma me dolía. Tras unos veinte minutos avanzando entre los vehículos, salimos a La Orotava y, después de bordear una rotonda con una princesa en el centro, ascendimos hasta girar a la izquierda, donde poco más adelante nos encontramos de bruces con la comandancia de la Guardia Civil, el mismo lugar color salmón que había sido refugio de mis lágrimas más tristes. Nos bajamos de la moto en silencio y subimos juntos la rampa. Se notaba que ambos estábamos nerviosos por aquel paso. Saqué mi móvil y marqué el teléfono que había guardado.

—¿Diga? —dijo la voz de la mujer desde el otro lado de la línea sin mucho interés.

—¿Sargento Oramas? —pregunté con un nudo en la garganta que casi me impedía hablar.

—¿Quién es?

—Soy Mario Ardoz, el hermano de Laura.

Pronunciar su nombre era como meter el dedo en una llaga. Fayna me observaba en silencio con sus ojos miel que parecían en llamas.

—Sí. Hola, Mario. ¿Qué ocurre? ¿Está bien? ¿Algún problema con el alojamiento? —me preguntó la sargento—. ¿Qué ha pasado?

—Estoy fuera del cuartel con una amiga de Laura. Tiene que contarle algo —dije en voz alta mientras miraba a Fayna.

## Capítulo 18
## La Orotava, isla de Tenerife
## Domingo, 20 de octubre de 2019
## Candela Oramas

*Todos hemos tratado de montar alguna vez*
*un puzle que no tiene todas las piezas.*

La sargento salió del cuartel con prisa seguida de Quintana, que iba unos pasos por detrás, y, al atravesar la puerta, se deslumbró un instante por la luz intensa del día. Eran las diez y cuarto y el sol ya pegaba con fuerza en La Orotava. A pesar de ser octubre, el clima de la isla se regía por su propio calendario, que deambulaba casi siempre entre un verano agradable y uno caluroso y húmedo. A un lado, en la rampa de acceso a la comandancia, vio a Mario Ardoz, a quien ya reconocía por su piel pálida y la sudadera calada. Lo acompañaba una chica de veintipocos de melena rizada y con la marca del casco en la frente.

—¿Qué tal la noche, señor Ardoz? ¿Ha podido dormir algo? —preguntó la sargento a modo de saludo, ya de una manera formal, marcando la distancia.

Candela desvió la mirada a Fayna, seria, mientras trataba de ubicarla mentalmente en el entorno de Laura. Estaba intentando analizar ese encuentro.

—Sargento Oramas —le contestó Mario sin que Quintana tuviese tiempo de decir nada—, me dijo que si necesitaba algo o recordaba cualquier cosa sobre la investigación la llamase. Le presento a Fayna. Era amiga de Laura.

—Hola, Fayna —saludó ella—. Siento mucho la pérdida. Estamos haciendo todo lo que podemos por avanzar rápido, pero aún es pronto. —En su mente, Candela rememoró las palabras que había leído en el informe del forense y sintió cómo el estómago se le revolvía. Hizo esfuerzos por mantener la compostura y trató de ir al grano—: ¿Cuál era su relación con Laura?

—Hola, agente —respondió ella sin entender de jerarquías—. Laura y yo éramos amigas. Antes compartíamos habitación en la residencia del observatorio. Ella es... —volvió a cometer aquel error de nuevo y chasqueó la lengua—, era investigadora. Trabajamos en el mismo proyecto, pero Laura se mudó en abril y dejamos de tener tanto contacto personal. Hablábamos mucho por WhatsApp y Slack, un chat que empleamos en el proyecto para comunicarnos, pero dejamos de vernos tan a menudo. El pasado junio, creo, se marchó y..., bueno, volvió a la isla el martes y me escribió diciendo que estaba por aquí.

—¿Y la vio en algún momento? —la interrogó la sargento mientras se apartaba a un lado del grupo dispuesta a escuchar con atención.

Fayna dudó unos segundos y miró a ambos agentes, como si tuviese miedo de contarles aquello.

—Sí, el jueves por la tarde. Nos vimos en la cantina de la residencia del observatorio. Luego yo me fui y ella se quedó con Gianluca, Grace y los investigadores alemanes, Markus y Christoph. Me dijo que quedaríamos por la isla y que ella iría a ver a Tristán Santana, nuestro director.

—¿Tiene los apellidos de los demás investigadores?

—Los podría conseguir, pero son los únicos en la residencia que se llaman así. Pueden hablar con Marta, la encargada de la cantina. Estaba allí y les confirmará lo que les digo, y les dirá cómo se apellidan. Hay un registro de residentes en la recepción, que gestiona una mujer que se llama Charo.

Candela miró a Quintana un segundo y volvió a Fayna para escucharla con atención. Aquello era nuevo. El rastro físico de Laura se había perdido tras su marcha del hospital la tarde antes y Quintana abrió los ojos al comprender lo que significaba aquel paso.

—Ellos serían el siguiente paso para descubrir qué hizo Laura o con quién se vio.

Fayna tragó saliva al oír aquella frase. Parecía superarle la situación y buscó en los rostros de los agentes alguna muestra de empatía.

—También tengo esto —comentó, nerviosa.

Fayna extendió su móvil hacia los agentes y les mostró la conversación de WhatsApp con ella. El brillo del sol hizo que ambos policías tuviesen que leerlo cubriendo la pantalla. Se fijaron en la hora del primero de ellos, las 18:45 del jueves. En él, Laura celebraba que Tristán había accedido a las sesiones de los telescopios del proyecto QUIJOTE. Los dos agentes asintieron sin decir palabra, tomando nota mental.

—La noté feliz, como si estuviese cerca de algo que llevaba tiempo pensando. Luego me propuso que nos viésemos los tres el sábado, su hermano, ella y yo.

Candela leyó las horas de los mensajes, de las 18:45 a las 18:51, y se fijó en que había una nota de voz el día siguiente, viernes, a las 20:34.

—Le mandó un audio —dijo la sargento.

Fayna asintió sin hablar. Mario abrió la boca ligeramente porque sintió que el aire que entraba por su nariz era insuficiente para la carga emocional que suponía aquel traspaso de información. La joven pulsó el mensaje y la voz de Laura sonó en el altavoz. Era la primera vez que los agentes la oían y Candela sintió un escalofrío al ponerle alma al cuerpo tumbado sobre las rocas. Una cosa era investigar a un culpable y otra sentir las emociones de una víctima poco antes de morir. En ella, Laura expresaba sus miedos y explicaba que volvía de Los Gigantes, donde parecía que había estado. Cuando la voz de Laura se apagó, Quintana se lanzó para aclarar una duda que le brotó de la boca de pronto.

—Por lo que veo no respondió a ese audio en ese momento.

Quintana arrastró el dedo por la pantalla y leyó algunos mensajes más de Fayna preguntando dónde estaba y por qué no le cogía el teléfono.

—La llamé por la mañana cuando lo escuché. Luego le escribí y no tuve suerte. Por la noche vi la foto esa de las redes y me sentí muy mal. Si hubiese respondido antes, tal vez…

—No diga eso. Aquí el único culpable es quien le hizo eso a su amiga —afirmó Candela, seria. La sargento solo podía pensar en que al menos tenían algunos nombres con los que trabajar arriba en el observatorio—. ¿Alguna otra cosa? ¿Recuerda algo más sobre esos planes que parece que ella estaba preparando?

Fayna lanzó una mirada esquiva a Mario y luego negó con la cabeza. Quintana había sacado su libreta y anotado las horas de la conversación, junto con los nombres de los compañeros de Fayna. A Candela no le había hecho falta, lo recordaba todo al detalle, pero pensó en la investigación y asintió conforme al ver que Quintana ya estaba registrando todo, como le había prometido a la jueza.

Entraron los cuatro al interior y Candela buscó en la oficina a alguien de informática para que hiciese una copia de seguridad del teléfono mientras Quintana ofrecía cafés a Fayna y Mario, que nunca llegaron a salir de la máquina. A la tercera moneda de cincuenta céntimos tirada, Candela volvió con el móvil en la mano, con la copia hecha y portando una carpeta sobre el caso en la que había metido fotografías del cuerpo y planos sobre el lugar en el que apareció. Se aseguró de que Fayna completase sus datos y firmase la diligencia de intervención sobre el terminal, el maldito papel que ya quería tirarle a la jueza a la cara.

—Gracias, señorita... Ospina —leyó Candela el apellido de Fayna en su identificación—. Ha sido de mucha ayuda. Si necesitamos algo sobre la residencia del observatorio, ¿podemos volver a llamarla?

—Por supuesto —aceptó Fayna al instante tragando saliva.

—Señor Ardoz, quiero que sepa que pienso encontrar al hijo de puta que ha asesinado a su hermana. Solo llevamos un día, pero le aseguro que el que le hizo esto a Laura no se irá de rositas.

—Gracias. Sé que hacen lo que pueden, pero, por favor..., no bajen los brazos —replicó Mario en tono desesperado.

La sargento aceptó aquella petición con un gesto leve de cabeza.

Se despidieron de ellos en la puerta. Desde allí, Candela y Quintana los observaron subirse en la moto y perderse por el centro de la ciudad en dirección este.

—¿De verdad has querido invitarlos a café en nuestra máquina? —inquirió la sargento.

—Quería hacer tiempo, estabas tardando mucho.

Ella negó con la cabeza y mentalmente se retractó de las buenas palabras que le había dicho un rato antes sobre su buen humor.

—Tenemos ayuda con las declaraciones. Anita ha pedido refuerzos a los de Adeje. Van de camino también.

—Estupendo —replicó Quintana—. Al menos no estamos solos.

—¿Qué tal tu inglés? —le preguntó ella—. Me parece que allí hay gente de muchos países que no tienen ni idea de español.

—Comprendo todo, pero para hablar solo me manejo con el nivel de discoteca: *Do you want to dance with my friend? He's in love with you* —dijo en un tono cómico echando la cabeza hacia atrás.

Candela esbozó una sonrisa y negó con la cabeza.

# Capítulo 19
## Los Gigantes, isla de Tenerife
## Domingo, 20 de octubre de 2019
## Mario Ardoz

*El amor más peligroso es aquel*
*que se disfraza de salvación.*

Tras visitar el cuartel de la Guardia Civil en La Orotava con Fayna, nos subimos a su moto y bordeamos la costa en dirección a Los Gigantes, cuyo nombre ya pronunciaba en mi cabeza con la voz de Laura. No era así como había imaginado aquel viaje. Convertido en un paquete y agarrado a la cintura de Fayna, sentía que mi vida entera se había dado la vuelta sin haberme enterado de cómo había sucedido. Aferrado a ella, nervioso, notaba cada bache como un martillazo en la pierna. El motor rugía con fuerza por la autopista del norte, que se estrechaba y expandía cada pocos kilómetros, como si fuese un reflejo de mis propios miedos. De una autopista ancha con cuatro carriles pasaba a ser un angosto camino asfaltado que atravesaba con delicadeza los túneles excavados en la montaña para luego volver a expandirse en una carretera amplia de tráfico fluido, como si necesitase coger aire por el esfuerzo. El océano nos acompañó gran parte del camino y yo sentí que también rugía con las olas por la pérdida de mi hermana.

A pesar de su tamaño, Fayna manejaba la moto como si bailase al ritmo de la carretera. Yo debía dejarme llevar. Y era lo que hacía. Algo en mí, derrotado por la pérdida de Laura, sentía que aquel trayecto con ella era lo único que me quedaba.

Cuando llegamos a la altura de El Tanque, la carretera rápida que nos había llevado hasta allí se terminó. Tras atravesar el pueblo de casas bajas coloridas y sin orden, la ruta se estrechó de nuevo, nos alejó de la costa y nos adentró en una vegetación profunda y viva. Ascendíamos y descendíamos por un camino de montaña angosto y lleno de curvas en las que los coches invadían nuestro carril un instante para corregir la trayectoria en el último momento. En dos ocasiones creí que moriría, pero Fayna esquivó un autobús primero y una furgoneta de reparto después, como si estuviese habituada a caminar de puntillas sobre la muerte.

Unas horas antes no me habría importado un impacto frontal que acabase con todo, pero en ese instante ya me había agarrado a la vida con la misma fuerza que a ella. Su melena rizada sobresalía bajo el casco y, movida por el viento, me acariciaba el cuello, y yo sentía aquel jugueteo involuntario como si fuese una semilla que haría germinar una nueva vida dentro de mí.

Fayna conducía con una temeridad controlada, como si ella hubiese dibujado las curvas de aquella carretera secundaria, y, cuando quise darme cuenta, el paisaje cambió por completo. El verde brillante se secó de pronto y dio paso al color ocre y volcánico de una tierra salpicada de cactus y tabaibas. El aire se volvió más caliente y el sol empezó a pegar con más fuerza sobre mí.

—¡Estamos llegando! —La oí gritar al viento—. ¡Cuidado, curva cerrada! —chilló como si fuese un juego.

Me agarré más fuerte a ella y comenzamos el descenso desde Retamar. Divisé de lejos el mar. O, mejor dicho, lo sentí. El sol brillaba con fuerza, la capucha bailaba detrás de mi cuello, el viento soplaba con olor a sal entremezclado con el rastro de Fayna, y en un tramo recto, sin saber por qué, enderecé mi cuerpo, cerré los ojos y extendí los brazos para experimentar aquel cúmulo de vida que me inundaba el pecho.

—¿Estás loco? —Oí la voz de Fayna a través del casco—. Agárrate o te vas a caer —gritó.

Pero no le respondí. Me di cuenta de que entendió lo que hacía porque sentí que aminoraba el ritmo para alargar aquel momento. No sé cuánto tiempo estuve así, quizá no más de diez o veinte segundos, pero de algún modo supe que Laura lo estaba viendo. Notaba su calidez en mi piel. Sentía su calma en el aire. Me agarré de nuevo a Fayna y ella volvió a acelerar sin decir palabra. La vista se llenó del azul del océano y, tras una curva a la derecha, paró la moto sobre el arcén junto a un muro de piedra.

—No mires, ¿vale? —me dijo ella mientras se quitaba el casco—. Bájate sin mirar hacia el fondo.

—¿Qué pasa? —Me apeé con dificultad, entumecido pero temblando de emoción.

Aún notaba la vibración de la moto en cada poro de mi piel. Me quité el casco y le sonreí al dejar al sol mi cabeza brillante.

—¡Mira a la pared! —protestó con una sonrisa.

—¿Hemos llegado?

—¡Que cierres los ojos! —insistió una vez más—. Hace tiempo leí en un libro que uno solo ve por primera vez un lugar una única vez en la vida. Y créeme que este sitio merece que lo hagas bien.

Me convenció con aquella frase que cargó de solemnidad un instante que yo ya anhelaba desde que vi la acuarela en el cuarto de Laura. Le hice caso y cerré los ojos.

—Bien. Ahora confía en mí. Yo te llevo.

Colocó las manos en mi cintura, detrás de mí, y me fue guiando poco a poco hacia delante.

—Cuidado, escalón. Eso es. Un paso más… —decía mientras movía mi cuerpo como si fuese un muñeco a sus órdenes—. ¿Estás preparado?

Me soltó la cintura y esperé un instante en la oscuridad.

—Listo. Ya puedes abrirlos.

Le hice caso y frente a nosotros vi la inmensidad de aquel lugar. Los acantilados de roca negra y rojiza se precipitaban sobre el mar desde una altura imposible y sus colores vivos se difuminaban en un azul que los teñía conforme se perdían en el horizonte. El sol de la mañana bañaba las olas que se movían a sus pies. El azul del océano se oscurecía en sus inmediaciones y rompía en su base para transformarse en alfombras de espuma blanca que no se oían desde esa distancia. La imagen era sobrecogedora. Al fondo se intuían las formas de La Gomera, la isla vecina, que otorgaban al lugar la sensación de ser parte de algo mucho más grande. Desde el Mirador de Archipenque también se podía ver el pueblo de Los Gigantes, dispuesto bajo nosotros como si fuese un manto blanco de aire hogareño que contrastaba con la abrumadora vista de las paredes verticales de más de seiscientos metros. Aquella imagen era igual que en la acuarela de Laura, que tenía grabada a fuego en mi memoria.

—¿Te gusta? —dijo Fayna a mi lado.

Asentí sin decir nada. No podía. No tenía fuerzas para hablar. La emoción se me había anudado en la garganta y parecía una bola de fuego que no podía tragar ni escupir.

—A mí siempre me sorprende este lugar. Me siento pequeña, pero de un modo distinto que cuando miro al espacio, ¿sabes? Es como si toda esa gigantesca oscuridad de ahí delante fuese más real porque está más próxima que la que puedo observar por los telescopios. Podemos tocarla y caminar sobre ella.

—Viniste con Laura, ¿verdad?

—Sí. —Vi en sus ojos que rememoraba aquel momento—. Es mi lugar favorito de toda la isla y, cuando vinimos, lo recorrimos juntas.

—En el audio mencionaba que el viernes estuvo aquí. Hablaba de un mirador prohibido. ¿Dónde está eso?

—Tenemos que andar un poco y saltarnos algunas normas, pero merece la pena.

—No me importa. Quiero ver lo que vio ella.

Fayna apretó los labios y asintió conforme. Quizá ella ya esperaba aquella propuesta. Nos subimos de nuevo a la moto y descendimos un poco más hacia el pueblo, hasta que llegamos a una curva pronunciada frente a los acantilados, más cerca que antes, en cuyo margen había una barrera que cortaba el paso. Detuvo la moto y me bajé de un salto.

—Se accede por aquí —dijo ella cuando se quitó el casco y dejó su melena al viento.

Me fijé en que en la pared rocosa, a un lado del camino cortado, había carteles que prohibían el paso y anunciaban todas las maneras en las que podías morir si lo recorrías: desprendimiento de rocas, caída desde las alturas, desmayo por vértigo, pérdida de orientación. Me animé al no leer nada sobre el osteosarcoma.

—Es peligroso. ¿Te dan miedo las alturas? —me preguntó en un tono en el que noté su preocupación.

Luego saltó la barrera y me sonrió desde el otro lado.

—No lo sé. Nunca había estado tan alto.

—Vamos —añadió con melancolía—, te llevaré al lugar donde estuve con tu hermana.

Salté la barrera también pasando primero mi pierna enferma por encima. Comenzamos por un camino ancho de tierra gris que se estrechaba poco a poco hasta camuflarse en la pared como un fino sendero que desaparecía entre las rocas. Si alejabas la vista hacia delante, era imposible intuir hacia dónde te dirigías, y, si lo hacías hacia tus pies, te topabas con el agua unos doscientos metros más abajo..., y comprendías al instante cuál sería tu destino tras un tropiezo. El lugar parecía una ruta secreta e inexistente que solo se desvelaba cuando estabas delante de ella. Fayna avanzaba frente a mí y hacía las veces de guía en nuestro camino a ninguna parte. Sentía un cosquilleo extraño al pensar que Laura había caminado el viernes por allí y que dos días después yo estaba desandando sus pasos tímidos mientras buscaba qué fue de ella.

—Ten cuidado por aquí, ¿vale? Esta zona resbala más —dijo tras una pequeña trepada que salvó apoyando las manos.

Yo la subí tras ella y noté el corazón en la boca cuando mis pies se deslizaron por la gravilla suelta y perdí un instante el equilibrio. Creí que era el fin y, durante una fracción de segundo, medité la posibilidad de no oponer resistencia y dejarme caer. Era curioso, pero la sola presencia de un abismo tan cercano surtía en mí un efecto llamada. Entonces la voz de Fayna me hizo recuperar la cordura y, con un movimiento de cuerpo rápido, conseguí enderezarme sobre el sendero.

—Es un poco más adelante —informó Fayna avanzando hacia una zona en la que la montaña se adentraba hacia el océano.

De pronto descubrimos que no estábamos solos: unos cincuenta metros por delante, una mujer joven de pelo castaño hacía nuestro mismo camino. Se movía con facilidad sobre las rocas, sin dudar hacia dónde se dirigía, y desde la distancia creí que era Laura, que recorría sus pasos dos días antes, como la estela de una vida que acababa de terminar.

Se detuvo en un punto del camino y, conforme nos acercábamos a ella, la imagen de mi hermana se difuminó en el cuerpo de una desconocida. Se trataba de una mujer de unos treinta años que se pegó a la pared en cuanto llegamos hasta ella para dejarnos pasar. Nos saludó con un tímido movimiento de cabeza mientras la adelantamos, y noté su tristeza en los ojos como quien reconoce a un animal de su misma especie.

—Es aquí —dijo Fayna de repente poco después.

Mi corazón mandó el aviso al resto del cuerpo. Se paró en seco en una zona del camino un poco más amplia y se giró hacia mí.

—Date la vuelta y mira —añadió.

Le hice caso y me abrumó observar a lo lejos el pueblo de Los Gigantes convertido en una maqueta blanca junto al océano. Del puerto salían y entraban diminutos barcos de recreo y también un catamarán en el que me imaginé que alguien escribía un libro. Estábamos unos cien metros por encima del agua. Seguir los pasos de Laura daba vértigo, pero exactamente para eso había ido hasta allí venciendo mis miedos.

—Estuvimos justo en este lugar —suspiró Fayna, triste.

—En el audio mencionaba una promesa que os hicisteis y que le daba miedo pensar en ella.

Rememoré sus palabras en mi mente. Yo las había grabado a fuego en mi memoria al repetirlas en mi cabeza una y otra vez durante la noche: «¿Recuerdas aquella promesa? Hoy he pensado en ella. Y durante demasiado tiempo».

—¿A qué se refería? ¿Qué os prometisteis?

Apretó los labios. Miró al horizonte y luego abajo. Sus pies estaban demasiado cerca del borde y sentí vértigo con tan solo pensar en una ráfaga de viento. La mujer nos volvió a pasar y nos callamos un momento. Avanzó un poco más y se detuvo en un risco alejado, mirando las vistas como nosotros, convirtiéndose de nuevo en Laura.

—Conocí a tu hermana en la Universidad de La Laguna en una época en la que las dos lo estábamos pasando mal. Yo viví de cerca su duelo por la muerte de vuestros padres. Ella vivió el mío por la muerte de mi hermano. —Hablábamos de nuevo en intimidad y sentí que ella estaba abriendo de golpe todas las puertas de su vida.

—¿Qué? —inquirí en un suspiro, sorprendido.

No sabía aquello. No esperaba una sombra de tragedia en alguien que transmitía tanta vida.

—Saltó desde aquí. Desde donde estoy.

Colocó la punta de sus pies en el filo del barranco y la observé asustado.

—Tenía quince años y yo, cinco años mayor que él, no supe ver las señales que mandaba —continuó—. Era su hermana, pero también su mejor amiga. Había crecido guiando sus pasos, ¿sabes? Me recuerdo de niña sujetándole las manos mientras aprendía a andar. —Sonrió con la mirada perdida—. De pronto, en el instituto sus notas cayeron en picado de un año a otro. Al volver de clase se encerraba en su cuarto y no salía en toda la tarde. Estaba más callado y distante conmigo. Mis padres pensaban que sería algo transitorio, una adolescencia rebelde en la que quería poner distancia con la familia. Una vez, incluso le pregunté si estaba todo bien, y me respondió sin hablar cerrando la puerta de su cuarto. Un día, mientras desayunaba, me abrazó fuerte por la espalda. Creí que era su manera de decirme que seguía ahí a pesar de su silencio temporal. Ese día faltó a clase, cogió un autobús desde Santa Cruz hasta aquí y saltó. Un barco de turistas encontró su cuerpo flotando entre las rocas. En su escritorio dejó una nota que tan solo decía: «Lo siento». Busqué culpables entre su entorno, y algunos compañeros me confirmaron que sufría mofas continuas en clase. Decían que era algo general, sin nombre ni origen concretos, y la culpa se la repartieron entre todos y ninguno al mismo tiempo. Contaban que en el recreo siempre estaba solo, y yo no lo veía porque ya estaba en la facultad.

Digerí su historia sin saber qué decirle. Entendía su dolor, pero era incapaz de articular palabra.

—Ella me acompañó varias veces aquí. Nos sentábamos a mirar las vistas, muchas veces sin decirnos nada, otras veces hablando durante horas sentadas contemplando lo pequeñas que éramos. Pero en esa primera visita nos prometimos que, si algún día pensábamos en saltar, avisaríamos a la otra, y, solo si las dos volvíamos a coincidir en un momento tan bajo, lo haríamos juntas.

Me dolieron aquellas palabras. El viernes Laura recordó su promesa y me sentí responsable. Quizá era porque, a pesar de que se mostraba normal y alegre delante de mí, en el fondo tenía sus propias pesadillas que la atormentaban. Tal vez tenía miedo a quedarse sola. Sin ella, yo ahora miraba mi vida con un enorme agujero en el pecho.

—Te mandó un audio porque se acordó de vuestra promesa. ¿Sabes si le pasaba algo? En los últimos meses solo hablábamos de mí, de mi cáncer y de mi tristeza, y nunca le pregunté si ella estaba bien.

Fayna negó moviendo la cabeza de lado a lado y se encogió de hombros.

—Es normal. Vivimos equivocados. Creemos que la muerte es lo más importante y, cuando se acerca, se convierte en el centro de todo. Y es un error. En realidad solo importa lo que ocurre antes de que llegue. Cuando la muerte se acerca, lo que hay que hacer es ahuyentarla con mucha vida.

Hizo una pausa larga en la que aproveché para encajar sus palabras con los últimos meses que había pasado con Laura. Nos habíamos centrado en mi recuperación, en mis vómitos y en mis miedos, y había ignorado los suyos o, tal vez, huido de ellos. Fayna dio un paso atrás y yo respiré tranquilo. Miré a mi alrededor en busca de fragmentos de mi hermana, alguna prueba que demostrase que estuvo allí el viernes antes de enviarle el audio a Fayna.

Si había interpretado su mensaje bien, Laura podría haber preparado algo en aquel lugar. Oteé a mi alrededor, por el suelo, detrás de las rocas, pero no había nada. Fayna pareció comprender la misión sin habernos dicho nada e hizo lo mismo por su lado. Entonces vi un entrante en la roca, a media altura en un rincón del barranco. Era un hueco de unos cincuenta centímetros, semicubierto por unas ramas sueltas que parecían haber sido colocadas allí para esconderlo. Las aparté con cuidado de no caerme y dentro encontré una acumulación de piedras que no parecían naturales. Las empujé con las manos y, debajo de ellas, descubrí una pequeña caja de madera de tea, de las que venden a los turistas. Era de color rojizo oscuro, del tamaño de un par de libros apilados. No tenía cerradura, solo un pequeño mecanismo para desbloquear la tapa, donde tenía algo escrito.

La cogí con respeto. Pesaba más de lo que esperaba. Fayna se acercó confusa a mi lado y leyó en voz alta al tiempo que yo me derrumbaba por dentro:

SIEMPRE JUNTOS, PARA SIEMPRE

## Capítulo 20
## San Cristóbal de La Laguna, isla de Tenerife
## Domingo, 20 de octubre de 2019
## Candela Oramas

*Mirar las estrellas es la forma más humilde*
*de recordar nuestra arrogancia.*

Se dirigieron al aparcamiento de los coches patrulla, a un lado de la comandancia, y se subieron en el RAV4 que solía conducir Quintana. Salieron de La Orotava y ascendieron por la carretera atravesando Hacienda Perdida. Cuando pasaron junto al Guachinche Romance, un local de comida canaria de aspecto tradicional, Candela sintió un escalofrío al recordar que Daniel la llevó allí en una de sus primeras citas y le prometió amor eterno compartiendo un queso asado.

Siguieron por la TF-21 serpenteando por la Chasna y Aguamansa hasta que giraron a la derecha, a la altura del edificio de la brigada forestal, y la carretera se expandió como una arteria empinada que se aproximaba al corazón de la isla.

Candela permaneció parte del camino callada, mirando con atención el pinar que los escoltaba en la subida, y pensó que en el cuartel Bencomo y Artiles estarían analizando las cámaras de las estaciones de servicio, pero, por algún motivo que no lograba expresar con palabras, tenía dudas incómodas y demasiado nítidas de que pudiesen hallar el Toyota gris de Laura Ardoz en ellas.

—¿Crees que encontraremos el coche en las grabaciones? —verbalizó ella en voz alta rompiendo el silencio que parecían haber pactado.

—En el audio del viernes, Laura decía que volvía de Los Gigantes. Eso era a las 20:34 —replicó Quintana mientras giraba una curva pronunciada a la izquierda—, por lo que la noche antes de morir estaba en el sur de la isla. El coche debería aparecer en la grabación de la Cepsa, en Chío. Deberíamos decirles a Bencomo y Artiles que se centren en esa, ¿no crees?

—Mejor que revisen las dos, aunque tengo la sensación de que no la encontraremos —replicó Candela.

—¿Por qué lo dices, sargento?

—Por las horas que tenemos grabadas de la de Cepsa. Dijiste que solo contamos con grabaciones desde las cuatro de la madrugada hasta las seis de la tarde. Según el informe del forense, Laura Ardoz murió a las siete y media de la mañana, de modo que, si subía desde el sur, su coche debería aparecer en las cámaras entre las seis y las seis y cuarenta. Pero eso contando con que condujese directa a su muerte y que no estuviese ya arriba.

—¿Cómo? No te entiendo.

—Que podría haber subido antes. Si fue directa hacia el parque natural después de volver de Los Gigantes, como menciona en el audio que envió a su amiga, a las 20:34 no la tendremos grabada pasando por la estación de servicio, puesto que las imágenes de la gasolinera del sur comienzan a las cuatro de la madrugada. Podría haber subido poco después, a eso de las nueve, o incluso en cualquier momento antes de las cuatro de la mañana.

—¿Y por qué haría eso en mitad de la noche?

—El observatorio. Estudian el universo y el mejor momento para hacerlo es durante la noche. —Candela rebuscó en su mente un argumentario que explicase lo que sabían de momento y continuó—: Puede que intimase con alguno de sus compañeros y a él se le fuese la mano con alguna pastilla para drogarla y hacer con ella lo que quisiese. Según el forense, en su estómago había restos de vino mezclados con la comida. Puede que fuese al observatorio, montasen una fiesta y la cosa se descontrolase.

—¿Y por qué apareció el cadáver allí, en el Mirador de las Narices del Teide? Si no me equivoco, está lejos, ¿no? A casi media hora en coche desde el observatorio.

—No lo sé. Solo estoy pensando en voz alta. Tal vez alguno de sus compañeros la drogó y, al ver que se había metido en un lío, la mató para que no hablase. Luego la metió en un coche y la dejó allí.

—¿Y el vehículo de ella? ¿Cómo explicas que el coche de Laura esté en el lugar del crimen? Si la drogaron y la mataron en otro lugar, ¿cómo llegó con su coche hasta las lavas negras? El asesino tendría que haberse ido andando de vuelta. Y por allí no hay ningún lugar donde meterse. Es una carretera recta, sin nada a una distancia lógica. Lo más cerca es el hotel Parador, junto al centro de visitantes y la ermita de las Nieves, pero ahora mismo está cerrado porque lo están remodelando. Andando son, como poco, dos horas a pie. Tendríamos decenas de testigos que habrían visto a un hombre solo caminando al amanecer.

—Joder, no sé —protestó Candela, que creía estar acariciando una idea hasta que se desmoronó como el campanario de una iglesia—. A ver qué tal esto: ella subió a la colada de lavas negras y estuvo un rato allí. Es una zona que abruma. Tan árida, con el cráter de Pico Viejo en la distancia. Estuvo un rato mirando las estrellas, sola. Llegó otro coche al lugar, que se paró. Puede que incluso conociera al conductor. Hablaron, se tomaron un vino mirando al cielo y él la drogó y la estranguló. Puede que incluso hubiesen quedado allí. Los restos de vino y comida en el estómago prueban que cenó.

Quintana miró un segundo de reojo a su jefa, sorprendido por aquel escenario que parecía encajar las piezas de un puzle imposible.

—¿Qué tal el registro de llamadas? ¿Sabemos algo de la solicitud a Facebook para ver si hay alguna manera de recuperar los wasaps asociados a su número?

—En espera, jefa. Es fin de semana y la operadora aún no responde. A ver si mañana sabemos algo. De los wasaps espero poco. Nos están jodiendo pero bien con lo del cifrado ese. Con el teléfono roto de la chica, dependemos de lo que consigamos directamente, como los que nos ha enseñado su amiga.

—No te quejes tanto, anda, que sé que en el cuartel os pasáis enlaces por ahí para ver partidos de fútbol pirateados.

—No me compare una pasión con un crimen, jefa —se indignó Quintana en tono burlón.

Ella respondió con un bufido de la nariz al tiempo que negaba con la cabeza con una leve sonrisa.

—No, claro. Por cierto, en el mapa de cámaras de tráfico que me mostraste no vi ninguna desde Los Gigantes hasta el lugar de su muerte. Si no se ve su coche en la de Cepsa a partir de las cuatro, tendríamos que patearnos las inmediaciones del sur en busca de imágenes de otras gasolineras o negocios privados en las que pudiese aparecer la noche del viernes, antes de subir al parque nacional, o descartarlo completamente.

—Bueno, pero podemos solicitarlas —replicó Quintana—. Pedimos a los del cuartel de Adeje que nos ayuden y vemos qué conseguimos. Ya has visto que se ofrecen a echarnos un cable en todo lo que necesitemos.

—No sé. Veamos qué nos encontramos en el observatorio y estudiamos qué hacemos.

—Está bien, jefa —aceptó Quintana.

Ascendieron por la carretera de montaña como si acariciaran una serpiente gigantesca de piedra negra y pronto se encontraron, dejando atrás el denso pinar, los paisajes de colores rojizos y desolados del clima lunar. Los tajinastes inundaron el entorno y el aire se hizo más frío a medida que el todoterreno ganaba altitud. Finalmente, cuando tomaron el desvío a la altura del restaurante El Portillo, el trayecto se convirtió en un paseo espacial que duró justo hasta que en la distancia divisaron los edificios del observatorio, que se elevaban sobre el horizonte como gigantescos pilares primordiales colocados por otra especie. Bordearon la cima sobre la que se asentaba el complejo y detuvieron el vehículo al lado de otra patrulla de la Guardia Civil, parada junto a un control de acceso con la barrera bajada. Detrás de ella había una más, cuyo conductor saludó con la mano a través del cristal. Candela le hizo una seña desde dentro sin bajarse.

—Gracias por uniros, chicos —le dijo al primero de ellos tras bajar la ventanilla.

—Os seguimos y tomamos declaración a quienes digáis —replicó un agente uniformado.

—Perfecto.

El coche de Quintana se colocó al frente del grupo y se aproximaron al complejo hasta pararse frente a la barrera. Quintana tocó el claxon y de la garita salió un vigilante de seguridad de unos cincuenta años, con un bigote denso encanecido igual que su pelo. Tenía cara de dormido y les habló desde fuera.

—Buenos días, agentes. ¿En qué los puedo ayudar?

—Necesitamos hablar con el director de las instalaciones y con los investigadores —replicó Candela desde el asiento del copiloto—. Sargento Oramas y cabo Quintana, de la Unidad Orgánica de la Policía Judicial de la Guardia Civil. Venimos acompañados de algunos compañeros. Estamos investigando un asunto relacionado con una investigadora de aquí, Laura Ardoz, y queríamos hablar con los residentes y el personal de su entorno.

El hombre cambió el gesto al momento.

—¿Laura Ardoz? ¿Qué ha pasado?

Quintana miró a Candela un instante buscando cuál iba a ser el protocolo que seguirían. No sabía si se guardarían información o si tratarían de ir a pecho descubierto mostrando sus cartas y dejando claro qué hacían allí y de quiénes podían sospechar.

—¿Nos va a ayudar o sacamos la orden? —dijo seca sin querer entrar en detalles—. ¿Podría guiarnos un poco por aquí, por favor? Buscamos a un tal Tristán Santana. Es el director de un proyecto de investigación. También queremos hablar con los investigadores de la residencia.

—Eh, sí, claro —titubeó—. Pasen. Aparquen ahí mismo, donde puedan. Los acompañaré.

El hombre se puso nervioso y lo expresó con movimientos rápidos y torpes mientras buscaba el interruptor para levantar la barrera. Aquel lugar tenía el aura de un templo sagrado construido en la ladera de un volcán, y pensar en un crimen en él era equivalente a un sacrilegio. Entraron con los tres coches y los detuvieron junto a una escalera que subía desde el aparcamiento hasta el complejo. Al bajarse del suyo, Quintana se giró un instante hacia la vista y observó que las nubes bajo ellos se habían transformado en una alfombra de algodón que contrastaba con el verdor seco de las retamas del Teide sin florecer. De las otras dos patrullas salieron dos parejas más de guardias civiles que se presentaron formalmente, pero Candela ni siquiera oyó los nombres.

—Por..., por aquí, por favor —balbuceó el vigilante cuando llegó hasta ellos desde la garita.

La sargento Oramas y Quintana lo siguieron de cerca por las escaleras, acompañados del resto de los agentes, y caminaron hacia un bloque gris de tejados naranjas con una estructura circular en la fachada. Se trataba de la residencia donde había vivido Laura Ardoz y donde se hallaba la cantina en la que se había encontrado con Fayna Ospina. Atravesaron la puerta y una mujer que estaba en la entrada se sorprendió al ver a todo el grupo de agentes de la Guardia Civil allí, en una instalación científica. Un par de hombres extranjeros pasaron junto a ellos llenos de confusión mientras hablaban en alemán y salían del edificio.

—¿Qué ocurre? —dijo asustada.

—Charo, estos agentes de la Guardia Civil preguntan por Tristán Santana —dijo el vigilante sin saludar.

—Tenemos que hacerle unas preguntas al director. Ha habido un crimen y estamos tomando declaración a todo aquel que pudo ver a la víctima, Laura Ardoz. Vivió en esta residencia hace tiempo y sabemos que estuvo aquí el jueves por la tarde, y puede que también el viernes. Si no le importa, mis compañeros —Candela señaló a los agentes uniformados— harán unas preguntas a todo aquel que forme parte del complejo.

—¿Qué? ¿Crimen? ¿Laura Ardoz? —exhaló el vigilante, que recibió aquella aclaración como una horrible sorpresa.

—Eh, sí —dijo Charo asustada sin saber bien cómo organizar aquello—. Yo solo soy la recepcionista de la residencia. No sé si podré ayudarlos. ¿Un crimen? ¿Pero…?

Parecía que al observatorio no habían llegado las noticias sobre la muerte de Laura y aquella frase pilló por sorpresa a todos los que la oyeron.

—Seguro que sí —replicó Candela. A continuación, se dirigió a los agentes—: Empezad por los residentes. Organizaos por idiomas. Y vais recogiendo testimonios de todo aquel que veáis, ¿de acuerdo?

Charo titubeó un segundo, pero luego accedió con un movimiento leve de cabeza. Candela hizo un gesto rápido a los agentes y ellos se adentraron en el edificio, cargados de preguntas para todo aquel que se encontraban sobre quiénes eran, dónde estaban la madrugada del viernes al sábado, si conocían a Laura Ardoz y cuándo la habían visto por última vez. Algunos residentes abrían las puertas de sus dormitorios con la cara dormida, señal de haber pasado la noche en vela viendo las estrellas.

—¿Y el director? —preguntó la sargento a la recepcionista, que observaba preocupada a los agentes uniformados.

—Eh..., Tristán, sí. Supongo que lo encontrarán arriba, en el QUIJOTE —replicó ella tratando de despacharla con nerviosismo—. Pero no sé si es el momento. El director ha pedido que avisemos a los que podamos. Está reuniendo a todos en el centro de visitantes.

—¿Por qué? —preguntó el vigilante, extrañado—. Hoy no hay programado ningún grupo.

—No sé. Creo que quería anunciar algo al resto.

—¿Podrías llamarlo, Charo? —insistió el vigilante, nervioso.

—¿Ahora? No va a venir. Quería anunciar algo a las doce en punto. Quedan cinco minutos. Ya tienen que estar todos allí.

Candela se entrometió en la conversación.

—No se preocupe. Vamos nosotros si nos indica el camino.

Miró al vigilante y le sonrió con condescendencia. La mujer bufó por la nariz, molesta, pero no le quedó otra opción que aceptar.

—Está bien. Los acompañaré.

Candela y Quintana observaron el interior de la residencia un instante y se percataron del barullo que habían provocado los demás agentes y las caras de sorpresa de quienes se topaban con las pesquisas. Salieron y siguieron a la mujer cuesta arriba. El vigilante volvió a su garita, pero Quintana, al mirar atrás, se dio cuenta de que, mientras se alejaba, el hombre les había lanzado un vistazo fugaz con gesto preocupado.

Atajaron para acceder a la parte superior del observatorio por un pequeño sendero abierto entre los arbustos y, cuando llegaron de nuevo al asfalto que unía los distintos telescopios del complejo, se encontraron con un grupo numeroso de personas hablando inglés, ajenos a la llegada de la comitiva policial, que entraba a uno de los edificios blancos con cúpula.

—Es ahí —dijo la mujer señalando al grupo—. Tristán Santana es el que está junto a la puerta.

En la entrada había un hombre de unos cuarenta años, moreno, afeitado y con una sonrisa de carillas de porcelana. Saludaba con efusividad a cada uno de los que estaban allí y les indicaba que entrasen y tomasen asiento. Cuando se quedó solo fuera y se dispuso a entrar, levantó la vista un segundo y vio a Candela y a Quintana en la distancia. Cambió la expresión al instante: de la alegría a la sorpresa y luego, sin que la sargento lo esperase, a un evidente gesto de enfado. Se aproximaron al hombre y él caminó con decisión hacia ellos. Sin tener tiempo de que los agentes pudiesen decir nada, él se lanzó primero.

—No creí que fuese capaz de hacerme esto en un momento tan importante —dijo en un tono bajo e iracundo cargado de incredulidad.

Candela se detuvo en seco sin saber qué ocurría.

—¿Perdone? —inquirió, confusa.

—Sabía que ella me metería en problemas —añadió Tristán con voz seria, lamentándose—. Lo sabía —insistió, resignado. De pronto cambió su actitud y enderezó el cuerpo, como si tratase de imponerse con su tamaño—. No sé lo que creen que ha pasado con Laura Ardoz, pero lo que hicimos fue todo consentido.

# Capítulo 21
## Los Gigantes, isla de Tenerife
## Domingo, 20 de octubre de 2019
## Mario Ardoz

*Las lágrimas más amargas*
*son las que nunca salen del cuerpo*
*y se quedan dentro, regando tu dolor.*

Sostenía la caja entre mis manos con la sensación de tener un pedazo de mi hermana. Me dolía ver aquel juego que había preparado y que no habíamos podido disfrutar juntos. Reconocí su letra sobre la tapa. Debajo estaba el símbolo que empleábamos para resumir aquella idea: dos eses enfrentadas y unidas por la espalda, como ella y yo en las entrañas de nuestra madre, inseparables.

SIEMPRE JUNTOS, PARA SIEMPRE

ƧS

Noté que Fayna me miraba atenta. No sé si esperaba un gesto por mi parte o estaba tan asombrada como yo de haber encontrado aquella caja de Laura. Acaricié la letra y se me escapó un suspiro.

—Mario, ¿estás bien? —La voz de Fayna me habló en un susurro.

Negué con la cabeza sin ser capaz de articular palabra. No sabía qué responder. Por un lado, me alegraba ver que, de un modo único, Laura seguía conmigo, hablándome después de muerta. Por otro, una parte de mí creía que preparar todo aquello había sido el motivo de su asesinato. Acaricié el mecanismo de apertura y, al tirar de él, la chapa se levantó con un chasquido metálico y se liberó la tapa. Al abrirla, noté en los dedos la madera resinosa de la que estaba hecha y de ella surgió el perfume de Laura, que me hizo cerrar los ojos y viajar a una decena de recuerdos que resumieron toda una vida en tan solo un segundo.

Dentro había un pequeño reloj de arena, no más grande que la palma de mi mano, con una de las ampollas donde caía la arena pintada torpemente en negro, opacando el vidrio. Parecía que aquello lo había hecho ella a mano. Lo cogí con los ojos vidriosos. La madera de las bases era oscura, y en una de ellas una pequeña chapa dorada rezaba: ARENA DE MASPALOMAS. Se notaba que lo había comprado en una tienda de souvenirs y lo había modificado a su manera. Lo giré delante de mí y me di cuenta de que la arena caía de la parte opaca a la transparente.

Permanecí unos momentos absorto mientras observaba la fina cascada de color crema y me pregunté cuánto daría en la parte superior hasta que se terminase. Sobre la otra base vi que Laura había escrito con rotulador dorado:

¿Cuánto tiempo tenemos
hasta que todo termine?

Fayna se sentó a mi lado y noté la calidez de su cuerpo apoyado en el mío.

—¿Cuánto tiempo tenemos hasta que todo termine, Mario? —me dijo ella en voz alta mirándome a los ojos, emocionada como yo.

Me encogí de hombros y apreté los labios. La tristeza se había apoderado de mis cuerdas vocales y tiraba de ellas desde el fondo de mi corazón. Laura había escrito aquel mensaje por mi enfermedad, pero sin quererlo habló de sí misma.

—¿Has estado allí? —me preguntó Fayna en un tono en el que percibí que no quería interrumpir aquel momento.

—¿Dónde?

—En Gran Canaria. En las dunas.

Negué con la cabeza.

—Venden estos relojes allí. Se ve que Laura modificó un poco este para cubrir uno de los recipientes.

Dejé el reloj sobre una roca plana y saqué un papel doblado varias veces que formaba un cuadrado perfecto. Era un mapa turístico de las islas Canarias, que desplegué sobre mis rodillas en cuatro movimientos. En distintos puntos de cada isla había pintado a rotulador un puñado de marcas rojas, como si fuesen parte de una constelación. Manuscrito en rojo sobre el agua, Laura había escrito:

Nuestro viaje

Entonces comprendí lo que significaba y lo que pretendía mi hermana con él, y sentí un escalofrío al ser consciente de que no vería ninguno de aquellos lugares señalados en rojo junto a ella. Acaricié con el índice la cruz que había pintada en la isla de Tenerife, sobre Los Gigantes, donde nos encontrábamos. Recorrí la costa hacia el norte y leí las leyendas junto al resto de los símbolos con la sensación de que nuestra vida se había quedado a medias. Había una cruz en Punta del Teno y otra un poco más al norte, en Garachico. Me fijé en que junto a San Cristóbal de La Laguna no había una cruz, sino una pequeña casita mal dibujada, y comprendí que era porque allí se encontraba su piso. Sobre La Orotava, donde había estado por la mañana con Fayna, el símbolo era un corazón. Entonces caí en la cuenta de que apenas había visto nada de aquella ciudad porque había tratado de alejarme con prisa del cuartel de la Guardia Civil, el lugar al que asociaba mis horas más bajas. Había un pequeño libro dibujado en Puerto de la Cruz y sonreí porque sabía que Laura lo eligió porque allí había veraneado Agatha Christie y ambos adorábamos sus novelas. También era el lugar de inicio de mi tragedia y todo lo que vino después: la fiebre, la búsqueda, la muerte. En Lanzarote había marcado el Parque Nacional de Timanfaya; en La Palma, la Caldera de Taburiente; en La Gomera, el Monumento Natural de Los Órganos. Todas las islas tenían marcas y símbolos de Laura. Volví a Tenerife y leí varios lugares más, marcados con simples puntos: el teleférico del Teide, el caserío de Masca, el Arco de Tajao, el Drago Milenario. Pero mis ojos se posaron en el Mirador de La Ruleta, donde Laura había pintado nuestro símbolo con las dos eses enfrentadas. Entonces vi que también estaba en la parte norte, en la región verde del Parque Rural de Anaga, justo sobre un texto impreso que rezaba: «Sendero de los Sentidos».

—¿Qué es ese símbolo? ¿Significa algo para ti? —me preguntó.

—Todo —exhalé luchando contra mi voz.

Sentí un escalofrío al caer en la cuenta de que no completaría el plan que Laura había trazado para los dos. Alguien desconocido había decidido que todo terminase y que sus sueños, y con ellos los míos junto a ella, permaneciesen incompletos para siempre.

—Ella debió de venir aquí el viernes por la tarde, como dijo en el audio —murmuré—, y escondió la caja para que la encontrase al día siguiente y siguiésemos este mapa. Lo había planeado todo. Era eso lo que hacía por la tarde mientras yo estaba en el hospital: preparar el viaje para hacerlo memorable. Como siempre hizo con nuestra vida, supongo. Ahora, sabiendo cómo ha terminado todo, duele demasiado imaginarla aquí escondiendo esta caja para entregarme el mapa —cogí el reloj y observé el embudo de cerca sin saber cuándo se agotaría el río de arena— y darme una lección.

—Te puedo acompañar —me dijo Fayna—. Conozco la isla. Podría ser tu guía. Usaremos el mapa de Laura y visitaremos lo que ella quería hacer contigo —añadió.

La miré a los ojos preguntándome si aquello era una buena idea. Una parte de mí quería dar aquel paso y tratar de sanar el dolor por la pérdida, pero otra deseaba esconderse en casa y llorar hasta morir. Ella se dio cuenta de mis dudas y yo recordé aquella noche de San Juan frente a la hoguera. Veía el fuego en los ojos de Fayna; ella se había criado en las islas y estaba hecha de él. Me imaginaba cómo me caía en uno y me quemaba todo el cuerpo. Pero pensé en Laura y en lo que había escrito en el reloj de arena. «¿Cuánto tiempo tenemos hasta que todo termine?».

Y entonces asentí. Tragué saliva y apagué mis dudas.

—Sí —dije como si fuese un salto.

Su boca dibujó una sonrisa amplia que le ocupó toda la cara y pensé que era la primera vez que la veía sonreír. Entonces recordé lo que me había dicho poco antes y lo modifiqué a mi antojo:

—Uno solo ve por primera vez la sonrisa de alguien una vez en la vida —le dije, y ella la abrió aún más.

Nos quedamos inmóviles, sabedores del camino que teníamos por delante. Ella se encontraba cerca. Quizá demasiado. Y yo estaba lleno de heridas. Pero en toda mi oscuridad estaba naciendo algo. De repente, oí un fuerte ruido cercano, como una fractura seguida de varios golpes más, y Fayna se giró también para localizar qué había pasado. Era una roca que caía golpeando el acantilado hasta llegar al mar. Instintivamente, ambos levantamos la vista hacia el lugar del que se había precipitado. Contra el cielo azul se recortaba la silueta de la mujer que nos había acompañado durante el camino, demasiado cerca del borde, que miraba abajo, inmóvil, ajena a nosotros, con expresión triste.

—¡Eh! —grité por instinto.

La mujer no se giró. Ni siquiera pareció oírme. Nos pusimos en pie de un salto y la observamos de lejos, asustados.

—¿Está usted bien? —le gritó Fayna.

De pronto, respiró hondo y pude ver cómo sus hombros se elevaron con lentitud para después encogerse mientras giraba la cabeza y clavaba sus ojos tristes en nosotros. Nos encontrábamos a unos veinte o treinta metros de ella.

—¿Necesita ayuda? —vociferé yo al intuir que algo no iba bien, pero no pareció oírme.

O tal vez sí lo hizo y mi voz fue la señal que esperaba. Abrió la boca como si fuese a decir algo, pero se mantuvo en silencio. Entonces, sin un titubeo, dio un paso al frente.

—¡No! —chilló Fayna mientras extendía la mano en su dirección, como si pudiese atraparla desde lejos.

El cuerpo se inclinó hacia el vacío, sin hacer ruido, como una hoja arrancada de un árbol, y conté tres latidos en mi pecho hasta que impactó con un golpe húmedo en las olas blancas que se mecían en la base. Fayna se giró hacia mí y ahogó un gemido de terror mientras yo miraba abajo en busca de un cuerpo que no localizaba. Me quedé inmóvil esperando verlo aparecer en algún momento, pero durante unos segundos que me parecieron una eternidad no hubo rastro de él. Poco después, percibí un bulto oscuro que flotaba en el agua y que se mecía con el vaivén de las olas, y me di cuenta de que era imposible hacer nada por ella. Fayna sollozaba en mi pecho, pero yo no podía apartar la vista de aquella mujer a la que habíamos saludado unos minutos antes.

—Vámonos —exclamó Fayna de pronto mirándome de cerca en cuanto se separó de mí.

—¿Qué? —balbuceé, confuso.

—Tenemos que irnos.

—Hay que avisar a emergencias. Puede que esté viva.

—Mario, hazme caso. No podemos quedarnos. No es cosa nuestra. Si lo hacemos, pasaremos el día testificando sobre lo ocurrido.

—Pero…

Un nuevo temblor invadió mi cuerpo, como si aquella isla estuviese jugando conmigo a enseñarme cómo era por dentro.

—Vámonos —insistió Fayna tirándome del brazo.

Su voz me sacó del trance y sentí entonces la urgencia de desaparecer. Agarré la caja de tea y metí en ella el mapa y el reloj de cualquier manera. Caminamos de vuelta en silencio, con prisa. Oía los jadeos de Fayna unos pasos delante de mí, y seguro que ella escuchaba los míos, llenos de miedo, porque sentía el aliento de la muerte a mi espalda.

Mientras corría detrás de Fayna, miré atrás una vez más buscando el cuerpo de la mujer sobre las olas, pero no lo encontré. Ella andaba rápido y me costaba seguirle el ritmo. Me deslizaba por el sendero y me apoyaba con solo una mano sobre las rocas afiladas de la pared. Notaba cómo los pulmones me ardían y el corazón avivaba las llamas tras cada vistazo involuntario a la caída mortal. Llegamos al inicio de la ruta, y Fayna se deslizó por debajo de la barrera y se subió en la moto sin ponerse el casco. La seguí, di un salto y me subí tras ella. Sin tener tiempo de agarrarme, arrancó y abandonamos Los Gigantes mientras yo miraba atrás, aterrado, sin tener muy claro si todo aquello había sido un sueño irreal para empujarme de vuelta a la vida.

# Capítulo 22
# Observatorio Astronómico del Teide, isla de Tenerife
# Domingo, 20 de octubre de 2019
# Candela Oramas

*No nos damos cuenta de que nuestra soledad crece cuanto más grande es la habitación.*

Tras aquella revelación, Tristán Santana mantuvo la mirada a la sargento Oramas, que no supo cómo interpretar sus palabras.

—Es usted Tristán Santana, ¿verdad? —preguntó la sargento sin dejar que la actitud del director la amilanase.

—Les contaré todo —aseveró Tristán—, pero ¿pueden esperar al menos a que acabe? —pidió en voz baja desde la puerta del centro de visitantes.

Santana vestía ropa de calle, pero cubierta hasta las rodillas por una bata abotonada color verde agua con el logo del Instituto de Astrofísica de Canarias. Dentro esperaban una treintena de personas de varias nacionalidades, sentadas en una especie de anfiteatro.

—Tengo un anuncio importante que hacer y no quiero que se monte una escena. Resolveremos esto como personas adultas y que sea lo que tenga que ser.

—Solo hemos venido a hacerle unas preguntas.

—Sé a lo que han venido —dijo molesto en voz baja para que no lo oyesen los demás investigadores, que se habían percatado de la presencia de los dos agentes y les lanzaban miradas esporádicas—. Solo les pido unos minutos. Llevamos años esperando este avance y no quiero que lo empañen. ¿Podrían esperar, por favor? Pueden quedarse a oír el anuncio si quieren. Hemos hecho historia, y mañana lunes se lo contaremos al mundo. Luego les atenderé y responderé a todas sus preguntas sobre Laura y lo que pasó entre nosotros. La verdad.

Candela oyó el nombre de la víctima de boca de Tristán y sintió un latido de más en su corazón. Era como si de pronto sintiese que avanzaba por el camino correcto.

—No hemos venido a fastidiar nada —replicó ella en tono calmado—. Solo queremos hablar y hacerle unas preguntas si no le importa. Podemos esperar unos minutos.

El director desvió la mirada hacia dentro con gesto preocupado. Luego volvió a ellos y asintió conforme.

—Pasen y tomen asiento, por favor —añadió mientras con la mano les ofrecía pasar delante.

—Esperaremos de pie, no se preocupe —intervino Quintana mientras cruzaba los brazos.

Candela y Quintana entraron y miraron a su alrededor para localizar un sitio donde no molestasen con su presencia. La sala, pequeña y acogedora, estaba inundada por un murmullo expectante. Candela se fijó en las caras de los investigadores y contó solo siete mujeres en el público. Había rostros de todos los continentes. Entre los hombres reconoció una mezcla difusa de nacionalidades y facciones. Tres italianos gesticulaban hablando intensamente entre ellos y discutían en su idioma un problema de alineación de los espejos del telescopio IAC80. Los ingleses debatían de manera calmada con un grupo de españoles sobre qué querría contar Tristán. Sentados en la primera fila había dos investigadores asiáticos, en silencio y atentos a la pantalla de televisión que el director ya había encendido y que mostraba un óvalo azul pintado con un patrón irregular de amarillos, verdes y rojos. Quintana le dio un toque en el hombro a Candela cuando se percató de que los dos alemanes que se habían encontrado al salir de la residencia estaban allí sentados y les lanzaban de vez en cuando miradas tan fugaces como esquivas.

Tristán se puso frente al grupo y los treinta pares de ojos se posaron sobre él. Agarró un micrófono y le dio un par de golpecitos para probar el sonido. El murmullo descendió con suavidad hasta convertirse en un silencio lunar, y él miró un instante a los agentes antes de hablar, dibujando una amplia sonrisa en sus labios.

—Hoy es un gran día, amigos —dijo en español primero—. Estamos de celebración —continuó en inglés a partir de entonces—. Hoy es un día que espero recordaremos dentro de muchos años. Supongo que todos reconocéis esta imagen que se ve aquí. —Señaló la pantalla con solemnidad—. Es el fondo cósmico de microondas, la radiación primigenia posterior al Big Bang. Es una fotografía de los primeros momentos visibles del universo. Desde aquí, desde las islas Canarias, llevamos años desafiando las distancias y el tiempo.

Contuvo el aliento y meditó las palabras que iba a pronunciar. Candela y Quintana observaban sus gestos sin estar muy seguros de lo que veían en el monitor.

—Pues bien, la noche del viernes, los dos telescopios del proyecto QUIJOTE captaron algo que cambiará nuestra visión del universo a partir de ahora. La noticia es tan importante que tenemos la suerte de contar con la visita de los cuerpos de seguridad del Estado —bromeó extendiendo la mano hacia Candela y Quintana, lo que hizo que la sala emitiese una risa corta que duró unos instantes—. El proyecto nació para encontrar en esa radiación de fondo los esquivos modos B primordiales, las muestras inequívocas de la teoría de la inflación del universo. Hasta hace poco, nuestros esfuerzos se centraban en tratar de encontrar estas débiles perturbaciones en lentes gravitacionales de regiones diminutas del espacio, los modos B secundarios, y los resultados eran prometedores. Estábamos cerca de unirnos al éxito de nuestros amigos del telescopio del Polo Sur.

Hizo una pausa larga con una sonrisa amplia.

—Pero la noche del viernes hice una prueba. Algo que no habíamos contemplado hasta entonces. Calibramos los telescopios para buscar estas perturbaciones en estructuras más amplias y grandes que hasta ahora, tratando de identificar patrones que abarcasen vastas regiones del cielo. Por así decirlo, estábamos intentando encontrar granos de arena sin poner distancia y observar cómo es la playa. Mirábamos gotas de agua y no sabíamos cómo era el océano. Necesitábamos ampliar el campo de visión para ver la imagen global con perspectiva. —Paró de nuevo lleno de ilusión y nerviosismo—. Y el resultado es este de aquí —dijo al tiempo que pulsaba una tecla del portátil, y a la imagen anterior se le superpuso otra más tenue que pintaba ocho formas circulares y ovaladas de distinto tamaño sobre ella.

Todos los presentes clavaron sus ojos en la pantalla, en silencio, tratando de comprender lo que veían. Tristán aguantó en silencio unos momentos contemplando aquel huevo tumbado cubierto de lunares celestes.

—Esto que ven son ocho macroestructuras de modos B de forma circular que ocupan regiones gigantescas de la radiación de fondo.

Un murmullo se extendió con rapidez entre los presentes.

—¿Qué significa todo esto? —preguntó sin esperar en realidad la respuesta—. Que probablemente estemos ante la confirmación de la existencia de ondas gravitacionales que modificaron la polarización de estas amplias regiones del universo. Se preguntarán qué explicación tiene, ¿verdad? Pues aquí, amigos y compañeros, es donde todo lo que creíamos conocer se tambalea. La única teoría posible para la forma circular de estas ocho regiones es la existencia de otros universos que tocaron el nuestro en las etapas iniciales de su creación, como burbujas que se pegaron a la nuestra en las primeras etapas de su expansión y dejaron su marca en el fondo cósmico. Universos que no podemos ver ahora, pero cuyo contacto temporal con el nuestro dejó su huella para siempre.

Toda la sala explotó con alegría y asombro, y él sonrió con una satisfacción momentánea hasta que sintió de nuevo la mirada de los agentes sobre él como una losa invisible que ensombrecía aquel momento por el que llevaba años trabajando.

—Mañana saldrá la nota de prensa —continuó— y el mundo entero sabrá que desde esta isla volcánica, tan conectada con el interior de nuestro planeta, y gracias al trabajo de años de un grupo de científicos e investigadores europeos —expresó señalando a la audiencia—, se demostró no solo que el universo es infinito y se expandió desde un único punto, sino que no es el único que existe.

Todo el grupo aplaudió con fuerza y se levantaron con rapidez para darle la enhorabuena. Candela y Quintana permanecieron a un lado mientras el director recibía abrazos y palmadas de pequeños grupos de investigadores que lo rodeaban y felicitaban con efusividad. La sensación de todos los allí presentes era la de estar siendo testigos en primicia de la historia de la astrofísica. La de Candela y Quintana, ajenos a aquel mundo y con los pies bien anclados al suyo, era que aquella noticia no cambiaba el hecho de que un crimen en este universo seguía sin resolverse.

Candela y Quintana esperaron fuera a que Tristán Santana terminase de atender halagos y felicitaciones hasta que al fin el director del proyecto se acercó a ellos en tono serio.

—Gracias por esperar. Si no les importa, acompáñenme a un lugar un poco más privado y terminemos de una vez. No quiero que esto nos ocupe todo el día.

—Donde nos diga —replicó Candela con una ligera idea que ya germinaba en su cabeza y que estaba dejando madurar antes de saltar a la carga.

Lo siguieron por el camino asfaltado hasta que llegaron a una construcción blanca rectangular con el techo abovedado; el director abrió una puerta y los invitó a pasar. Dentro, dos gigantescos telescopios blancos con el logo del IAC apuntaban a un techo móvil que en ese momento estaba cubierto. Al verse en solitario con los agentes, Tristán deambuló en silencio por la estancia, entre los instrumentos, dejando ver que aquella situación lo superaba. Candela observó su nerviosismo y decidió dejar que echase alas antes de hablar por primera vez.

—Enhorabuena por el descubrimiento. Por lo que he entendido es importante. No estamos solos, ¿es eso?

—Gracias. Que haya otros universos inalcanzables ahí fuera no significa que no estemos solos, sino que puede que lo estemos mucho más. Pero gracias. Es un gran hito. Llevo muchos años trabajando para esto, ¿saben?

—Lo entiendo —dijo la sargento—. A mí todo eso del espacio tan lejano me recuerda un poco a la religión. Me resulta todo tan incomprensible que debo creerme algo que alguien con una bata me cuenta desde un lugar elevado. Y, puestos a creer, siempre me ha resultado más sencillo digerir una mentira simple que una verdad complicada.

—Dios no le da respuestas, solo preguntas. Aquí arriba tratamos de hacer lo contrario.

Candela asintió y trató de ser más directa.

—Verá, no queremos robarle mucho tiempo. Solo le haremos unas preguntas sobre su relación con Laura Ardoz, cuándo la vio y qué pasó.

Tristán suspiró con fuerza mientras se llevaba las manos a la frente, como si tratase de ordenar las ideas.

—Está bien. Lo de Laura. Se lo contaré de una vez y acabamos con esto —espetó como si estuviese tratando de liberarse de una carga que se le había agarrado a la garganta.

—Somos todo oídos.

—El jueves vino aquí, ¿vale? Ella colabora en varios proyectos y yo coordino su doctorado. Eso supongo que lo saben. Hasta ahí bien. Es una chica brillante pero muy caótica e inestable. El jueves vino aquí por la tarde y me pidió permiso para usar estos telescopios. Dos sesiones. No es mucho, pero son equipos caros que cuesta mucho calibrar, y cada solicitud tiene que estar motivada y justificada. Se reunió conmigo y le di permiso. Accedí, y no debí haberlo hecho, así ustedes no estarían aquí perdiendo el tiempo. El problema vino el viernes, cuando se presentó de noche para usarlos.

—¿El viernes?

—Sí.

—¿Por qué de noche?

—Era el tramo horario que tenía disponible. El telescopio se puede usar 24/7, los trescientos sesenta y cinco días del año. Este tipo de telescopio funciona igual de bien de día que de noche, no le afecta la luz del sol, pero los *slots* de uso están cotizados y el tramo de la noche era el único que tenía dos huecos continuos. Un par de horas libres antes de que el equipo principal volviese al trabajo.

—¿A qué hora usó los telescopios?

—Serían las once de la noche cuando empezó. Llegó aquí un poco antes, a eso de las nueve y media o diez.

Candela y Quintana se miraron y parecieron hablar con la mente. Recordaron los horarios de las grabaciones de las estaciones de servicio y mentalmente confirmaron que no aparecería en ninguna de ellas.

—¿Estuvo con ella?

—Sí —dijo con seguridad—. La acompañé aquí y estuvimos juntos en esta sala. La ayudé a programar el barrido del cielo con sus parámetros y, cuando terminó, quería más tiempo de uso.

—Y usted se lo denegó y discutieron, ¿no es cierto?

—Escúchenme. No sé qué les ha contado ella, pero les aseguro que fue consentido. Y fue un error por mi parte.

—¿Perdone? ¿Qué nos ha contado quién? —interrumpió Candela, confusa por aquella frase.

—Laura Ardoz. Se refieren a ella, ¿no?

—Sí, pero... —intervino Quintana sin comprender bien si estaban hablando el mismo idioma.

Buscó a Candela con la mirada y trató de encontrar una explicación en los ojos de su superior.

—Ella es brillante —dijo Tristán—, no lo niego. Pero solo es una estudiante de posgrado. No podía dejarle usarlo más. Hay investigadores con trabajos relevantes que tienen mucha más prioridad que los suyos.

Entonces Candela comprendió dónde estaba el origen del malentendido y verbalizó el detalle que parecía faltar en la conversación:

—Laura está muerta, señor Santana —expuso ella—. Estamos aquí siguiendo sus últimos pasos y, por lo que nos cuenta, usted es la última persona que la vio con vida la noche del viernes.

—¿Qué? —El director los miró contrariado y sus ojos se llenaron de un terror que desmoronaba de golpe todas las portadas y artículos que soñaba para el día siguiente—. No puede ser. No creerán que yo... —No se atrevió a terminar la frase.

Buscó con la mirada a su alrededor como si la viese caminando por allí dos días antes.

—Si usted no le hizo nada, no debería preocuparse —lo tranquilizó Quintana—. Estamos esperando las pruebas de ADN y de fluidos. Si aparece algo, como entenderá, lo llamaremos para tomarle unas muestras, al ser la última persona que la vio viva.

—Yo no le hice nada. Lo juro. No pueden hacerme esto. Estoy casado, tengo dos hijos maravillosos y... Ella... —Se vio acorralado y aquel miedo cubrió su habla como un manto de ceniza que taponaba canaletas y alcantarillas—. Fue ella la que me lo propuso. Por favor, tienen que creerme.

—¿Proponerle el qué? —dijo la sargento.

—¿Qué le propuso? —insistió Quintana y se acercó a él con una actitud que parecía una amenaza.

El director esquivó la mirada de los agentes mientras luchaba en una guerra interna. Finalmente suspiró con fuerza y se dejó llevar:

—Mantener relaciones. Lo propuso ella para devolverme el favor. Lo juro. —Cerró los ojos—. Tengo mujer e hijos, y no se pueden enterar de esto. No pueden. Me destrozarán la vida. Fue algo impulsivo. Paso muchas horas solo aquí arriba y ella es muy atractiva. La física es solitaria y... fue un error. Pero yo no le hice nada. No la maté. Lo juro.

—Se acostaron —dijo Candela—. ¿Fue aquí?

Tristán negó con la cabeza y luego la agachó, incapaz de mantener la mirada.

—Me..., me hizo una felación —aclaró—. Fue cosa de ella. Yo no la obligué a nada.

Candela analizó aquellas palabras en silencio, sin gesticular. Quintana los miró a ambos como si estuviese contemplando el último juego de un partido de tenis.

—Fue consentido, ¿entienden? Ella quiso, yo acepté. Dos adultos que intercambian favores a su antojo.

—Con la diferencia de que usted es el director de un proyecto y ella una alumna que murió poco después —sentenció la sargento sin piedad.

—No, por favor. No vayan por ahí. Tienen que creerme. Fue ella quien se ofreció.

El director miró al techo blanco de metal abovedado para buscar en él unas palabras que no lo incriminasen más de lo que ya parecía. Se llevó las manos a la cara y se agachó.

—Estaba festejando, ¿verdad? —le preguntó Candela al recordar el vino en el estómago de la víctima—. Estaban juntos aquí, con lo solitario que debe de ser esto por la noche. Y descubrieron esas manchas que ha contado antes, esas burbujas azules de las que hablaba. Usted se vino arriba, eufórico, y quiso celebrarlo acostándose con ella. Ella se negó y usted la drogó y se propasó.

Tristán la observaba y escuchaba con horror.

—No... —exhaló con el ceño fruncido por el asco—. No fue así.

—Luego —continuó Candela construyendo aquel escenario mientras unía las piezas en su cabeza—, al ver que ella lo denunciaría y pondría fin a su carrera y a la fama que usted ya acariciaba con la yema de los dedos, la mató para callarla para siempre. Así solo existiría una versión de su muerte: mujer muerta que mantuvo relaciones sexuales consentidas. Al no haber signos de resistencia, no habría delito de violación. Al no haber indicios claros de su asesinato en su cuerpo, sería difícil incriminarle. Este lugar, tan alejado de todo, es perfecto para matar a alguien. Su problema, director, es que el caso ha caído en mis manos.

—No fue así. —Se derrumbó con lágrimas en los ojos—. Sé lo que intenta hacer y no pienso dejar que una estudiante de posgrado destroce mi vida, ¿entienden? —aseveró con tal decisión que su voz rebotó en las paredes metálicas de la estructura—. Yo no la maté. Si encuentran fluidos míos en su cuerpo fue por ese error. No debí aceptar, pero fui débil. Le dejé hacer un barrido más del cielo con ambos telescopios y después se fue. Y yo me quedé aquí, recalibrando el TGI de 30 GHz. Se me ocurrió ampliar el campo de visión y entonces fue cuando encontré los modos B en... —se dio cuenta de que no lo iban a entender y rebajó su lenguaje técnico—, cuando encontré las huellas circulares en la radiación de fondo.

—Venga, vamos a jugar a su teoría —dijo Candela—. Si es cierto eso, ¿a qué hora se fue ella?

—Serían las cuatro y media de la mañana. Puede que las cinco como mucho. Se marchó sola andando hacia el aparcamiento. Lo juro. Estaba bien cuando se fue. Tienen que creerme.

—¿Cómo le creemos? Ayúdenos. Porque ahora mismo le puedo detener en espera de los resultados de ADN.

De pronto el director recordó algo y abrió los ojos como quien consigue agarrarse a una rama en un precipicio.

—La retransmisión en vivo —exclamó—. Puede que salga en ella y tiene marcas de tiempo. Confirmará lo que digo.

—¿Qué?

—Hay una cámara. Y puede demostrar que cuando se marchó de aquí seguía con vida —sentenció de repente, asustado, aferrándose a aquella revelación como si fuese lo único que le quedaba.

## Capítulo 23
## Los Gigantes, isla de Tenerife
## Domingo, 20 de octubre de 2019
## Mario Ardoz

*Si cierras los ojos podrás sentir*
*todo lo que te rodea.*

Fayna paró la moto en un arcén a las afueras de Los Gigantes, cuando ya nos habíamos alejado lo suficiente del pueblo, y se puso a caminar de un lado a otro, mirando abajo, movida por la adrenalina igual que yo.

—¿Por qué hemos hecho eso? —le pregunté cuando ella se paró un instante con la cabeza baja, como si estuviese pensando—. ¿Por qué hemos huido si no hemos hecho nada malo?

Un coche pasó a nuestro lado y su zumbido engulló lo que le dije como una ola rompiendo en el mar.

—No lo sé —me respondió, y yo sentí en su manera de moverse y hablar que tampoco entendía su reacción.

En realidad, en esa emoción había vivido yo desde que tenía memoria. Si deseaba algo con mi corazón, mi mente cogía el timón y hacía lo opuesto, como si viviesen en universos separados y nunca hablasen entre sí, o quizá sí lo hiciesen pero se odiasen—. ¿Qué querías? ¿Que nos quedásemos allí? ¿Pasar el día en comisaría declarando y tratando de probar que no tuvimos nada que ver con su caída? No. Me niego.

—No. Claro que no. Bueno, no lo sé. Ella... nos miró. Quizá esperaba que la ayudásemos.

—Ella no veía a nadie en ese momento, Mario. Igual que mi hermano no vio todo lo que tenía a su alrededor cuando hizo lo mismo. No me vio a mí, que lo amaba, ni tampoco a mis padres, que se desvivían por él. Cuando una tristeza tan profunda te conquista de ese modo, pierdes el control y es ella quien decide por ti. Cuando crees que lo has perdido todo, ella toma las riendas y, si no eres capaz de abrir los ojos a tiempo, caes al vacío y la música deja de sonar.

—¿Y cómo luchas contra algo así? Ahora mismo yo... —Me costaba hablar de mis emociones y me detuve en cuanto me percaté de que lo estaba haciendo.

Agaché la cabeza y me di cuenta de que aún sostenía la caja entre mis manos.

—No se puede, Mario. No hay que luchar, ¿entiendes? Con la muerte de mi hermano medité mucho sobre todo eso y sobre si hubiera podido hacer algo más por él. La única conclusión a la que llegué es que no tienes que luchar contra la tristeza porque se pega a ti. Cuando tratas de golpearla, se agarra a las paredes de tu alma. Lo que hay que hacer es sentirla, permitir que te cuente su historia y dejarla marchar cuando termine.

Otro coche rugió a nuestro lado e interrumpió aquel instante en que ella volvía a darme una lección vital. Seguir con Fayna los pasos que había dado Laura por la isla no solo se había tornado un buen plan, sino tal vez el único que me salvaría de mi propia destrucción.

Nos pusimos los cascos y volvimos a subir a la moto sin un destino decidido, porque con el mapa de Laura toda la isla parecía gritarme que la contemplara. Agarrado a Fayna con un brazo y con la caja bajo el otro, nos incorporamos a la autopista del sur bordeando la costa en sentido contrario a las agujas del reloj. Durante el trayecto, la imagen de mi hermana tumbada en las rocas negras regresó a mi mente y cerré los ojos varias veces intentando sacudir de mi retina aquella visión desoladora. Pero, por más que lo hacía, parecía estar adherida a mí como si fuese salitre del mar en la piel.

Noté el aire y el clima más cálidos que durante el camino que nos había acompañado por el norte. Sin los golpes y los embates de los vientos alisios, con las lluvias que regaban la isla a sotavento, aquella parte de Tenerife se presentaba como un paisaje seco y rojizo salpicado de cactus que destacaban como árboles de mil ramas sobre las tabaibas y las plantas rastreras. Circulábamos con más facilidad y ritmo que por el camino del norte, pero su pelo me acariciaba el cuello con la misma suavidad. Quizá incluso lo hacía con más intención.

—¿Tienes hambre? —vociferó Fayna sin que apenas pudiese oírla cuando pasábamos al lado de una colina costera que a mis ojos parecía un antiguo volcán dormido.

—No mucha —grité junto a su cabeza.

—Yo sí, y conozco un sitio por aquí —añadió al tiempo que giraba con rapidez y tomaba una salida hacia la costa.

Y, por un momento, dejamos escapar todos nuestros tormentos, como si ambos tratásemos de borrar de nuestra cabeza lo vivido para poder continuar adelante. Tras pasar una estación de servicio con una estatua en la puerta donde me dio tiempo a leer EL GOMERO, Fayna aminoró la marcha y subió una pequeña cuesta entre un edificio de piedras oscuras y lo que parecían unos invernaderos llenos de plataneras. A los pocos metros, un hombre nos guio a la izquierda y aparcamos la moto en un descampado interior con suelo de tierra gris.

—Bienvenido a El Cordero —dijo Fayna tras bajarse de la moto y quitarse el casco—. Comemos algo rápido y... decidimos qué hacer.

—No tenía hambre —espeté con una sonrisa—, pero se agradece que lo tengas en cuenta. Es un... detalle.

Sus ojos brillaron burlones sin decir nada, y luego inclinó la cabeza a un lado, encogió los hombros y caminó hacia el restaurante. La seguí unos segundos más tarde y, cuando atravesé la puerta, me sorprendió verme rodeado de pronto de una vegetación exuberante, con mesas de madera natural dispuestas entre cientos de plataneras cargadas de racimos gigantescos. En otra de las estancias, el techo estaba cubierto de un sombrajo verde y las mesas y sillas eran las mismas que podrías encontrarte en la casa de toda abuela que se precie de serlo. El suelo era de tierra y gracias a él no me costó seguir el rastro de Fayna, puesto que sus huellas se marcaban como en la orilla del mar.

Ella saludó a uno de los camareros jóvenes con un abrazo efusivo. Se notaba que había estado más veces allí y la conocían o, al menos, la recordaban, lo que hablaba mejor de ella. Luego me buscó con la mirada, señaló una de las mesas de madera viva que nos separaban y caminó a mi encuentro.

—¿Cuántas veces has comido en un invernadero?

—Oh, esa me la sé —respondí—. Un total de cero veces —dije con mi mejor tono.

—¿Y has probado ya las papas arrugadas con mojo verde?

—No.

—No lo entiendo —me dijo medio indignada—. Es que, a ver, debería haber un puesto de papitas arrugadas en el aeropuerto o que con el coche de alquiler te entregasen un paquetito. No es tan difícil, ¿no? —Rio—. Hay gente que se marcha de la isla sin probarlas y eso tendría que estar prohibido, Mario. Habría que pagar a un señor en la puerta de embarque del aeropuerto para que comprobase el billete y oliese el aliento a todo el mundo. El que no huela a mojo no vuela de vuelta. Lo siento. Opino así y de ahí no me bajo.

No sabía si iba en serio, pero su determinación me desarmó por completo.

—Hay turistas alemanes que llegan —continuó—, se tuestan al sol y se marchan sin probar la comida del paraíso. No deberíamos permitirlo. La Unión Europea tendría que hacer algo para acabar con esta tragedia. Si no es para enseñar a los del norte a comer bien, ¿para qué se creó? Que alguien venga desde Bruselas y me lo diga. Pero que cuando se marche de vuelta le comprueben el aliento.

No pude contener la risa y exploté en una carcajada como hacía tiempo que no recordaba.

—No te rías —dijo abriendo los ojos como platos—. Es un tema serio, Mario. —Gesticuló delante de mí con una energía que no le había visto hasta ese momento. Quizá necesitaba sentirse más conectada con su gente y su comida para que resurgiera su verdadera forma de ser—. Este es el hogar del quesito asado con salsas, del mojo picón, del pucherito canario, del escaldón o del polvito uruguayo, y hay gente que viene a las islas y se alimenta de *nuggets* con patatas.

De pronto, el camarero que ella había saludado al llegar se puso a nuestro lado con una libreta de cuadros y Fayna se lanzó a pedir.

—Papas, queso, escaldón, un arroz campero y dos zumos de papaya.

—¿Y el calvito qué va a pedir? —dijo el chaval con un divertido acento canario—. Tienes que comer algo, muchacho.

—¿Me ha llamado «calvito»? —le pregunté a Fayna con una sonrisa de incredulidad.

Había sido un ataque tan gratuito que me hizo soltar una carcajada. Me toqué la cabeza pelada; aquel mote inesperado le había otorgado una nueva dimensión a mi melena invisible.

—No le hagas caso. Siempre está de broma. —Sonrió en mi dirección—. Es más que de sobra para los dos. Sabes que no me puedo comer todo eso yo sola —le dijo al camarero, que terminó de apuntar la comanda y se marchó dando unos pasos rápidos que dejaron su marca en el suelo—. Perdónalo. Siempre hace bromas con todo el mundo. No tiene filtro y alguna que otra vez ha tenido un problema.

—¿Lo conoces?

—Salimos un tiempo, pero la cosa no tenía futuro —me respondió sin darle importancia—. Es divertido y trabajador. —Se encorvó sobre la mesa y habló en voz baja—. Pero es un mujeriego. Y lo siento. Entiendo toda esa filosofía de no poseer algo y fluir y evitar etiquetas y dejarse llevar, pero todo ese rollo no va conmigo. Yo soy una romántica. A mí me compras uno de esos certificados falsos en los que cambias el nombre a una estrella y caigo rendida. Y mira que sé que no sirve de nada. —Rio—. Yo quiero hijos. Quiero estabilidad. Quiero sentarme en el sofá de casa con la misma persona todos los días de mi vida y discutir hasta la muerte. No sé si me entiendes.

La entendía, pero nunca había experimentado algo así.

—¿Y tú? ¿Sales con alguien? —me preguntó.

—¿Así? ¿Con mi calvita? —Traté de quitarle importancia, pero en el fondo sabía que la tenía.

—¿Por qué no?

—¿A quién le gustaría alguien como yo?

—¿Alguien cómo...?

No parecía entender mi pregunta y me miraba extrañada, con una sonrisa.

—Alguien con cáncer —dije dando alas a que la enfermedad entrase en la conversación.

—A mucha gente. A esa chica de allí, o a aquella otra, o a mí. Tienes un buen cuerpo, una bonita cara, sonrisa débil pero nariz graciosa y no dejas pelos en la ducha. Muchacho, no sé. Eres el sueño de cualquier maniática de la limpieza. Y tienes cejas, lo cual no está mal. Además, eso que dices es una tontería. Tú no eres alguien con cáncer. Tú eres alguien. Mario Ardoz. Y da la casualidad de que ahora mismo tienes cáncer. Pero ¿acaso eso te define?

—Define el tiempo que tengo.

—¿Y cuánto tiempo tienes?

Me encogí de hombros y borré los últimos restos de mi sonrisa anterior.

—Podría morir en unos meses si se ha extendido. Tengo que esperar a la última prueba.

—¿Y tú te lo crees?

—Es lo que dijo la oncóloga.

—Y yo podría morir atragantada con una papa arrugada mientras comemos.

—No es lo mismo —repliqué.

Entonces le dio un par de golpecitos a la caja de Laura que estaba sobre la mesa y se puso seria.

—Oh, claro que es lo mismo. Yo tampoco sé cuánta arena queda en la parte tapada de mi reloj. El tuyo y el mío son iguales. Ninguno de los dos podemos ver la arena que nos queda. Pero tienes suerte, ¿entiendes? El universo te ha zarandeado para que despiertes y te fijes en cada grano que pasa por el embudo, porque en el fondo es lo único que importa —sentenció con una mueca de satisfacción en la cara.

La contemplé un instante en silencio y me di cuenta de que había mucho de Laura en ella. Se notaba en la manera de mover las manos y en que, al igual que mi hermana, parecía ver el mundo con los ojos más abiertos que yo. De pronto, llegó el camarero con la comida y su mirada se llenó de un brillo intenso.

—¡Quesito asado! —dijo Fayna alegre al tiempo que cogía uno de los triángulos con la mano y le daba un bocado—. Tienes que probarlo.

—¿Cómo se come?

—Con la boca. Como todo. ¿Acaso en la península coméis distinto? —bromeó.

—Eres idiota. Lo sabes, ¿no?

—Sí. Tengo veinticinco años. Me conozco lo suficiente para saber que no tengo remedio. Venga, coge uno. Córtalo si quieres y mójalo en una de esas salsas y listo.

La imité y cogí un pedazo sin cortar. Luego lo mojé en una salsa anaranjada y, al llevármelo a la boca, sentí aquella mezcla inesperada y perfecta. Notaba la boca ardiendo de picor y, un instante después, sentía cómo el sabor del queso apagaba el incendio que se había desatado en el paladar. Había cerrado los ojos sin darme cuenta. Al abrirlos me encontré con la mirada fija de Fayna aguardando mi veredicto.

—¿Y bien?

Esperé una fracción de segundo antes de responder.

—Pues no es para tanto —bromeé.

Entonces ella abrió la boca con cara de sorpresa, como si aquello hubiese sido un acto de guerra, y frunció el ceño.

—¿Cómo te atreves?

—Es broma, es broma. —Reí.

—Sabes que soy yo quien conduce, ¿verdad? Y que, si quiero, te puedes ir a pie al hotel. No sé si sabes dónde estamos, pero te aseguro que andando no llegas.

—No, no, perdón, perdón. Lo retiro —dije sin percatarme de que algo estaba cambiando en mí.

Terminamos de comer y desplegamos el mapa de Laura en la mesa como dos niños que planean la siguiente etapa. Todavía sentía en la boca el sabor a mojo verde de las patatas.

—¿Hay algún lugar al que quieras ir primero? —me preguntó.

Recorrí la orografía de Tenerife con la yema de los dedos, fijándome en cada símbolo que Laura había marcado, y me detuve en el que más me dolía: el que tenía las dos eses enfrentadas en el norte. También se encontraba en el centro de la isla, en el Mirador de La Ruleta, pero no quería acercarme al paraje que me arrebató a mi hermana. Lo vi también en la isla de Gran Canaria, al este, en un lugar llamado Bufadero de La Garita. Me quedé callado un segundo pensando qué hacer y, sin quererlo, pasé mi vista por la mancha negra del mapa donde había aparecido el cadáver de Laura y recordé el origen de todo. Mi hermana, su cuerpo, aquella pregunta sin respuesta. Resultaba imposible dejarse llevar sin sentir que en mi corazón faltaba un trozo de mí.

—Este lugar al norte es el Sendero de los Sentidos —indicó Fayna—. ¿Estás seguro? Estamos aquí —dijo señalando un punto en la zona sur—. De camino está marcado el Arco de Tajao. Podríamos verlo rápidamente y luego —deslizó el dedo por la carretera hasta la zona del Parque Rural de Anaga— ir al norte y hacer el sendero. Si no tardamos mucho, podemos estar en La Laguna antes de que anochezca.

Asentí sin decir nada. No podía. A mi corazón volvía una y otra vez el peso de la muerte de Laura.

—¿Te encuentras bien?

Negué con la cabeza.

—¿Qué te pasa?

—Que en el fondo pienso que lo que le ha pasado a Laura ha sido culpa mía. Si no hubiésemos venido... Si no hubiese preparado todo esto... Puede que no hubiese llegado a subir al parque nacional. Tal vez incluso quiso esconder algo allí arriba y alguien la vio sola y la mató.

Me miró seria y asintió sin decirme nada. Pareció afectarle aquella idea que a mí me estaba destrozando por dentro, como si le doliese recordar el motivo de nuestra unión. Entonces movió la cabeza de lado a lado, agarró el casco y se puso en pie.

—Vámonos. No podemos dejar que toda esa tristeza se ponga demasiado cómoda dentro de ti.

Acto seguido me cogió de la mano y tiró de mí.

—Espera, hay que pagar —espeté al tiempo que recogía el mapa y la caja con el reloj.

Sus dedos cálidos sujetaron los míos y seguro que ella sintió mi frío. Son los instantes como ese los que uno recuerda para toda la vida. El primer abrazo en la noche cuando la conocí, la primera vez que me dio la mano.

Tiré cincuenta euros sobre la mesa y la seguí.

## Capítulo 24
## Observatorio Astronómico del Teide, isla de Tenerife
## Domingo, 20 de octubre de 2019
## Candela Oramas

*Lo duro de la tristeza no es sentirla,*
*sino acostumbrarse a su compañía.*

Tristán Santana miraba con gesto preocupado a Candela y Quintana, que lo observaban llenos de confusión.

—Hay una cámara —repitió el director con la voz temblando—. Apunta al cielo y retransmite en vivo en YouTube cada noche. Se usa para que cualquiera pueda observar el cielo de Canarias desde su casa. Durante las perseidas, por ejemplo, la retransmisión alcanza millones de espectadores de todo el mundo. No hay un cielo más despejado para ver la lluvia de estrellas que este. La gente observa desde todo el planeta los cielos libres de contaminación lumínica de la isla. La retransmisión se realiza todo el año. Es una manera de difundir lo que hacemos aquí de un modo popular. La cámara está ligeramente inclinada para que se muestren en la parte baja las estructuras del observatorio, como publicidad para el IAC.

—¿Me está diciendo que puede tener grabaciones de Laura Ardoz viva? —incidió la sargento Oramas.

Santana asintió con vehemencia y con una esperanza recobrada.

—Exacto —dijo con la voz aún tensa pero con cierto alivio—. La imagen está encuadrada para que se vea este bloque en el que estamos. Podemos comprobarlo. Si aparece, verá que se fue de aquí y yo me quedé trabajando dentro. Cometí un error, pero no soy un asesino. Podemos ir ahora mismo a la sala de control. Desde ahí se gestiona la retransmisión y tenemos acceso a los archivos que se guardan de YouTube.

—¿Dónde está esa sala? —preguntó la sargento.

—Ahí al lado, en el despacho del telescopio IAC80.

—Está bien. Llévenos ahí a que le echemos un vistazo —ordenó Candela.

Salieron a la calle y lo siguieron en silencio por la carretera hasta que llegaron a otra estructura, esta vez circular con una cúpula blanca sobre ella. Se accedía a ese edificio a través de una escalerilla metálica. El IAC80 tenía una zona de despachos con las paredes exteriores de hormigón salpicadas de ventanas de poco más de un metro de alto. Era pasado mediodía y el sol pegaba con justicia en el observatorio. El cielo limpio y azulado contrastaba con el blanco impoluto del complejo. Al sonido metálico de los pasos lentos del director mientras subía los peldaños le siguió el de los agentes, quienes lo observaban de cerca analizando cada uno de sus movimientos. Entraron a una sala vacía con varias pantallas de ordenador sobre los escritorios. Tristán se sentó a uno de ellos e inició sesión.

—¿Dónde está todo el mundo? —preguntó Quintana.

—Durmiendo, supongo. Este solo funciona de noche.

El director abrió el navegador y entró en la cuenta de YouTube del IAC.

—Aquí está —dijo Tristán al tiempo que señalaba el nombre del vídeo en la pantalla: «LIVE STREAMING | 18/10/2019 - 19/10/2019 | Canary Islands, Teide».

Clicó en él. La sargento Oramas se inclinó sobre la pantalla y observó atentamente por encima del hombro del director.

La imagen encuadraba en gran parte un brillante cielo nocturno estrellado, y en la zona inferior se veían algunos edificios del observatorio. Se reconocían las altas torres de los telescopios solares y también la cúpula redonda del edificio en el que estaban en ese momento, abierta y girando hacia algún punto del cielo. A un lado, un poco más a la derecha del encuadre, se reconocía el edificio de forma rectangular del que ellos venían y en el que se suponía que Laura y el director habían pasado parte de la noche. En la esquina inferior izquierda se podía atisbar un vehículo aparcado junto a una de las torres. En la superior derecha, una marca de tiempo mostraba la fecha y la hora de la grabación, que comenzaba a las 22:00 y dejaba claro que se trataba del 18 de octubre.

—Laura se pasó por la residencia antes de subir —dijo el director—, estuvimos un rato allí, hablando en la zona común, y fuimos juntos hasta el telescopio a eso de las once. No sé la hora exacta.

Tristán Santana clicó en la barra y arrastró el marcador hasta que vio en la pantalla las 22:55. La imagen parecía congelada, pero la hora sí cambiaba. Lo único que resultaba distinto en el vídeo era la posición de la apertura de la gran cúpula, que en ese momento apuntaba a otra zona del cielo. El director se mostraba nervioso. No podía ocultarlo. Una gota de sudor frío le nació en una arruga de expresión de la frente y le recorrió la cara hasta caer sobre el teclado. Candela y Quintana tenían los ojos fijos en la pantalla y la miraban sin pestañear.

—Tiene que estar —suspiró el físico. Luego señaló un punto de la estructura rectangular y añadió—: Esa es la puerta. En algún momento se nos debería ver entrar.

Los segundos avanzaron y la imagen seguía inmóvil. La cúpula comenzó a girar de nuevo y, cuando se detuvo, una figura apareció en la pantalla y se paró frente al edificio rectangular. La imagen no era demasiado nítida, pero sí lo suficiente para reconocer que se trataba de una mujer esbelta con una melena suelta y un vestido puesto. Cualquier perito podría confirmar que la altura coincidía con la de Laura Ardoz y, quizá mejorando la imagen, podrían incluso reconocer el patrón de flores del vestido que llevaba al morir, del que se intuían pequeños píxeles blancos.

La sargento contuvo el aliento. Verla allí en la pantalla, moviéndose con normalidad, era como estar observando a un fantasma.

—Ahí está —dijo Tristán con rapidez al tiempo que colocaba su dedo en la pantalla. Unos segundos después llegó hasta ella otra figura, claramente masculina, que abrió la puerta y se perdió en el interior con ella apenas unos segundos después—. ¿Me ven? Ese de ahí soy yo —añadió.

Candela analizaba la imagen y tomaba nota mental de la hora que mostraba.

—Acelérelo, por favor —pidió la sargento, y el director cambió la velocidad a 2x.

Poco después de entrar ellos, el techo abovedado se deslizó longitudinalmente y dejó a la vista la parte superior de los dos telescopios que albergaba dentro.

—¿Ven? Estuve ayudándola. Ella no sabía manejar los telescopios del QUIJOTE y la ayudé. ¿Entienden?

—Esto demuestra que estuvieron juntos. No que no la matase usted —dijo la sargento—. ¿A qué hora dice que ella se fue de aquí?

—A eso de las cuatro y algo. Puede que a las cinco. No recuerdo la hora.

—Pase hacia delante, por favor —ordenó Candela.

El director movió el marcador con el ratón y a la 1:50 el techo se deslizó de nuevo y se cerró. El vehículo inicial que aparecía en el encuadre se había marchado en algún momento anterior y dejó a la vista más parte del asfalto. El cielo seguía lleno de estrellas, que destacaban sobre el negro profundo de la noche. A las 2:55 el techo de la estructura se abrió y volvió a dejar a la vista ambos telescopios, que giraron durante unos minutos sobre sí mismos. Más tarde, a eso de las 3:40, el techo se cerró de nuevo. El director adelantó la barra roja y llegó a las 4:41. La imagen era idéntica y estaba inmóvil, pero se percibía que las estrellas se encontraban en otra posición.

De repente, a las 4:43 de la madrugada, la silueta de Laura Ardoz reapareció al abrir la puerta y cerrar tras de sí. Estaba sola.

—Ahí está —exhaló Quintana conteniendo el aliento—. No toque nada y póngalo a velocidad normal —dijo con los ojos clavados en aquella sombra, que tras cerrar se apoyó sobre ella unos segundos.

El director tragó saliva y le hizo caso.

—¿Qué hace? —se preguntó Quintana acercándose aún más a la pantalla.

Laura estaba quieta con la espalda sobre la puerta, pero su cuerpo temblaba ligeramente. Luego se llevó las manos a la cara y las mantuvo en ella, como si tratase de controlar el temblor.

—Está llorando —respondió Candela.

Miró llena de rabia al director.

—¿Qué le hizo?

—Nada. Lo juro. No le he mentido. Fue cosa de ella. Lo propuso ella y yo… acepté.

Candela se aguantó la rabia y volvió a observar a Laura. La figura en la pantalla se recolocó el vestido, se pasó la mano por el rostro y caminó hacia un lado, saliendo del plano.

—¿Lo ven? —dijo Tristán al tiempo que soltaba un suspiro audible—. Ella se fue y yo me quedé dentro.

La sargento no respondió. Su mirada estaba fija en la pantalla, deseando ver a Tristán salir tras ella.

—Avance —ordenó Candela con tono serio.

El cielo comenzó a clarear en la retransmisión a medida que la noche dejaba paso al amanecer. Entonces, cuando el marcador señalaba las 8:10 de la mañana, con el cielo claro y el primer rayo de sol asomando por el horizonte, el director apareció de nuevo, con mayor nitidez que durante la noche, saliendo del bloque. Cerró la puerta y se estiró brevemente antes de desaparecer del plano.

Un silencio incómodo invadió la sala. Quintana buscó a Candela con la mirada y los dos comprendieron al instante que la hora de la muerte era anterior a la salida del director del telescopio. Según el informe del forense, Laura debía de haber muerto en torno a las siete y media de la mañana, antes de que Tristán Santana abandonase las instalaciones. De haber sido él, tendría que haber encontrado a Laura, drogarla, asesinarla y llevarla al lugar donde apareció el cuerpo, a unos veinte minutos de allí. Candela sabía que era imposible que fuese él, por más que quisiese detenerlo.

—Yo no le hice nada —repitió más convencido. Cada segundo reforzaba su confianza al tiempo que se desmoronaba la de los agentes—. Ella estaba bien cuando se fue. Y este vídeo lo demuestra.

—¿Cómo sabemos que las horas de la cámara están bien? —incidió ella.

—El amanecer le puede ayudar a sincronizar el tiempo del vídeo. Esta semana el sol sale exactamente a las ocho y diez. Además, hay un registro informático de los barridos del telescopio del IAC80. Podrían cotejar las horas de la grabación con la zona a la que apunta. Verán que la imagen no está manipulada.

La sargento Oramas suspiró profundamente y se rindió. No sabía qué hacer. Se sintió tan cerca de encontrar al culpable que ver cómo se le escapaba le afectó. Miraba a Tristán Santana con rabia por aquel abuso de poder que él mismo había delatado, pero no tenía ninguna pista ni declaración para detenerlo por agresión sexual. Sin la declaración o denuncia de la víctima, y sin signos claros de violencia, sabía que no tenía caso para detenerlo allí. Como mucho, podría llevarlo a tomar declaración y ver si la jueza querría abrir aquella causa difícil de probar, más aún sin tener al culpable del asesinato.

Enfadada, salió con prisa de la estancia y estuvo a punto de gritar con todas sus fuerzas, pero se reprimió y en su lugar pateó un arbusto a un lado del camino, con la imponente visión del Teide en la lejanía. Quintana la siguió fuera y la observó en silencio. Se movía de un lado a otro mirando al suelo. El director los siguió con una leve expresión de alivio.

—¿Y los demás? —preguntó alzando la voz la sargento—. Podría haber sido cualquiera de los investigadores de aquí, no solo los que están en la residencia, a quienes estamos tomando declaración. Necesitamos un listado del personal que trabajó la noche del viernes al sábado. ¿Hay alguna otra cámara?

El director negó con la cabeza.

—Los ayudaré a conseguir ese listado, pero llevará algo de tiempo, que justo es lo que menos tengo ahora mismo. Mañana se publica el descubrimiento y vendrán días intensos de prensa. Para esa lista tendría que unificar los partes de trabajo de todos los proyectos en paralelo que se estudian aquí. Pero se puede hacer y se la haré llegar.

—Lo necesitamos ya —replicó ella al instante—. Me importa una mierda el universo y sus malditas manchas.

—Está bien. Les echaré una mano ahora, se lo prometo. Pero, por favor, que no se entere mi mujer de lo que les he contado —suplicó—. Ser infiel no es un delito. Yo no la maté. Lo han visto.

La sargento Oramas clavó de pronto sus ojos en él. Estaba rabiosa por dentro. Se imaginó a la esposa del director llevando y trayendo a los niños del colegio o colocando la ropa infantil en perchas diminutas. Sin quererlo, vio a esa mujer pintando nubes en una pared con una esponja empapada en pintura blanca, como ella también había hecho. Y entonces se reconoció a sí misma, sentada en el suelo del baño, llorando de impotencia al confesarle Daniel, su marido, que se había visto con alguien del trabajo tras el aborto, en el mes en el que ella se sumió en una espiral de tristeza que la encerró en sí misma.

En ese instante quiso gritar y estaba en el lugar perfecto para hacerlo, pero llevaba el chaleco de la Guardia Civil, que actuó como una capa más de fortaleza y apagó el incendio devastador que arrasaba su pecho.

# Capítulo 25
## Parque del Retiro, Madrid
## Un año antes
## Hermanos Ardoz

*No trates de aferrarte a lo que sabes*
*que, si tocas, destruirás.*

El sol de mayo atravesaba las hojas altas de los árboles del Retiro y dibujaba manchas de luz temblorosas sobre el sendero de tierra y sobre el vestido de Laura, que se mecía con suavidad en el aire con cada paso. Mario, a su lado, caminaba con las manos en los bolsillos y solo las sacaba para colocarse el pelo cuando se le movía por la brisa o para señalar el interior de las casetas, donde había autores firmando por la Feria del Libro.

—¿Cuánto te quedas esta vez? —le preguntó mirándola de reojo.

—Hasta que termines los exámenes, hermanito. Dos semanas. A ver si consigo que te gradúes de una vez.

—No sé qué me pasa, pero no consigo concentrarme. Es como si todo hubiese dejado de importarme. Ecuaciones diferenciales II y Análisis de Fourier me tienen mareado, y le he dado tantas vueltas a Cálculo que creo que nunca lo entenderé del todo.

—Es que nunca comprenderé por qué narices elegiste Matemáticas. Siempre me lo pregunto. Pero, bueno, aquí está tu hermanita para ayudarte. Te puedo echar una mano para repasar. Como en los viejos tiempos. ¿Te acuerdas de los deberes en el cole? Don Manuel siempre sospechó que yo te los hacía.

—Es que ni siquiera te esforzabas en imitar mi letra.

—¡Es que eran números, Mario! —bromeó ella—. ¡Números! —repitió abriendo los brazos enérgicamente con una sonrisa de oreja a oreja.

Estaba ilusionada. Se le notaba en cómo miraba las casetas y en cómo hojeaba con interés las páginas de algunos de los libros dispuestos en los mostradores.

—Bueno, si no apruebo en esta convocatoria, puedo ir a la próxima, ¿no? —dijo Mario a su lado mientras echaba un vistazo a *Lo que más me gusta son los monstruos* para volver a dejarlo en su sitio.

Aquella frase preocupó de pronto a Laura.

—¿Qué te pasa? —preguntó ella.

—Nada —replicó él—. ¿Por qué lo dices?

—Te veo cayendo, Mario. He llegado a mil por hora, llena de energía, y tú estás completamente apagado. ¿Qué ocurre? ¿Qué te está pasando?

Mario la contempló un instante y meditó si expresarlo. No tenía ánimos para enfrentarse a esa conversación difícil porque llevaba demasiado tiempo rehuyendo de ella.

—¿Qué es? —insistió Laura, seria—. Soy tu hermana melliza. Exijo mi informe de útero. Tengo derecho a saber qué te pasa. Compartimos nueve meses dentro de mamá y prácticamente he nadado en tu orina. Bueno, al lado de tu orina —se corrigió con rapidez—, pero entiendes la idea.

—Que te echo de menos, Lau. Eso pasa —dijo él—. No quería decírtelo porque sé que estás bien en Canarias, pero a mí se me está haciendo cuesta arriba estar aquí solo, sin papá y mamá.

Ella lo contempló y contuvo el aliento.

—No me puedes culpar a mí, Mario. Es tu vida. ¿Entiendes? Tú tienes que tomar las riendas de ella. Tú tienes que decidir qué quieres sacar de... —movió los brazos señalando a su alrededor y arriba—, de todo esto. No sé cómo decirlo. Además, ¿qué es «echar de menos»? —añadió como si tuviese sentido preguntarle algo así—. ¿Qué significa para ti eso?

Él agachó la vista, se puso a andar de nuevo entre el gentío y se guardó la respuesta.

—Mario, joder. No huyas de cualquier cosa que suponga dar un salto adelante. Las cosas se hablan. Tienes veinticuatro años y sigues congelado en...

Mario se giró y se encaró con su hermana.

—Dilo —la interrumpió.

Laura suspiró. Se dio cuenta de que iba a cometer un error y echó marcha atrás.

—En el momento en que murieron papá y mamá. Eso ibas a decir, ¿verdad?

Laura tragó saliva y apretó la mandíbula.

—No quería decir eso —exhaló ella.

—Pero lo has pensado, ¿verdad?

—Han pasado tres años, Mario. Es hora de moverse hacia delante, ¿no crees?

—Para ti es fácil. No estabas aquí.

—¿Fácil? ¿La muerte de papá y mamá? Estuve todo lo que pude y más, pero necesitaba estudiar. Ya había perdido a mis padres. No podía perder también mi futuro. Estuve mal, Mario. Pero no lo viste. O, mejor dicho, no dejé que lo vieses. Porque temía que te afectase más. Por suerte, encontré belleza a mi alrededor que me trajo de vuelta de toda esa oscuridad. Incluso comencé a rezar. Yo, que nunca creí en nada, de repente empecé a creer en algo. Llámalo «Dios». Llámalo «paz». Llámalo «armonía». Una física que, en lugar de mirar arriba, se miró por dentro y creyó que todo este sufrimiento debía tener un sentido. —Se cogió el pequeño crucifijo que colgaba de su cuello y jugó con él mientras hablaba—. No puedes decirme que fue fácil. Es injusto.

Él bufó por la nariz, arrepentido de aquel arrebato, y se fijó en la muchedumbre que se había arremolinado de pronto alrededor de una de las casetas blancas donde parecía que había llegado un escritor.

—Lo siento —dijo él—. Es solo que... me sigue costando estar aquí sin ti, ¿sabes?

—No pasa nada —susurró ella apretando los labios.

Luego le echó un brazo por encima a su hermano y volvieron a caminar unidos, como si no se hubiesen hecho daño. Así funcionaba aquel amor que vencía la distancia y el tiempo y permitía ataques y heridas que solo duraban hasta el primer perdón. Con un brazo sobre el otro, fue Mario quien retomó la conversación.

—Me has preguntado qué es para mí «echar de menos». Mi respuesta seguro que es muy distinta a la tuya. ¿Qué es para ti? —dijo él dándole la vuelta a la pregunta mientras caminaban esquivando lectores con los brazos cargados de libros recién comprados.

—Pensar en lo que tuve y ya no tengo —respondió Laura—. Darle vueltas una y otra vez al pasado creyendo que así estoy más cerca de él. ¿Y para ti? Yo pregunté primero.

Mario observó a su hermana. Había vuelto de un año intenso en las islas, que parecían haberla transformado poco a poco desde el inicio de la carrera. Cuando se marchó con dieciocho estaba llena de miedos, a pesar de que quería lanzarse a aquel camino. Ahora la miraba a su lado y veía a una mujer esbelta y llena de calma y claridad. Se preguntó cómo había sucedido aquello. Estaba más morena que él. Sonreía con más frecuencia que él y, por supuesto, miraba las cosas con un ángulo que Mario era incapaz de comprender. Laura había terminado la carrera y él aún batallaba con asignaturas pendientes de tercero y de cuarto; ella estaba a punto de empezar el posgrado y él consideraba tirar la toalla y buscar un trabajo. El dinero de la indemnización por el accidente de tráfico de sus padres se estaba agotando poco a poco. Era una cuantía considerable que había conseguido mantenerlos a los dos viviendo en ciudades distintas, estudiando sin trabajar. Habían cancelado la hipoteca de la vivienda en Madrid y podrían venderla si la cosa se complicaba, pero todo tenía un límite y, si no terminaba pronto sus estudios y no encontraba un trabajo, aquella sería la única opción.

—Para mí —dijo Mario— es ese vacío en el estómago. Esa sensación de que el piso de papá y mamá es demasiado grande, que está demasiado en silencio. Y cuanto más pienso en todos esos huecos que dejaron y que…, que has dejado tú, Lau, más me doy cuenta de que el mundo no me llena.

—Eso es porque has dejado de ver todo lo que puede ofrecerte, Mario. Porque das por hecho muchas cosas que no deberías. Asumes que estar vivo es lo normal y lo que debe ser. Pero papá y mamá son el ejemplo de que no es así. De que en un segundo lo tienes todo y al siguiente nada. Se apaga la luz y se acabó la función. ¿Entiendes? Y no hay otra oportunidad. Lo que no hayas hecho, lo que no hayas visto, lo que no hayas vivido se queda sin hacer. El beso que no diste a quien te gustaba, el destino al que no viajaste, la hoguera que no saltaste —dijo en un tono que hizo viajar a Mario atrás en el tiempo a aquella noche de San Juan.

—La teoría me la sé, Lau, pero cuesta aplicarla —respondió Mario.

—Por ejemplo —dijo ella señalando con la mano una de las casetas de la feria—, ¿cuál es el último libro que has leído que te mantuvo toda la noche despierto?

Mario resopló por la nariz.

—No lo recuerdo. Hace tanto que no leo de esa manera... La última vez fue contigo, bajo las sábanas siendo niños, mientras leíamos *La historia interminable*.

—¿Y por qué dejaste de leer?

—Porque me parecía todo imposible. Demasiadas casualidades, demasiadas aventuras que se resolvían en el último momento.

—Pues yo quiero eso —afirmó ella.

—¿El qué?

—Casualidades y aventuras. Porque ¿qué diferencia hay entre una buena vida y un buen libro?

Él se encogió de hombros y no supo qué responder.

—Un buen libro —continuó Laura— debe tener amor y tragedia. Debe hablar de la vida y de la muerte. Y debe hacerte reír y también llorar. Tienen que pasar cosas inesperadas, y además debe tener momentos de calma. En los mejores libros los personajes sufren, pero aprenden; se sienten traicionados y cometen errores; tienen momentos de inspiración que modifican la historia y se sumergen sin quererlo en el pozo más oscuro. Yo quiero una vida de libro, Mario, aunque eso suponga arriesgarme a no llegar a la última página.

Mario asintió y tragó saliva, callado, y trató de procesar aquel arrebato de su hermana.

—¿Sabes? —prosiguió Laura—. Siempre pensé que debiste saltar aquella hoguera. Hoy serías otra persona.

Mario suspiró. En el fondo no quería admitir que era verdad y prefirió confrontarla.

—Yo soy otra persona desde que fallecieron papá y mamá.

—Lo sé. Y yo también. Pero ambos partíamos desde lugares distintos cuando sucedió, a pesar de haber nacido y crecido juntos. Yo arriesgaba en cada ocasión y tú preferías jugar a lo fácil. Si tenías dos opciones, siempre elegías la que menos problemas te pudiese dar. Nunca entendí por qué. Ese salto, Mario, era perfecto para romper con todo lo anterior y dejar que el fuego hiciese borrón y cuenta nueva.

Él la escuchó en silencio y sintió aquellas palabras como un puñal directo a su pecho.

—Prométeme una cosa, Mario. —Se puso seria—. Al siguiente salto, a la siguiente oportunidad que tengas de arriesgarte, hazlo. Por mí. No pienses en ti. No pienses en nada más. Juégatelo todo porque en realidad nunca hay tanto que perder.

Su voz se quedó en el aire y él asintió sin saber lo importante que sería aquel gesto. De pronto, una pompa apareció delante de ellos flotando en el aire movida por el viento. Laura sonrió de oreja a oreja al verla y buscó con la mirada de dónde provenía. Oyó risas a un lado del camino central. Junto a una caseta en la que un joven moreno estaba firmando libros y una pequeña cola de lectores aguardaba su turno, se había instalado un hippy de treinta y tantos con un cubo de agua y jabón donde introducía un cordel atado a dos palos de madera. El hombre había reunido a una decena de niños delante, que reían y perseguían con los brazos estirados cientos de pompas que surgían tras cada inmersión de la cuerda. Laura estiró la mano y la dejó unos momentos debajo de la que había llegado hasta ellos, sin tocarla.

—No queremos aceptar que nuestra vida es igual de frágil que una de estas —dijo con los ojos fijos en ella.

La burbuja descendió lentamente, casi milímetro a milímetro, hacia los dedos de Laura, que la observó inmóvil, como quien recuerda un trauma o comprende un mensaje.

—¿Qué te pasa? —le preguntó Mario al ver a su hermana concentrada en aquella pompa que parecía un universo frágil y silencioso.

La burbuja planeó con suavidad un poco más y entonces, al tocar la palma de Laura, se desvaneció en un instante, y ella dejó la vista fija en algún lugar de su imaginación, como si una idea viajase y se transformase dentro de ella.

## Capítulo 26
## San Cristóbal de La Laguna, isla de Tenerife
## Domingo, 20 de octubre de 2019
## Mario Ardoz

*Hay besos que no son un gesto de amor,*
*sino el prólogo de un incendio.*

Fayna guardó la caja en el asiento de la moto y ambos nos pusimos el casco. Arrancamos y volvimos a la autopista del sur, pero nos detuvimos unos minutos a repostar en la gasolinera junto al restaurante. Circulábamos con los cuerpos unidos y nuestras cabezas pegadas, casco con casco. Vi en el cielo un avión blanco que se marchaba de la isla cuando pasábamos junto al aeropuerto y pensé en si les habrían revisado el aliento a sus pasajeros. Fayna, agarrada al manillar y controlando el ritmo y las curvas con el movimiento de su cuerpo, había tomado el mando y yo solo me dejaba llevar. Quizá ese fue mi error. Confiar demasiado pronto en alguien tan próximo a mi tragedia, porque desde la oscuridad siempre es difícil diferenciar emociones. Cualquier gesto parece más intenso, cualquier historia parece más bella, cualquier herida se hace más profunda.

Poco después tomamos la salida 46 hacia lo que parecía un desierto, y Fayna se salió del asfalto y circuló unos metros hasta parar sobre una tierra árida que más bien parecía un erial en el que solo había piedras amarillentas y arena seca. Sorprendía, de pronto, sentirse desangelado en un entorno con tan poca vida, como si la isla, en el fondo, necesitase dejar morir unas zonas para dar vida a las otras.

—Sígueme —dijo en cuanto se bajó de la moto. Se alejó con prisa hacia la nada y yo la seguí corriendo, confuso—. Saca el móvil. Será rápido. ¿Tienes Instagram? Haremos una foto para cuando dentro de un tiempo necesites subir una story y dar un poco de envidia. La hacemos y nos vamos. Tenemos que llegar al sendero.

—¿Qué? No, no tengo —respondí mientras le daba alcance.

—¿Que no tienes Instagram? —Frunció el entrecejo y me miró extrañada—. ¿Qué eres?, ¿un bicho raro?

—No. ¿Pasa algo? ¿Tú tienes?

—Yo tampoco. Pero... yo vivo en Canarias. ¿Has visto este tiempo? ¿Has mirado a tu alrededor?

Lo hice, pero tal vez aquel lugar no fuese un buen ejemplo. Estábamos en un descampado árido junto a una carretera a ninguna parte y en el que habían instalado una valla publicitaria de una agencia inmobiliaria. La única vegetación a la vista eran tabaibas y cardones.

—No necesito dar envidia a nadie —sentenció.

—¿Adónde vamos? Aquí no hay nada —le dije.

No entendía qué hacíamos allí ni por qué Laura había marcado aquel lugar en el mapa.

—¿Estás preparado? No tenemos mucho tiempo. Dame el móvil y ponte ahí. Bueno, da igual, te la hago con el mío.

De pronto, llegamos a una pasarela de piedra clara, como una especie de puente de roca que se estrechaba mientras descendía un desnivel de varios metros.

—Ponte ahí, en el centro.

—¿Es seguro? Parece estar hecho de arena.

—Tú ponte. Ahora vengo.

Se marchó corriendo y apareció por un lado, abajo.

—¡Foto! —alzó la voz.

No me dio tiempo a posar cuando ya la había hecho.

—¡Eh! —protesté.

—¡Bien! ¡Has salido genial! ¿Quieres verla?

No me apetecía mucho verme sobre una roca con la cabeza pelada, pero me retiré de esa especie de puente y me bajé hasta donde estaba ella. Al mostrarme la fotografía, no pude evitar primero reírme y luego sorprenderme por mi cara y por la belleza cálida de la estructura que era imposible de imaginar desde arriba. El Arco de Tajao se alzaba en mitad de la nada, como si fuese una costilla gigantesca de un leviatán prehistórico, y sobre él estaba yo, con los ojos cerrados y la boca medio abierta.

—Estás guapísimo, Mario. Es increíble lo bien que sales —dijo en tono irónico.

—Es mi mejor foto —respondí para seguirle el juego.

Laura quería ver aquel sitio conmigo y, tal vez, salir en aquella imagen. Era curioso cómo funcionaba el destino, que había empujado a dos personas a unirse en un viaje juntos arrancándoles todo lo demás. Entonces agarré su móvil y nos hice un selfi, con el arco de fondo, en el que a ella no le dio tiempo a posar.

—¡Eh! —protestó.

—Estamos empate. —Reí al tiempo que le devolvía el teléfono—. ¿Vamos al sendero?

Me sonrió y me miró durante esa fracción de segundo en la que me di cuenta de que todo había cambiado. Estaba atrapado en aquellos ojos, me hallaba en un laberinto sin salida en el que había entrado por voluntad propia. Luego se dirigió hacia donde habíamos dejado la moto y yo la seguí. Se puso el casco y me animó a subirme con un simple gesto de su cuerpo.

Nos montamos de nuevo y circulamos juntos, yo más cerca de ella, y por primera vez me pregunté durante el camino qué sentiría Fayna con mis brazos rodeándole la cintura. ¿Le molestaría? ¿Acaso le daría igual? ¿Sabría, como yo, que me estaba aferrando a un clavo ardiendo? ¿Pensaría que yo estaba cayendo preso de mi propia tragedia? A mitad de camino, tras un leve zigzagueo entre los coches, ella soltó una mano y, sin decir nada, abrazó la mía. Fue en ese instante cuando noté cómo mi pecho se abría en dos y dejaba a la vista mi corazón. No necesité más. No moví la mano de su vientre para que aquella sensación no terminase nunca, porque temía que, con el más leve gesto, ella retirase la suya. Recordé el reloj de arena y pensé que en aquel momento el grano que estaba viviendo se había quedado inmóvil en el aire, sin avanzar hacia el futuro pero sin mirar al pasado.

Cuando salí de mis pensamientos, noté que el clima había cambiado y que el aire se notaba más húmedo y fresco. El motor rugía cuesta arriba y Fayna me soltó para serpentear por la montaña durante un par de curvas pronunciadas de un camino estrecho y frondoso. Habíamos pasado cerca de La Laguna y ni siquiera me había dado cuenta por estar absorto en el calor de su piel. De pronto vi una señal marrón en la que pude leer ANAGA, y un instante después estábamos rodeados de árboles con ramas intrincadas y finas que abrazaban la carretera y hablaban el idioma del pasado. El sol de la tarde nos recibía de cara y pintaba sobre el asfalto oscuro unas motas de luz que bailaban y que me recordaron a Laura, a un parque, a una pompa de jabón que flotaba en el aire...

Fayna aminoró la marcha durante el último tramo y aproveché el aire fresco para respirar el bosque entero en una bocanada. Al llegar arriba, nos adentramos en un aparcamiento en el que había una ermita blanca con el portón verde. Aparcó al fondo, junto a los escalones de acceso al Mirador de la Cruz del Carmen, y nos bajamos de la moto en silencio, respirando fuerte, tratando de olvidar o de no hablar de cómo habíamos pasado el camino, abrazados sin saber cómo soltarnos. Me quité el casco y me sentí abrumado por tanta vegetación que me rodeaba, por tantos miedos que tenía dentro, por la vista que se insinuaba desde allí y, especialmente, por el error que ya estaba dispuesto a cometer.

Fayna me miró un instante y, por primera vez, noté su seguridad hecha añicos. Todos esos gestos y toda esa forma de abrazar la vida se habían evaporado. Sus ojos gritaron que estaba preocupada. Se marchó hacia el mirador sin hablar y se detuvo en el borde sin tocar los pilares grises cubiertos de verdor. Me acerqué aterrado, con todas las emociones agolpadas dentro de mí, y vi su silueta contorneada con el Teide en la distancia, como si fuese testigo de todas las erupciones que sucedían bajo mi piel.

—¿Qué estamos haciendo, Fayna? —me atreví a preguntarle.

Me miró de reojo sin girarse y fue entonces cuando la vi. Lloraba. No era un llanto visible, sino una lágrima solitaria que le recorría la mejilla.

—No lo sé, Mario —exhaló abrumada—. No puedo. ¿Lo entiendes? No puedo con esto. Es demasiado para mí. —Hizo una pausa durante la que tragó saliva mientras yo la observaba con un nudo en el pecho—. No es el momento ni eres la persona —continuó—, y no quiero hacerte daño porque sé que nos estamos uniendo por una tragedia. Pero ¿qué pasará cuando el dolor se vaya? ¿Qué quedará de nosotros?

—¿Crees que este dolor se irá? —inquirí con la voz rota—. ¿Acaso no te sigue doliendo la muerte de tu hermano pero finges que estás bien?

Negó levemente con la cabeza.

—No lo finjo. Pero el dolor vuelve una y otra vez, Mario. Y, cuando crees que lo has superado, sucede algo, o aparece alguien, que te lo recuerda. Durante un tiempo estás bien, pero luego todo se desmorona y te preguntas cómo lo hiciste la última vez.

Estábamos más separados que en la moto, pero más cerca que nunca. Ella me miró fijamente y, con los ojos cargados de dudas, me dijo:

—Esto no puede pasar, Mario.

Di tres pasos hacia ella y la miré de cerca.

—Lo sé, Fayna. —Entonces recordé lo que Laura había escrito en el reloj de arena y recité de memoria—: Pero ¿cuánto tiempo tenemos hasta que todo termine?

Se encogió de pronto con una sonrisa triste y cerró los ojos. Apoyé mi frente en la suya y cerré los míos. Sentía su respiración cálida. Percibía el olor de su piel. Y en ese instante, tras comprender al fin que prefería cualquier final a vivir sin un principio, acorté los últimos centímetros que nos separaban, tomé su rostro con las manos y la besé.

No sé cuánto tiempo estuvimos unidos en aquel beso, pero pronto noté sus dedos cálidos acariciando mi cara y rodeando mi cuerpo, negándose a dejarme ir. Una creciente sensación de soledad me invadió, como si el universo entero hubiese multiplicado su tamaño mientras nosotros dos nos besábamos.

Cuando nos separamos, nos miramos a los ojos y yo sentí una paz difícil de explicar. La abracé con fuerza y percibí cómo su cuerpo diminuto encajaba en mi pecho y cómo su pelo me envolvía con el viento. Me sonrió y yo le devolví la sonrisa sin querer romper aquel momento.

—Deberíamos empezar el sendero —me susurró ella con complicidad—. Se va a hacer de noche y esto se quedará a oscuras.

Tragué saliva y asentí, nervioso. Nos soltamos y desvié la mirada hacia la moto, donde aún estaban nuestros cascos.

—Espera —le dije—. Voy a guardar al menos uno y el otro lo llevo yo.

La dejé un instante sola y me acerqué a la moto. Levanté el asiento y, al hacerlo, vi dentro el mapa y la caja. Seguía desolado por la muerte de Laura, pero avistaba un ligero matiz de esperanza. Me detuve un momento para leer nuestra frase escrita sobre la madera y entonces me fijé en que estaba tapando un objeto cuadrado de tela.

Aparté la caja con cuidado y noté el borde duro y frío de un marco. Cuando vi lo que era, sentí el impacto de un relámpago que me abrasó el pecho y todos mis sueños ardieron: se trataba de un pequeño lienzo, del mismo estilo y tamaño de los que había en el piso de Laura, con una pintura en acuarela. En ella se representaba una formación de piedra oscura de la que parecía emerger una explosión de agua. Y entonces recordé que en la pared faltaban dos pinturas y en su cuarto solo apareció la que me había empujado a Los Gigantes. Lo saqué y me giré con él hacia Fayna lleno de dudas y preguntas que se me agolparon todas a la vez en la mente.

—¿De dónde has sacado esto, Fayna? —le pregunté casi sin aire, dinamitando en un instante todo lo que creía saber de ella.

## Capítulo 27
## Observatorio Astronómico del Teide, isla de Tenerife
## Domingo, 20 de octubre de 2019
## Candela Oramas

*La mejor venganza no es devolver*
*el golpe, sino contemplar cómo*
*el destino lo hace por ti.*

Candela observaba al director a unos metros, llena de impotencia. Para ella algo no encajaba del todo en su historia, pero no sabía qué era. Lo tenía grabado. Lo tenía saliendo horas después de la marcha de Laura. La cámara parecía exonerarlo del asesinato, pero había conseguido que lo odiase tanto que no pensaba descartarlo sin agotar todas las posibilidades. La aparición de Laura en la retransmisión de YouTube la situaba en el observatorio poco antes de morir, lo que confirmaba que el culpable de su muerte debía de estar allí en la cima, mirando toda la isla desde las alturas.

—Ven conmigo, Quintana —dijo mientras se alejaba hacia el aparcamiento sin despedirse del director—. Tiene una hora para preparar ese listado —vociferó sin girarse hacia Santana—. Tráigalo a la entrada. Interrogaremos a todo el que aparezca en él.

Quintana lanzó una mirada de reojo a Tristán y la siguió con prisa, dejándolo allí solo. Le dio alcance a la altura de las escaleras del aparcamiento y, cuando llegaron abajo junto al grupo de coches de la Guardia Civil, ella se giró hacia él de golpe.

—¿Tú qué piensas? —espetó con rabia. Su mente iba a mil por hora y no podía evitar buscarle sentido a lo que había visto—. ¿Te has creído toda esa mierda?

—No sé. En la imagen se le ve a él salir de allí a las ocho y diez. Ella abandonó el bloque a las 4:43. El informe del forense ubica la hora de la muerte a las siete y media. No pudo ser él, sargento.

—¿Y si la marca de tiempo está acelerada? Quiero decir, ¿y si hay partes del vídeo en bucle que se repiten para alargar la duración?

Quintana la miraba con gesto de preocupación.

—¿Y el sol? ¿También está manipulado en la imagen, sargento? Se ve cómo amanece a la hora que tiene que hacerlo —aseveró Quintana, desanimado, apretando los labios.

En la puerta de la residencia, dos agentes preguntaban a un grupo de alemanes, que negaban con la cabeza y se encogían de hombros. Otro guardia civil tomaba notas asintiendo delante de una mujer bajita de pelo rizado castaño que hacía aspavientos con las manos. Al verlos allí, el último de ellos se dirigió hasta el aparcamiento e interrumpió aquel torrente de ideas.

—¿Cómo va eso? ¿Alguien la vio? —le preguntó Quintana en cuanto llegó hasta él.

—De momento nada —respondió el agente con un movimiento de cabeza de lado a lado—. Los que estaban despiertos se encontraban en sus telescopios y no salieron de ellos hasta el amanecer. Los que dormían, porque trabajan de día en los solares, no vieron nada.

—¿Y la recepcionista de la residencia? ¿Alguien de la cantina o algo?

—No trabajan de noche, sargento. No hay personal para esas horas. El edificio se cierra y solo aquellos con habitación pueden entrar con su llave.

—Gracias, agente —replicó Candela—. Seguid, ¿vale? Alguien tiene que haber visto algo.

—A sus órdenes —dijo el guardia civil.

Luego se marchó de vuelta cuesta arriba y se perdió de su vista.

Candela se apoyó en el coche y agachó la cabeza, derrotada. El teléfono de Quintana sonó y lo cogió al momento.

—Dime, Artiles. ¿Cómo vais? —Quintana hizo una pausa y asintió. La sargento lo observaba y trataba de entender sus gestos—. ¿Y qué dice? ¡Joder! Vale. Sí, se lo cuento —dijo antes de colgar.

—¿Qué ocurre? —inquirió Candela.

—Que están con las cámaras y de momento nada. Pero ha llamado porque ha llegado el informe definitivo del forense y confirma restos de semen en la boca y en la garganta. Es lo único reseñable además de lo que ya sabíamos. Aunque no podamos culparlo, necesitaremos el ADN del director para cotejar. Ha dicho la verdad.

Candela negaba con la vista perdida.

—Hay algo en su declaración que no termino de comprender —afirmó.

—Es un tío listo, jefa. Más que nosotros. ¿Lo has oído antes? No he entendido nada de lo que ha dicho.

—Ha admitido que ella le hizo una felación la noche en la que murió. Tan listo no es.

—A mí me parece un hijo de puta, pero inocente, sargento. En el vídeo se marchan con horas de diferencia. Al principio creía que ella lo había denunciado por abuso, pero, al enterarse de que estaba muerta, ha contado todo sin tapujos, porque sabía lo que se le venía encima.

—La gente miente bien, Quintana. Cualquiera puede hacerlo y salir airoso de una mentira durante un tiempo. Pero los más listos manipulan el mundo decorando la verdad. Y esos son los peligrosos.

Quintana frunció el entrecejo.

—Puede que no la matase —continuó la sargento—, pero, si le hizo una felación, sabía que su ADN saldría en el análisis de fluidos. No ha tratado de ocultarlo porque pasó y le ponía en un aprieto si descubríamos que mentía. Nos ha contado una película, Quintana —dijo en voz baja.

Con la vista perdida en el cielo, se fijó en la luna en cuarto menguante que destacaba como una tenue pompa blanca en el azul claro del mediodía—. Y esa película le deja en buen lugar, pero… ¿qué hay de cierto en ella? ¿Cómo podemos saber lo que ocurrió allí dentro?

—No se trata de saber cuál es la verdad, jefa, sino qué podemos demostrar con pruebas. Tú me lo enseñaste.

—La verdad importa, Quintana, y siempre deja su huella. Solo que aún no la hemos encontrado.

Tenía la vista clavada en la luna y se repitió a sí misma aquella frase en un siseo que Quintana no pudo oír. «La verdad siempre deja su huella». De pronto, sus pulmones se llenaron con una inspiración violenta y todo su cuerpo se quedó inmóvil.

—¿Qué pasa? —preguntó Quintana—. ¿Qué estás pensando?

—Esas huellas de la imagen. Toda esa charla. No las descubrió él —explicó al recordar un detalle del vídeo.

—¿Qué?

—¿Qué es lo que más le importa a un investigador?

—¿La ciencia? ¿Las fórmulas matemáticas? —preguntó Quintana, contrariado y sin pensar demasiado—. No sé, sargento. No te sigo.

—Hacer historia —replicó ella bajando un poco la voz—. La posibilidad de que su apellido quede grabado para siempre en los libros de ciencia. Que le pongan su nombre a un valle en Marte, a un satélite que orbita la Tierra o a una región del espacio —aseveró—. ¿Has visto el ego de ese hombre? ¿Has visto cómo se recreaba en el descubrimiento? Es lo único que quiere. Y esa historia que nos ha contado mantiene su ego intacto. Y también su fama —se susurró a sí misma—. Y lo salva de la cárcel.

Candela se incorporó de un salto y caminó rápido hacia el lugar de donde venían. Lo vio a lo lejos, junto a la alta torre del telescopio solar GREGOR, rodeado de un numeroso grupo nuevo de investigadores que lo habían esperado para celebrar el hito. Quintana corría detrás de ella siguiéndole los talones sin comprender nada. En el centro, Tristán Santana recibía palmadas en la espalda y cumplidos con una amplia sonrisa que, en realidad, estaba marcada aún por la conversación anterior con la sargento.

—Director —vociferó Candela delante de todos.

Él se giró y la miró con gesto preocupado.

—¿Sí, agente? Si me permiten unos momentos, voy a los despachos y les entrego esa lista que...

—¿Cuándo se le ocurrió? —lo interrumpió Candela.

—¿Qué?

—Todo eso de los otros universos. ¿Cuándo se le ocurrió? —le preguntó Candela.

—Es una teoría que lleva deambulando cuarenta años. No es mía ni mucho menos. Aquí la hemos confirmado. Bueno, yo la he confirmado.

—No. No es eso. Me refiero a cuándo se le ocurrió todo ese rollo de alejarse para ver la playa. Toda esa verborrea que ha soltado sobre la perspectiva.

—¿Qué insinúa?

—Que algo no cuadra.

—No es el momento, agentes. Les he dicho que los iba a ayudar y... estas no son formas de hablar de un asunto privado.

—No es un asunto privado —protestó Candela—. Ha muerto una trabajadora de aquí poco después de marcharse tras estar con usted. —Candela se lanzó con todo delante del grupo sin importarle destrozar su reputación—. Y no nos cuadra con su historia la actitud de Laura al salir del telescopio —alzó la voz para asegurarse de que todos la oyesen—. Si ella se la chupó para lograr utilizar una vez más el telescopio, ¿por qué salió llorando? ¿Hace siempre eso de usar su cargo para conseguir favores sexuales? ¿Aprovecharse de que gestiona un recurso público, financiado por varios países, para cobrar un peaje?

Aquella frase cayó como una bomba entre los que comprendían español, que miraron a Tristán sorprendidos.

—No, yo...

Titubeó. Y en ese lapso momentáneo Candela se dio cuenta de que le estaba arrancando su entereza.

—Eso nos ha contado, ¿no? —insistió—. Que Laura Ardoz se la chupó para que usted le dejase usar el telescopio una vez más.

—Yo no la maté —espetó Tristán—. Lo saben. No me pueden acusar de la muerte de Laura. Ni siquiera sabía que había muerto. Me he enterado cuando ustedes lo han comentado. Desde ayer he estado redactando el artículo que se publicará mañana. No podía saber que había muerto. Tras marcharse no la volví a ver. Y en ese momento ella estaba bien.

Quintana observaba unos metros detrás de Candela, atento a ella y a los movimientos de Tristán.

—A mí me huele mal que, justo la noche en que la asesinan, usted haga un descubrimiento de tanta trascendencia. Justo la noche en que ella se marcha llorando, usted encuentra esas…, ¿cómo las ha llamado? —preguntó al director, pero en realidad se dirigió al grupo.

—Burbujas —dijo Quintana desde atrás.

—Burbujas —repitió Candela al recordar que había leído esa expresión antes en un pósit pegado en el ordenador de Laura.

También vio en su mente la conversación de WhatsApp que Laura había mantenido con Fayna, en la que su amiga le pedía una pista y ella respondía con esa palabra.

—Si quieren acusarme de algo, ese vídeo demuestra que no la toqué.

—Puede que usted no la matase, pero sí la obligó a hacer algo que ella no quiso. Y eso sí es delito.

—¡Eso es mentira! —gritó el director—. Es una acusación sin fundamento ni pruebas. No pueden venir aquí, a una institución que está a punto de cambiar la historia de la astrofísica, y decir la primera barbaridad que se les ocurre para manchar mi imagen y la de este centro. Un proyecto como este, de tanto prestigio, no se merece ni un solo atisbo de duda.

El grupo observaba la escena en silencio, pero en el fondo aquella acusación ya echaba raíces negras en la imagen que tenían de él.

—Lo descubrió ella, ¿verdad? —inquirió Candela sin pestañear.

—¿Qué?

—Laura Ardoz fue quien encontró esas burbujas. Esas huellas de otros universos.

—¿Una mera estudiante de posgrado? —Negó enfadado.

Luego miró al grupo tratando de encontrar en ellos su aprobación, pero se sentía tan acorralado que apenas consiguió fijar la vista en nadie. Entre ellos había otros dos estudiantes de posgrado que sintieron aquella frase como un ataque y fruncieron el entrecejo.

—Es mi proyecto. Yo las he descubierto. No una simple... fulana —dijo en un exabrupto que solo consiguió avivar el incendio que Candela sentía dentro.

De pronto, el leve crepitar que notaba en su interior se transformó en un rugido desolador que calentaba cada poro de su piel.

—¿Cómo fue? Supongo que lo recuerda al detalle, ¿verdad? Cuéntenos delante de todos cómo fue ese descubrimiento tan importante.

Tristán miró al suelo y luego a su alrededor, donde solo encontró ojos llenos de dudas.

—Ya se lo he contado. Acompañé a Laura Ardoz al QUIJOTE. Tenía dos horas asignadas para ella. Está en el parte de trabajo. Luego me pidió usarlo una vez más. Fue muy insistente y yo... accedí. No debí hacerlo. Y lo siento. Cuando terminé, ella se metió en el despacho, hizo un último barrido del cielo y se marchó.

—¿Y luego? —inquirió Candela.

—Yo me quedé solo en el QUIJOTE. Calibré las frecuencias e hice algunos barridos más para construir una imagen de todo el cielo. Fue entonces cuando encontré las huellas en la radiación de fondo.

Candela asintió una sola vez antes de proseguir:

—Entonces dice que hizo el descubrimiento cuando usted ya estaba solo.

—Eso es —afirmó él.

Candela apretó los labios y lo miró con lástima. Dibujó una leve sonrisa mientras pensaba durante una fracción de segundo en la mujer del director, seguramente ajena o ignorante de quién era en realidad Tristán Santana, como le había pasado a ella con Daniel, y entonces dejó escapar aquella revelación:

—El techo estaba cerrado —aseveró Candela mirándolo a los ojos.

—¿Cómo dice? —replicó el director, contrariado, al tiempo que se le escapaba una sonrisa de superioridad que se disipó en cuanto comprendió que lo había atrapado delante de los demás.

—En la retransmisión del viernes al sábado —añadió la sargento—, el techo se cerró por última vez a las 3:40 y no se volvió a abrir en toda la noche. Laura Ardoz se marchó con los telescopios cubiertos. Cuando usted estaba solo, no se abrió en ningún otro momento. No pudo hacer esos barridos del cielo que dice. Tuvo que ser Laura quien las encontró.

Los investigadores se miraron entre ellos y dieron un paso atrás, como si acabaran de sentir bajo sus pies el primer temblor de un volcán que creían dormido.

Tristán Santana la miraba con los ojos fijos y llenos de rabia.

—Si comprobamos las imágenes de los telescopios durante las horas de Laura, la madrugada del viernes al sábado, ¿encontraremos esas burbujas de las que tanto habla? ¿O aparecerán por primera vez después de que ella se marchase y usted se quedase solo?

Tristán buscó apoyo a su alrededor en las caras de los compañeros, pero se encontró tan solo con una mirada crítica.

—Eso es fácil de comprobar —dijo de repente en español una chica con un marcado acento británico—. Cada imagen y cada barrido del cielo tienen su hora en la base de datos del proyecto.

—¡No! —chilló desesperado—. Me tienen que creer. Fui yo quien…

No pudo terminar la frase. La voz se le quebró al ser arrollada por su mentira.

—El mundo entero vio en directo —dijo Candela—, en la retransmisión de YouTube, el momento en que Laura Ardoz las encontró.

El director abrió los ojos al sentir dentro de sí cómo toda la isla entraba en erupción. Sus manos temblaban, sus músculos se contrajeron por la rabia, su rostro se encendió por la vergüenza. Candela permaneció unos instantes inmóvil, reordenando las piezas del puzle que tenía delante, y entonces colocó aquella última idea en el centro e hizo que todo saltase por los aires.

—La chantajeó. Es eso, ¿verdad? —inquirió Candela—. Por eso ella llora en el vídeo —afirmó con dolor. El director no pudo responder—. Ella encontró esas huellas, pero usted quería toda la gloria para sí. No podía concebir que una simple estudiante de posgrado lo adelantase de aquel modo, con toda una carrera dedicada a esto. Y usted la amenazó, ¿no es así? Quizá con echarla del proyecto o del observatorio. Eso la dejaría fuera del descubrimiento y usted recibiría todo el mérito. Y, si ella lo denunciaba, ¿a quién creerían? ¿A una chica joven que estaba empezando o a un investigador reputado?

Parecía que Candela hablaba como si viese la escena en su cabeza y Tristán oía aquellas palabras como las de un narrador que contaba lo que sucedió esa noche tras haber estado presente.

—Pero usted quería llevarse todo el reconocimiento —continuó—. Ella le rogó que no la echase, incluso puede que propusiera que el logro fuese compartido, y usted, empoderado, no se conformó y se aprovechó de una chica asustada con todo por perder. Al terminar la expulsó igualmente y por eso lloraba en el vídeo. Porque había accedido a sus pretensiones y aun así se había quedado sin nada —sentenció dejando a todos en silencio.

Una suave brisa movió la coleta de Candela, que esperó inmóvil alguna reacción del director, quien tendió las manos delante como si tratase de detener un golpe invisible.

—Su semen está en la garganta de un cadáver. ¿Qué esperaba que fuese a ocurrir?

—Pero... No lo entienden, yo...

El director trataba de hablar con rapidez, pero era incapaz de terminar una sola frase.

—La retransmisión muestra que el descubrimiento sucedió durante las sesiones de Laura. El semen, que usted es un hijo de puta que no merece estar en este cargo. Nos tendrá que acompañar a la comandancia. Necesitamos muestras de ADN y un juez decidirá si lo procesa por agresión sexual.

—¡No, no! —chilló lleno de impotencia.

—Cuando todo esto vea la luz, se acabó.

El director dio algunos pasos hacia atrás y se percató de que los demás investigadores lo miraban con asco. Los vítores y cumplidos de un rato antes se habían evaporado y dado paso a la desaprobación más absoluta. Buscó con la vista a alguien que lo apoyase, pero todos negaban con la cabeza. La chica británica articuló un *fuck you* con los labios sin emitir sonido alguno, y en ese instante fue consciente de que todo se derrumbaba.

Quintana se llevó la mano a las esposas y dio un par de pasos hacia él, cuando de pronto Santana se giró y corrió hacia la escalerilla metálica exterior del telescopio solar y comenzó a trepar, aupado por la desesperación.

—¡Quieto ahí! —le gritó Quintana mientras lo seguía—. No dé un paso más.

—¡No! —bramó—. Es mi proyecto. Es mi descubrimiento. No me lo pueden arrebatar.

Candela corrió también y trepó detrás de Quintana, tocándole los talones mientras sentía la vibración de la estructura en cada peldaño. El sol del Teide se reflejaba en el blanco del telescopio cegándolos a ambos, y Candela siguió a su compañero y lo alcanzó. Cuando Tristán ya estaba en la plataforma superior que rodeaba la cúpula, se detuvo un momento entre jadeos y miró a su alrededor buscando hacia dónde dirigirse. Quintana llegó arriba segundos después, seguido de Candela. Sin desenfundar el arma, extendieron las manos para intentar calmarlo.

—Tristán, bajemos y hablemos. No haga ninguna estupidez —le instó Quintana.

El director se giró y contempló el paisaje lunar del observatorio. Señaló hacia el resto de los domos blancos que salpicaban la montaña como perlas en un océano de lava árida y de un salto rodeó la barandilla exterior y se agarró a ella con una sonrisa sin alegría.

—¡No salte! —chilló Quintana.

—Esta es mi casa —dijo alzando la voz el director—. Mi legado. No me la pueden arrebatar. Si sale a la luz, lo perderé todo.

—Eso lo podemos hablar abajo —pidió Quintana—. Pero no cometa una estupidez.

—Esa cría… —exhaló, lleno de impotencia—. Me lo ha quitado todo.

Detrás de él, Candela observaba atenta, en silencio, incapaz de intervenir. Había sido él quien había tirado todo por la borda al cruzar aquella línea del ego y del poder. Quintana se acercaba lentamente. Ella lo seguía con un nudo en el pecho, pero sin la convicción de su compañero.

Tristán miró abajo, hacia sus colegas, que ahora eran del tamaño de las hormigas desde esa altura de siete plantas del telescopio.

—Estuve cerca. —Resopló al tiempo que negaba—. Me admiraban y, por unos minutos, he creído sentir lo que siente Dios. Esa adoración. Esa… mirada que deja ver que en ti está la solución. Y ahora…, ¿no sienten el mundo mucho más solitario? ¿No notan ese temblor? ¿No ven el cielo mucho más azul?

Quintana echó un vistazo rápido a Candela, que llegó a su lado y lo miró de reojo.

—Piense en su familia —le dijo Quintana, que aprovechó para dar dos pasos más hacia la barandilla cuando Tristán miró de nuevo al horizonte—. Ha dicho que tiene dos hijos. ¿Cómo se llaman? ¿Qué edades tienen?

El agente lanzó aquella retahíla de preguntas para ganar tiempo, pero el director no escuchaba a nadie más que al eco de sus propios errores.

—Quédese conmigo aquí, ¿quiere? Lo hablaremos todo. No merece la pena. Seguro que encontramos otra salida.

—¿Salida? —dijo al fin—. Ustedes han ganado. Es a lo que han venido, ¿no? Pero ¿saben qué? Nada de esto importa. —Bufó por la nariz y miró al cielo—. No somos más que una mota de polvo en un universo infinito..., de los muchos que existen. —Entonces extendió los brazos como si quisiese abrazar el cielo de Canarias y añadió mientras se inclinaba hacia delante—: Y en este yo he perdido. —Y saltó.

—¡No! —vociferó Quintana al tiempo que se lanzaba hacia él.

Se golpeó la cintura con la barandilla, pero solo pudo ver cómo el director se encogía en el aire como una mancha sombría que caía en el silencio abrumador de la montaña. Al llegar abajo sonó el golpe ahogado de su cuerpo contra el asfalto, seguido de los gritos de los que fueron testigos de la caída.

# Capítulo 28
## San Cristóbal de La Laguna, isla de Tenerife
## Domingo, 20 de octubre de 2019
## Mario Ardoz

*Una y otra vez dejamos entrar*
*en nuestra vida a gente que llegó*
*a través de la mentira.*

Fayna se giró hacia mí y, cuando vio el lienzo en mi mano, su rostro pasó en un instante de la emoción al pánico. Entonces comprendí que no esperaba que lo encontrase y que había olvidado que lo tenía allí guardado.

—¿Por qué tienes esto, Fayna? —la increpé con tanta rabia que ella extendió las manos para protegerse de mí—. ¿De dónde lo has sacado? ¿Por qué lo tienes? —vociferé.

—Mario, yo…

Sus ojos eran un mar de dudas. El fuego que irradiaba desde ellos se había extinguido en un instante. Contemplé en una fracción de segundo todo lo que aquello significaba.

—¿Estuviste en su casa? —grité—. ¿Cuándo?

—No —dijo asustada negando con la cabeza.

—¿Te lo dio el jueves cuando os visteis en el observatorio? Dime que fue ahí.

Aquella era la única opción que no suponía hacer añicos toda la confianza que habíamos construido. Me miró un instante y negó con la cabeza. Di un paso atrás. De pronto, no sabía a quién tenía delante.

—No, no fue en ese momento —exhaló.

—Entonces ¿cuándo? ¿Cómo lo tienes? —la interrumpí con brusquedad notando cómo el dolor me arañaba las entrañas.

Yo necesitaba una verdad, pero mi corazón ya había decidido que todo lo que dijese iba a ser mentira. Me fijé en que sus labios temblaban y noté que se sentía atrapada. Dio un paso atrás y se apoyó contra la barandilla del mirador, y yo di uno hacia delante, dispuesto a descubrir qué estaba pasando.

—Mario, por favor, escúchame —me imploró con el rostro descompuesto y sus manos unidas en señal de súplica.

—¡Responde! —exigí avanzando otro paso.

Necesitaba respuestas. Necesitaba encajar aquella pieza del puzle que siempre faltó en el cuarto de mi hermana desde el principio. Agachó la cabeza y dejó escapar un sollozo apagado. Yo la miré tan lleno de rabia que no me importó su llanto. Se llevó las manos a la cara como si quisiese protegerse de la confesión que estaba a punto de pronunciar, y yo la asalté con todas las preguntas que brotaban de mi cuerpo.

—¿Estuviste en su casa? ¿Cuándo? Explícame cómo diablos tienes esto, Fayna. Faltaban dos lienzos como este en la pared de su cuarto. Estaban allí cuando me ingresaron. Uno lo escondió ella bajo unos cojines de su cama. El otro lo tienes tú. Si no te lo dio el jueves, ¿cuándo? ¿La viste en otro momento?

—Yo... —titubeó.

La miraba desesperado sin saber qué ocurría ni cómo había confiado en ella desde el principio. Entonces lo entendí todo.

—Estuviste con ella la noche en que murió.

—Sí —susurró de repente con la voz hecha añicos—. La vi durante la madrugada, Mario. Antes del amanecer. Estuve con ella, pero no es lo que crees.

La miré con terror y desconcierto. Di un paso atrás y cogí aire.

—¿Qué? —No comprendía nada.

Sentí cómo toda la isla desaparecía bajo el océano y me convertía en un náufrago a la deriva.

Suspiró con fuerza y apretó los labios.

—Esa madrugada vino a verme —admitió, y derribó los últimos pilares que quedaban de mí.

Negué con la cabeza, en silencio, incapaz de responder.

—Yo estaba durmiendo en mi habitación de la residencia y llamaron a la puerta —relató Fayna con voz triste—. Tocaron varias veces de manera insistente y, al abrir, me encontré con Laura, que estaba llorando sin parar.

—¿Qué? ¿Cuándo fue eso? —pregunté tratando de comprender y montar en mi cabeza todo lo que sabía de Laura—. ¿A qué hora?

—A eso de las cinco de la mañana —admitió en un sollozo—. Entró en mi cuarto y traté de calmarla. Le había pasado algo, aunque no quería decirme qué era. Le insistí, pero se cerró en banda y no quería hablar. Yo no entendía nada, y además me pidió, por favor, que os acompañase en vuestro viaje. Que necesitaba volver a sentirse viva porque creía que estaba a punto de perderlo todo. Hablaba de ti y de que tal vez morirías. Mencionó que iba a dejar el observatorio. Lloraba sin consuelo, Mario. Creí que estaba teniendo una crisis como cuando nos conocimos. Estaba mal. Me contó que había planeado este viaje, pero que no se veía con fuerzas de hacer que mereciese la pena y que me necesitaba. Debía ayudarla a que todo saliese bien y le prometí que haría lo que me pidiese. El viaje era lo único que le importaba porque decía que eras lo único que tenía. Le pregunté qué había pasado, por qué lloraba de ese modo, y no me respondió. Le pregunté si había estado en el telescopio, pero no quiso hablar de ello. Estaba devastada, Mario. Decía que tú eras lo único que le quedaba. Que la vida se lo había arrebatado todo y que... ni siquiera parecía que Dios la pudiese ayudar, como hizo la última vez.

La miré tratando de encajar aquel momento que relataba en la noche de su muerte y comprendí que fue poco antes de que Laura me llamase por teléfono por la mañana.

—¿Y qué hiciste tú?

—Le dije que sí. Que por supuesto. Que estaba a su lado. Porque ella siempre había estado para mí. Luego se secó las lágrimas, sacó el cuadro y me lo entregó. Estaba afectada. No paraba de agarrar el crucifijo que siempre llevaba. El de vuestra madre. Me contó que te quería dar una sorpresa y me pidió que escondiese el lienzo y te lo entregase al final, cuando llegásemos al aeropuerto, donde yo me despediría. Su plan era recorrer Tenerife juntos durante varios días, y después vosotros os marcharíais para una última sorpresa. Eso fue lo que me dijo.

Traté de comprender sus palabras, pero solo podía centrarme en el engaño.

—¿Cuánto tiempo estuvo contigo?

—Veinte minutos máximo. Te lo juro, Mario. Se marchó triste, pero mejor que cuando llegó. Antes de hacerlo, me dio un abrazo largo y yo, estúpida, pensé que nos veríamos al día siguiente. Le ofrecí que durmiese en mi cuarto, como en los viejos tiempos, pero ella me explicó que le faltaba preparar una única cosa de todo lo que tenía planeado.

—¿Y dejaste que se fuese así?

Aquel pensamiento me golpeó el alma. Mi hermana afectada sin que yo pudiese ayudarla.

—Le insistí mil veces y no hubo manera de convencerla. Quise ayudarla, pero no me escuchaba. Era como si yo no fuese capaz de hacer que abriera los ojos, como me pasó con mi hermano. Entonces se despidió de mí, aunque le hice prometerme que quedaríamos al día siguiente, que no me quedaba tranquila al dejarla marchar así. Me dijo que no me preocupara, que haría eso que le faltaba y me llamaría entonces para vernos los tres. Por la mañana la llamé y le escribí, pero no respondía. Todo esto es verdad, Mario. Te lo juro.

—¿Y por qué no lo has dicho antes? —grité.

—Porque tenía miedo —exclamó con los ojos llenos de impotencia—. Estaba aterrada. Cuando vi en las redes que habían encontrado su cuerpo, no quise creer que fuese ella. Fui a su casa y, cuando te vi, sentí tu tristeza tan dentro que no tuve el valor de contarte que había estado con ella poco antes y que no la había ayudado. No tenía respuestas. No había nadie que corroborase nuestro encuentro. Y temía que todo el foco se pusiese en mí. Yo no quería esto, Mario. Tú has perdido a tu hermana, pero yo he perdido a una amiga, ¿entiendes? Una amiga que me ha vuelto a recordar que no estoy a la altura cuando la gente a la que quiero me necesita. ¿Cómo habría sonado decirle a la policía que ella estuvo en mi cuarto a las cinco de la mañana?

Su confesión me golpeó con tal fuerza que noté cómo el aire se me escapaba de los pulmones.

—¿Y cuándo pensabas hablarme de todo esto? ¿Cuándo ibas a decirme que mi hermana fue a verte y que necesitaba ayuda?

—No lo sé —replicó ella llorando aún más. Yo estaba tan colérico que no hice el más mínimo intento de calmarla—. No lo pensé. Creía que la policía encontraría a quien lo hizo y no haría falta hablarlo. Sería otra losa de culpa con la que cargaría hasta que no pudiese más, y que podría con ella, como he aguantado todos estos años con la de mi hermano. Pensé que detendrían a algún borracho que la agredió, pero... te conocí. Y entonces quise, de algún modo, cumplir mi palabra con tu hermana. Hacer algo por ella, ya que la noche anterior le había fallado.

—Todas esas veces que contabas que solo la viste el jueves tuviste la oportunidad de confesar todo esto y elegiste no hacerlo.

—¿Y qué iba a cambiar, Mario? Ella se marchó de mi cuarto y murió. Y yo no tuve nada que ver.

—Puede que lo hubiese cambiado todo, Fayna. No lo sabes, ¿entiendes? Ahí fuera siguen buscando al culpable. Y, si te callas algo así y te escondes detrás de una mentira, no solo ayudas a quien lo hizo, sino que también destruyes esto. Nosotros. Lo que sea que estuviese surgiendo.

Le di la espalda. No podía mirarla a la cara. Entonces lo entendí y lloré. Una simple lágrima se abrió paso en mi cara y guio el camino para todas las que siguieron.

—Por eso decías que no podía surgir nada bueno de lo nuestro —dije en voz baja—. No por el dolor, sino por la mentira. —Resoplé por la nariz, decepcionado—. No sé quién eres, Fayna. No sé qué sigo haciendo aquí.

Me rodeó y se puso delante de mí. Tan cerca que exploté de rabia en cuanto noté que posaba su mano en mi antebrazo.

—¡No te acerques a mí! —le grité—. ¡No!

—No sabía cómo pararlo, Mario. Tienes que creerme.

—¿Para qué me has acompañado en todo esto? —espeté en un jadeo—. ¿Para sentirte mejor? ¿Por lástima?, ¿porque crees que me voy a morir? Pobrecito Mario, que le queda poco tiempo y ha perdido a su hermana. ¿Es eso lo que piensas?

—Al principio sí —admitió—. Pero luego... he descubierto quién eres. Y quiero visitar todos esos puntos del mapa contigo, Mario.

—Yo no, Fayna —contesté lleno de rabia—. Ahora creo que no te conozco. No quiero que formes parte de lo que me queda de vida.

—Soy quien ves, Mario —susurró acercándose a mí.

—No es cierto. Tú lo has admitido. Todo ha nacido podrido, sobre todo este dolor. Y he saltado por ti en el momento más duro de mi vida. Está claro que me he equivocado. —Negué con la cabeza—. No debí hacerlo. No era real.

Resoplé al recordar aquel salto que nunca di en esa hoguera de San Juan e imaginé cómo me caía sobre las brasas y me quemaba todo el cuerpo.

—Lo que yo sentía sí era real —me dijo Fayna como si no tuviese fuerzas para alzar la voz.

—¿Cómo esperas que te crea ahora?

—No lo sé —replicó en un susurro—. No puedo decirte otra cosa.

De pronto me di cuenta de que incluso aquella versión que me había contado podría ser mentira, y respiré hondo y apreté la mandíbula.

—Fayna, mírame y júrame que no le hiciste nada a Laura. —Estaba tan decepcionado que supe que entre nosotros todo había acabado.

Cualquier respuesta era el final de nuestra historia.

—¿Qué? ¿Cómo puedes...?

—¿Le hiciste algo? —insistí, no enfadado, sino tan triste que sentí que poco a poco me iba hundiendo en la tierra.

—¿Ves? —exhaló en un susurro apagado—. Esto era lo que temía. No, Mario. No le hice nada a Laura —murmuró con la cabeza agachada.

Entonces, sin dejarme terminar, dio media vuelta y se marchó andando sola, huyendo de mí y de mi acusación. Su cuerpo se perdió en un instante entre los árboles del sendero mientras yo luchaba con todas mis fuerzas por comprender el torbellino que se me había aferrado al pecho. Miré a lo lejos el Teide y entendí lo que era arder por dentro. Entonces, en un impulso estúpido, corrí detrás de Fayna y, abrumado por el cúmulo de emociones, la seguí por el bosque.

## Capítulo 29
## Observatorio Astronómico del Teide, isla de Tenerife
## Domingo, 20 de octubre de 2019
## Candela Oramas

*El dolor es el arquitecto de la confusión*
*y casi siempre el primer testigo*
*de nuestros errores.*

Candela apoyó la espalda contra el coche patrulla, derrotada, mientras a lo lejos observaba el destello azul de las sirenas. La tarde había caído sobre el observatorio y la luz de las últimas horas del día había pintado de dorado las enormes torres de los telescopios solares y le había otorgado al lugar el aura de un templo olvidado. Al aparcamiento habían llegado dos vehículos más de la Guardia Civil, junto con una ambulancia de la que se bajaron dos sanitarios para, minutos después, volver a ella sin mucho que hacer. Quintana se acercó caminando hacia la sargento y emitió un suspiro largo cuando llegó a su altura.

—Estamos jodidos. Lo sabes, ¿no? —le dijo, desanimado.

Candela asintió y se frotó las sienes, sobrepasada.

—¿Sabes qué es lo peor, sargento? —añadió el agente—. Que esto también pasará por las manos de Anita. Estoy seguro de que, si quiere encontrar algo para enmarronarnos, acabaremos hasta el cuello de mierda.

—A estas alturas, Quintana, me da igual. No puedo estar pensando todo el tiempo en que tengo a un enemigo a mi lado. Porque, si no, me bajo del carro y me encierro en casa. Ese hombre era un malnacido que saltó porque quiso. Nadie lo empujó.

—Tampoco hicimos todo lo que pudimos para evitarlo, ¿no, jefa? —La voz de Quintana sonó grave, como una acusación que solo los dos entendieron.

Candela tragó saliva y lo miró a los ojos tratando de descifrar qué pretendía su compañero.

—¿Qué vas a contar? —dijo ella en un suspiro.

Apoyó una mano en el coche patrulla como si le estuviese recordando todo el tiempo lo que los unía, y él esquivó su mirada y la desvió al horizonte.

—Que yo iba delante, mi sargento. Y, cuando llegaste arriba, ya estaba en el aire. Fue eso lo que pasó. ¿No es así?

La sargento resopló levemente y asintió sin dejar de mirarlo.

—Sí. Eso fue lo que pasó. Se vio acorralado y sin nada. En realidad, se acorraló él solo cuando decidió abusar de Laura Ardoz y aprovecharse de su trabajo.

Quintana volvió a mirar a su superior y apretó los labios con insatisfacción. En el fondo, la muerte de Tristán ponía fin al único hilo que les quedaba. Sin ningún otro testigo de lo que hizo cuando abandonó el telescopio a las 4:43 de la mañana, el caso de Laura llegaba a una vía muerta.

Un joven guardia civil se aproximó hasta ellos bajando la escalera con pasos inseguros.

—¿Y bien? —se interesó Candela.

—Nada. Hemos interrogado a todos y nadie la vio pasadas las 4:43. La única que recuerda haber visto a Laura ha sido la cocinera de la cantina.

—¿Qué?

—Está esperándolos para hablar.

Candela y Quintana se incorporaron de un salto y siguieron al agente a la residencia justo cuando el furgón de la comitiva judicial llegaba para levantar el cadáver. Al verlo, Candela prefirió hacerse la despistada porque sabía que allí dentro estaba la jueza Ana Salcedo. Lo último que quería era un sermón o un discurso, y aceleró el paso y se adentró en el edificio. Tras atravesar la puerta que daba al comedor, al fondo de un largo pasillo en la planta baja, la sargento Oramas fijó sus ojos en una mujer de unos cincuenta años, con el pelo recogido y un mandil color negro, que la esperaba sentada a una mesa, a la vista de otros dos guardias civiles que la acompañaban.

—Hola —dijo Candela sentándose frente a ella—. Soy la sargento Oramas y él es mi compañero, el cabo

Quintana. Nos han dicho que usted vio a Laura Ardoz, ¿es así?

—Verán, yo no quiero líos, ¿vale? Pero, si tengo que declarar en algún sitio, lo haré.

—No se preocupe. Cuéntenos lo que sepa. Cualquier dato nos puede ayudar en la investigación.

—¿Qué quieren que les cuente?

—Todo lo que recuerde. Con quién estaba, qué hizo, qué hora era, si la vio marcharse... —aclaró Candela con las manos sobre la mesa.

La mujer exhaló profundamente y miró a la sargento, preocupada.

—La vi a eso de las nueve y media de la noche del viernes, porque me preguntó si podía cenar. Pero a esa hora, si no has reservado, no hay comida preparada que pueda servir. Había ocho investigadores extranjeros cenando también en la cantina, muchos menos que durante la semana. Los fines de semana la cosa está más floja porque la mayoría aprovecha para bajar a la costa y salir de fiesta.

—¿Sabría decir quiénes comían con ella?

—¿Con ella? No. No estaba con nadie. Ella vino sola. Me preguntó y le dije que no podía servirle. Había apagado y limpiado la plancha.

—Y ¿qué hizo?

—Le recordé que podía comprarse un sándwich de la máquina de *vending*. Funciona veinticuatro horas y no están mal. Muchos hacen eso cuando cierra la cocina durante la noche.

—¿La vio de nuevo?

—Sí —replicó—. Volvió a la cantina, se tomó el bocadillo sentada a esa mesa de ahí y luego se marchó.

—¿Y los demás? Los investigadores que cenaban.

—Tardaron mucho más en irse que ella. No la acompañaron ni se fueron con ella, si es lo que me pregunta.

—¿Y eso es todo?

—Sí. Quería ayudar. Han dicho que cualquier pista podía ser relevante y… quiero que sepan que yo la vi y que cenó un sándwich.

Candela se quedó inmóvil ante aquella pista. Luego miró de reojo a Quintana y sonrió a la mujer con una mueca falsa.

—Muchas gracias. Ha sido de gran ayuda —mintió. Miró a los agentes que estaban allí con una mezcla de impotencia y rabia contenida—. ¿Podéis redactar esto e incluirlo en las diligencias? —añadió en su mejor tono.

Pero por dentro estaba a punto de colapsar. Se levantó con calma, sonrió una última vez a la cocinera y se marchó sin decir nada. Quintana la siguió corriendo y, cuando la alcanzó, de manera instintiva la cogió de la mano y tiró de ella.

—Candela, espera.

—No puedo más —dijo al girarse—. Esto me supera, Quintana. No avanzamos. Estamos atrapados en algo imposible, y en cuanto Anita se ponga a repartir hostias estamos fuera. No puedo más. No aguanto más injusticias. Necesito dejarlo.

—¿De qué estás hablando? —replicó en un tono que más bien era una protesta—. Tú has nacido para esto.

—Me siento perdida, Quintana. No le encuentro sentido a nada desde... —Cerró los ojos al darse cuenta de que ella misma estaba abriendo aquella herida que la desangraba por dentro.

—Escúchame, Candela. Vámonos fuera. Lo pensamos con calma. Hacemos eso que tú haces de montar una hipótesis y jugar con ella. Eres buena en eso. No puedes rendirte, ¿entiendes? Ese chico te necesita en el caso de su hermana.

Ella lo miró con una sonrisa débil en su rostro, como quien observa a un niño que aún no ha comprendido lo que duele la vida.

—Necesito salir de aquí, Quintana. Me falta el aire —exhaló—. Vámonos, por favor.

Él aceptó con gesto preocupado. Ambos salieron en silencio. Ella intentó poner orden a sus pensamientos. A lo lejos divisaron el movimiento de agentes y guardias civiles que estaban arremolinados en torno al telescopio solar, en las inmediaciones de donde se encontraba el cadáver de Tristán, y caminaron con prisa para que nadie les impidiera marcharse. La sargento reconoció la silueta de Ana Salcedo, que hacía señas a un lado y a otro del cuerpo mientras miraba a su alrededor. A Candela le pareció que durante un instante la veía en la distancia y clavaba sus ojos en ella. No fue más que una fracción de segundo lo que duró aquel momento, hasta que la sargento se giró y siguió directa hacia el vehículo sin mirar atrás. Quintana se montó en el asiento del conductor y arrancó, decidido. Ella se subió a su lado y, en cuanto cerró la puerta, empezó a jadear con fuerza, como si hasta ese momento hubiese aguantado la respiración. Dieron marcha atrás y se acercaron a la barrera, pero no se abría.

—Joder —exclamó Quintana en voz baja. Se notaba que quería desaparecer de allí tanto como ella—. ¿Nos abre, por favor? —alzó la voz al vigilante que se encontraba tras la ventana dentro de la garita.

Pero el hombre, al ver quiénes eran, se puso en pie, salió con prisa y se les acercó.

—Perdonen, agentes, pero quería hablar con ustedes. No sé si ayudará, pero el jueves vi a esa chica por la que preguntan.

Candela y Quintana se miraron un segundo en el que contuvieron el aliento.

—¿Cómo dice? —inquirió de pronto Candela, confusa, desde dentro del vehículo.

—¿No le han tomado declaración mis compañeros? —intervino Quintana.

—Aún no. Estaban centrados en los investigadores y en los de la residencia, a mí nadie me ha preguntado.

—Perdone, pero ¿sabe sobre qué chica estamos buscando información?

—Sí, claro. Laura, la chica de Madrid, ¿verdad? Lo han dicho antes. Cuando ustedes han mencionado su nombre, me acordé de la foto que sale hoy en la portada del *Diario de Avisos* —dijo—. Y tiene que ser ella. En el periódico no han mencionado su nombre, pero si ustedes están aquí no hay duda de que es ella. Cuando lo han comentado antes, me he puesto nervioso y he pensado qué hacer. Yo no quiero líos, ¿saben? Llevo muchos años en este trabajo y no me queda mucho para la jubilación. Pero... no dormiría tranquilo si me quedo callado con algo así.

—¿La conocía? ¿Está seguro de que sabe de quién hablamos?

Candela cogió su carpeta del caso y sacó la fotografía de Laura que habían sacado del SIDENPOL, el sistema de la Policía donde se almacenaba la información de los ciudadanos que habían estado involucrados en una denuncia, fuesen denunciantes, denunciados o testigos. En ella, Laura sonreía a la cámara sin mostrar los dientes, en una imagen que también podría haber sido la foto de su pasaporte.

—¿Es esta? —inquirió Candela, que vio en aquel hombre su último recurso.

Asintió, afectado.

—Era una chica encantadora. Vivió aquí un tiempo, pero luego se marchó y volvía de vez en cuando. A veces me traía una cajita de pastelitos laguneros de cabello de ángel, que sabía que me gustan. Y ya les digo, estuvo aquí el jueves por la tarde. Durante una hora o así. Me saludó con cariño, como siempre. Hacía tiempo que no la veía y parecía alegre.

—Estamos tratando de saber qué hizo el viernes, que es cuando se le pierde el rastro.

—Del viernes no les puedo decir porque libraba. Pero del jueves hubo algunas cosas que me resultaron llamativas y prefería comentárselas. No podía dejar que se marchasen sin decírselas.

Candela apretó los labios y estuvo a punto de decirle que no importaba, como había pasado con la cocinera. No necesitaban información sobre el jueves, sino sobre lo que hizo después de estar con Tristán, pero, sin saber por qué, quizá porque en el fondo de su alma no podía cerrar los ojos y huir como pretendía, suspiró hondo y aceptó. Se bajó del coche patrulla y rodeó el vehículo para acercarse al vigilante. Quintana salió también y oteó en la distancia para asegurarse de que aún tenían tiempo de marcharse antes de que la jueza volviese al aparcamiento tras el levantamiento del cadáver.

—Está bien. ¿Qué nos puede contar? —preguntó la sargento, alicaída—. Dice que la vio el jueves, ¿verdad?

—Eso es. Por la tarde.

—¿Recuerda la hora a la que vino?

—A eso de las cinco. Puede que un poco antes. Me saludó alegre desde el coche e intercambiamos algunas palabras. Hacía tiempo que no la veía y fue más dulce que un Clipper.

—¿Y la volvió a ver después de eso?

—Sí, claro. Cuando le abrí la barrera y se marchó. Hablé poco con ella en ese momento porque dijo que tenía prisa.

—¿Le contó por qué tenía prisa? ¿Si tenía que ver a alguien? ¿Mencionó algún nombre que recuerde?

Candela se agarró a aquella brizna de esperanza en cuanto vio que había un ligero resquicio por el que colarse y trató de exprimir aquel improbable indicio.

—No mencionó a nadie. Solo dijo que perdía el Binter.

—¿Cómo dice? —preguntó la sargento con los ojos fijos en él tratando de buscar sentido a aquella expresión.

—Un vuelo Binter a otra isla —aclaró el hombre, como si estuviese describiendo algo a un foráneo.

—Sé lo que es un vuelo Binter. ¿Le dijo que iba a coger uno? —preguntó Candela sin comprender aquel dato—. ¿Está seguro de eso y de que no se trataba de una expresión hecha?

—No recuerdo sus palabras exactas, agente. Simplemente mencionó que perdía el Binter y yo lo acepté como una verdad. Comentó incluso la hora, ahora que lo dice. Las ocho y media, creo que mencionó. Sí, eso es. Le pregunté si tenía familia en otra isla y me dijo que no, pero que dormiría en un hotel y volvería temprano. Lo recuerdo porque me resultó extraño, ¿saben? ¿Ir a otra isla para solo pasar una noche?

Quintana se llevó de pronto las manos a la cabeza, incapaz de contener su reacción ante aquella noticia inesperada. La sargento observó al vigilante con la sensación de que la maraña de información sobre Laura resurgía delante de ella sin ningún sentido. Si era cierto aquel dato,

Laura debía de haber volado a otra isla el jueves y vuelto en el primer vuelo de la mañana del viernes, a tiempo para verse con su hermano en el hospital. Aquello no tenía explicación. Por más que lo pensaba, nuevas preguntas se le agolpaban en la mente y sus ecos recorrían cada recoveco, como si fuese un incendio devorando todo lo que creía saber hasta entonces de ella. ¿Adónde fue? ¿Con quién se vio en otra isla durante solo una noche?

# Capítulo 30
## Sierra Norte de Madrid
## Diecisiete años antes
## Hermanos Ardoz

*Hay que darle nombre a lo que uno teme*
*para poder plantarle cara.*

El aire de la sierra olía a resina e impregnaba la piel de Mario con una frescura más intensa que la de Madrid. Habían huido del calor de la ciudad durante el fin de semana para refugiarse entre los pinares y sentir de cerca los arroyos cargados de agua por el otoño. Laura, que a sus ocho años ya miraba a su alrededor con ojos afilados y curiosos, caminaba seria y callada unos pasos más atrás de su hermano.

Sus padres los seguían a un ritmo pausado desde la distancia y estaban hablando en voz baja. A veces gesticulaban con intensidad, pero paraban en cuanto veían que alguno de los niños miraba hacia ellos.

Cansado de aquel silencio incómodo de Laura, el niño tiró la piedra que llevaba en la mano y se volvió hacia ella.

—Laura, ¿qué pasa? ¿Por qué no quieres jugar a algo?

Ella desvió la vista hacia el suelo y pateó una rama suelta.

—No me pasa nada.

—¿Entonces? ¿Por qué estás así? Podríamos jugar a... —escrutó a su alrededor y trató de inventarse algo— buscar orugas. ¿Te acuerdas de la vez que vinimos y estaban haciendo la conga?

Ella apretó los ojos y tragó saliva.

—Mario, no entiendes nada —afirmó con la voz temblorosa—. ¿Acaso no ves lo que pasa? Papá y mamá se van a separar.

Una lágrima tímida recorrió de pronto la mejilla de la niña, que llevaba un buen rato luchando contra la tristeza que la tenía presa.

—¿Qué dices? Eso no es verdad —protestó su hermano.

—Anoche los escuché hablar sobre ello. Y mira cómo están ahora. ¿No los ves?

Mario se giró hacia sus padres y vio que se habían parado y que discutían. Entonces cambió la expresión al instante al sentir que le faltaba aire en los pulmones.

—No se quieren ya —añadió Laura, alicaída—. Y tendremos que elegir con quién nos quedamos. Si con papá o con mamá, como hace Martina, que solo ve a su padre algunos fines de semana.

Aquella idea fue incluso peor que el golpe inicial y no pudo contener el enfado, que brotó de su boca con un grito.

—¡Eso es mentira! —explotó Mario—. ¡Eres una mentirosa! ¡Siempre me dices cosas para asustarme!

—¿Por qué te iba a mentir con algo así? Les pasa a muchos niños. Carlos, de tercero A, hace tiempo que no ve a su padre. Dime, ¿por qué nosotros íbamos a ser distintos?

—¡No es cierto! —dijo invadido por la angustia.

Mario se abalanzó sobre Laura, la hizo caer al suelo y se montó sobre ella. Su hermana lo miró desde abajo sorprendida, le agarró las manos y forcejeó con él mientras el niño rompía a llorar. Sus padres gritaron en cuanto los vieron en el suelo y corrieron hacia ellos.

—¡Mario! ¿Qué haces? —preguntó la madre, preocupada, acercándose para separarlo—. ¿Qué está pasando aquí?

Tiró de él y lo apartó de su hermana. Mario apretaba la mandíbula lleno de rabia con la mirada fija en Laura mientras ella se limpiaba, pues se había manchado de tierra. Estaba rabiosa, pero consiguió no derramar ni una lágrima.

—Laura dice que os vais a divorciar —confesó Mario entre sollozos de impotencia—. Que nos vais a dejar y tendremos que elegir a uno de los dos.

La madre palideció un segundo y luego miró de reojo a su marido.

—¿Por qué dices eso, Laura?

—Anoche os oí —replicó la niña, que respiraba agitada—. En la cocina. Estabais discutiendo como ahora, y papá habló del divorcio.

La madre cogió aire profundamente y luego lo soltó de una vez.

—Hablamos del divorcio porque nos queremos.

Laura miró a su madre extrañada. No comprendió aquella contradicción.

—Vuestro padre y yo —continuó— estamos viviendo una mala época. Las cosas de los adultos son complicadas. Y tenemos que hablar de los problemas para solucionarlos. Pero eso no quiere decir que vayamos a separarnos. Ayer mencionamos el divorcio porque sabemos que es la última de las opciones y la que más miedo nos da. Y hablamos de ella porque hay que nombrar lo que nos aterra para poder plantarle cara.

—Entonces ¿no os vais a divorciar? —preguntó Laura con la voz arañada por la tristeza.

—Por supuesto que no —afirmó la madre—. Vuestro padre y yo hicimos un trato, ¿verdad? —preguntó mirando a su marido con una sonrisa. Él asintió mientras la escuchaba atento—. Cuando nos casamos, nos prometimos que estaríamos juntos hasta que la muerte viniera a por nosotros. Y él y yo hemos acordado que permaneceremos juntos, aunque ella nos visite. Vamos a morir de ancianos, cuando vosotros dos ya tengáis vuestra familia y no os hagamos falta —añadió.

—Yo no quiero tener otra familia —intervino Mario, aún emocionado—. Yo quiero esta familia. Y siempre nos vais a hacer falta. Yo no sé atarme bien los cordones de los zapatos —añadió agobiado.

Sus padres se rieron levemente, emocionados por ver a sus hijos afectados por esa mala racha.

—Más adelante querréis tener una familia, no te preocupes. —Rio su madre.

Entonces la mujer se agachó y cogió dos piedras redondeadas del suelo.

—Lo que no cambiará nunca —aseveró bajando el tono al tiempo que les mostraba las piedras que sujetaba entre los dedos— es que vosotros dos siempre estaréis juntos. Para siempre.

Entonces colocó una de ellas sobre la roca grande junto al camino. Después, con una delicadeza que solo una madre podía tener, depositó la segunda encima en un equilibrio perfecto.

## Capítulo 31
## Sendero de los Sentidos, isla de Tenerife
## Domingo, 20 de octubre de 2019
## Mario Ardoz

*Llega un momento en que dejamos de buscar*
*la salida de nuestro propio laberinto*
*y comenzamos a decorar las paredes.*

Caminaba con prisa oyendo mis pasos ahogados por el Sendero de los Sentidos tratando de encontrar el rastro de Fayna, que se había adelantado corriendo y me había dejado solo. El camino de tablas discurría bajo una bóveda de árboles entrelazados, cuyas ramas formaban un techo siniestro que apenas dejaba pasar los rayos de sol. La humedad había pintado con musgo los troncos de los laureles, los acebiños y los viñátigos. La vida en aquel lugar explotaba por todas partes sin saber que por ella caminaba alguien que ya se sentía muerto. Descendí una pequeña cuesta y salí del sendero señalizado mientras apartaba con las manos los helechos y las ramas bajas que me acariciaban la piel como si intentasen advertirme de que no había vuelta atrás.

—¡Fayna!

Aceleré el paso y comencé a correr. Necesitaba darle alcance. Deseaba mirarla a los ojos una última vez. Cuando se marchó hacia el bosque y me dejó en el mirador, la parte de mí que quería creerla tomó el control. Mi corazón latía al ritmo de los peores presagios, no solo por el esfuerzo de la carrera, sino porque en el fondo, debajo de todo el dolor, podía sentir algo que nunca había conocido. Mis pulmones ardían, mi piel frágil por la quimioterapia se helaba de frío. Aún notaba el beso de Fayna en mis labios y también cómo su engaño había arrasado mi voz interior.

—¡Fayna! —vociferé más alto.

De pronto el camino se hundió en la tierra mojada arrastrándome a una carrera entre paredes de barro. De ellas colgaban raíces intrincadas que me recordaron a los barrotes de una prisión en la que me había encerrado yo solo. Poco después el sendero resurgió y me dejó libre, en un claro que parecía un cruce de caminos donde no sabía hacia dónde continuar.

Grité su nombre desde allí mientras giraba sobre mí mismo, sabedor de que avanzar por cualquiera de ellos sería un error, pero solo me respondió el bosque con su indiferencia. Aquellos árboles habían visto tantas personas y habían sido testigo de tantas historias que para ellos la mía tan solo sería una más. Al borde de la desesperación, elegí un camino entre dos laureles inclinados que descendía hacia una escalera de grandes peldaños de tierra. Al llegar abajo me fijé en que aquella zona estaba repleta de árboles muertos que emergían del suelo con formas imposibles, como si fuese un jardín de cadáveres petrificados. Notaba cómo la angustia se extendía como un cáncer por cada fibra de mi cuerpo. A un lado vi un pequeño altar de piedra en el suelo en el que había una cruz de madera que me hizo recordar el colgante de Laura, que heredó de mamá, y todas las contradicciones que existían en ella.

De repente, oí unos pasos detrás de mí y, sin que tuviese tiempo para girarme, unos brazos ardientes me rodearon desde atrás.

—Lo siento —susurró Fayna—. Perdóname, Mario —dijo en un sollozo.

Noté su voz rota y cómo temblaba su cuerpo. Mi corazón dio un vuelco al sentirla de nuevo tan cerca. Quería creerla, pero seguía batallando contra su mentira, tratando de comprenderla. Me di la vuelta y la miré de cerca, sin alejarme. No luché contra ella porque no tenía fuerzas.

Fayna lloraba delante de mí. Yo estaba derrotado. Abrumado por la pérdida, apaleado por la traición y sin saber qué haría con mi vida, aquel abrazo de Fayna era, en realidad, lo único que me quedaba.

—¿Por qué, Fayna? —sollocé sin separarme de ella, apretándola aún más contra mi cuerpo—. ¿Por qué no me dijiste que estuviste con Laura?

—Lo siento —repetía sin cesar—. Pero tienes que creerme, por favor.

—¿Cómo se hace eso? ¿Cómo reconstruyes algo que está hecho añicos?

—No lo sé. —Lloró y se refugió de sus lágrimas en mi pecho—. Me sentía tan culpable que me vi superada —susurró—. Laura estaba mal, le había pasado algo y necesitaba mi ayuda. Y yo, la única persona a la que fue a ver, la única a quien pidió ayuda, no conseguí que se quedara conmigo ni que me contara qué le pasaba. Fue igual que con mi hermano. Es como si estuviese condenada a revivir mis tragedias una y otra vez.

Me separé de ella y la miré. Ambos estábamos atrapados en nuestro propio drama.

—¿Qué crees que le sucedió antes de verte? Solo dime eso.

—No lo sé. No quería hablar de ello. En sus mensajes de WhatsApp mencionaba lo de las sesiones del telescopio. Puede que tuviese algo que ver con eso. Tal vez subió a trabajar un rato por la noche, como siempre hacía. Pero tal y como estaba, tan afectada, pudo pasarle cualquier otra cosa. Era extraño, ¿sabes? Todo era contradictorio, pues a pesar de la desolación de sus palabras también brotaba de ella un pequeño aire de felicidad. No la entendía. Y por eso quizá no vio que yo era lo que necesitaba.

—¿Y por qué quiso marcharse a esas horas en lugar de quedarse contigo?

—No lo sé —repitió—. No encontraba consuelo en mí. Y, tal y como estaba, no lo habría encontrado en ningún sitio. Pero déjame arreglar todo esto. Hablaré de nuevo con la policía. Les contaré todo. Les diré que estuvo conmigo de madrugada y que después se fue. Les hablaré del cuadro y que debía entregártelo en el aeropuerto. Les contaré cómo estaba y lo poco que habló conmigo. Lo contaré todo. Lo describiré tal y como lo recuerdo, te lo prometo. Intentaré acordarme de sus palabras exactas por si sirven de algo. Les diré cómo agarraba su colgante, dónde se sentó en mi cuarto, qué nos dijimos cuando se fue. Te juro que no me guardaré nada. Pero, por favor, créeme. No te alejes de mí.

—¿Por qué te importa ahora, Fayna? Dime, ¿por qué este cambio? —le supliqué una respuesta mientras luchaba contra todos los impulsos que me gritaban desde dentro en direcciones opuestas.

Quería marcharme de allí, pero también quedarme con ella. Quería volver a abrazarla, pero también apartarla lejos. Quería todo con ella y, al mismo tiempo, no quería nada. Me miró a los ojos y reconocí en ellos los mismos miedos que me perseguían a mí, y entonces me desarmó.

—Porque ahora temo perder esto que ha nacido en toda esta oscuridad —dijo.

Y, de pronto, todo terminó. Aquel ruido interno explotó en mi pecho y, tras un instante en silencio, nos abalanzamos el uno sobre el otro y nos abrazamos, nos besamos, nos tocamos y apretamos nuestras frentes, asediados por la tristeza y abrumados por el dolor.

—No vuelvas a hacerlo —le pedí al tiempo que cerraba los ojos con fuerza—. No me ocultes nada nunca más.

—Nunca más —me repitió mientras se aferraba a mi cuerpo.

Estuvimos unos minutos así, amándonos en la tristeza y en el dolor, y, cuando terminó el ímpetu de nuestra impotencia, nos mantuvimos unidos en un abrazo que ninguno de los dos se atrevió a cortar. Notaba sus jadeos en mi pecho. Sentía los latidos de su corazón en el cuello. Percibía el olor de su pelo.

Al abrir los ojos volví a ver el altar con la cruz de madera. Un escalofrío me recorrió el pecho hasta la punta de los dedos cuando me fijé en un detalle en el que no había reparado hasta ese momento: sobre el travesaño del crucifijo había dos pequeñas piedras colocadas en equilibrio, idénticas a las que un día, hacía tantos años, colocó mamá en la sierra cuando éramos unos niños. Solté a Fayna y me acerqué con cuidado con el deseo de confirmar que no se trataba de una ilusión. Y fue entonces cuando todo cambió: en la piedra superior vi una marca pintada a rotulador. Era nuestro símbolo, el de las eses enfrentadas.

—¿Qué ocurre? —dijo Fayna a mi espalda tratando de sacarme de mi trance.

En un instante encajé las piezas desordenadas y comprendí lo que había querido hacer mi hermana. Cerré los ojos y todas las ideas golpearon mi mente. Era como si, de repente, Laura hubiese aparecido a mi lado y me hubiera susurrado que todo saldría bien. Recordé el mapa y los símbolos que había usado en él: el libro sobre el Puerto de la Cruz, la casa sobre La Laguna, el corazón sobre La Orotava. Todos tenían un significado, y yo no me había preguntado por qué había usado nuestro símbolo. Recordé que solo lo había empleado dos veces en Tenerife. Una para el lugar donde nos encontrábamos, en el Sendero de los Sentidos, y otra en el Mirador de La Ruleta, en el parque nacional, a pocos kilómetros de donde encontraron su cadáver.

—Laura estuvo aquí —afirmé—. Y puede que también fuese a ese otro lugar arriba, en el mirador.

—¿Qué? —inquirió Fayna sin comprender qué quería decir.

—Que Laura también estuvo aquí mientras yo me encontraba en el hospital. Y dejó esas dos piedras ahí. Marcó con nuestro símbolo este lugar, Fayna. Pero ¿por qué? Tiene que haber una explicación para que viniese aquí, hasta esta cruz.

Con la mirada perdida en el altar, recordé aquella contradicción de mi hermana que siempre me resultó tan única en ella y que había estado delante de mí todo el tiempo. Entonces vi el crucifijo plateado de Laura en su cuello. El que había heredado de mamá y con el que desde entonces jugaba cuando estaba nerviosa. Recordé las palabras de Laura en la Feria del Libro cuando me contó que tras la muerte de nuestros padres incluso había comenzado a rezar.

—Ella rezaba —murmuré.

—Sí, ¿y qué? —replicó Fayna—. No me molestaba cuando lo hacía mientras compartíamos cuarto en la residencia. Siempre me hizo gracia que una astrofísica tan brillante como ella se hubiese refugiado en Dios. Pero nunca la juzgué. Estaba mal por lo de tus padres, ya lo sabes. Y, si la fe te ayuda, ¿por qué no?

Suspiré con profundidad al tiempo que analizaba todo aquello y trataba de poner orden en mi cabeza. Sabía que estaba cerca de algo, pero no intuía de qué. Veía las formas de una idea, pero seguía tan borrosa que era incapaz de articularla.

—¿Qué tiene de especial esta cruz en el bosque? —imploré en voz baja—. ¿Por qué vino aquí?

Fayna se pegó a mí y miró hacia el altar en silencio. Estuvimos unos segundos inmóviles contemplando la cruz hasta que de pronto me agarró el brazo con fuerza y tiró de mí.

—La ermita —exclamó—. La Milagrosa.

—¿Qué?

No comprendía aquel lenguaje críptico.

—Arriba, donde hemos aparcado, hay una ermita, Mario. La de la Cruz del Carmen. Detrás de ella, un poco escondida y subiendo una pequeña cuesta, está La Milagrosa. Es una escultura de piedra blanca de una virgen con las manos caídas. La gente acude a ella para hacer promesas a cambio de que los sane a ellos o… —apretó los labios y supe lo que quería decir— a alguien cercano.

Tragué saliva al escucharla.

—La gente dice que, tras hacer una promesa a la Virgen junto a la ermita, tienes que buscar esta cruz en el bosque y rezarle aquí, en este lugar escondido, rodeado de todo el bosque. Según la leyenda, algunos árboles que mueren lo hacen porque se sacrifican para salvar a la gente que las cumple.

—¿Vino aquí por una promesa para mí? —inquirí bajando mis hombros en señal de derrota.

Ella se colocó a mi lado y resopló por la nariz con resignación.

—No sabemos nada, Mario. Quizá tan solo dejó esas piedras para alegrarte al volver aquí contigo. Ella hacía esas cosas, ¿no es así? Se esforzaba mucho por los demás y... siempre le gustaba ir por delante —relató ella, y yo recordé con cariño aquel momento con la maquinilla cuando me rapó al cero.

Pensé en esa frase unos segundos y entonces caí en la cuenta.

—Si estuvo aquí, donde dejó las piedras como mensaje para mí, tal vez también fue al otro lugar que marcó con nuestro símbolo.

—¿Qué?

—El mapa —aclaré—. Nuestro símbolo estaba en dos lugares de la isla. Uno aquí y otro en el Mirador de La Ruleta. Puede que hiciese lo mismo que aquí. Puede que fuera y dejase alguna señal para mí. ¿Y si era eso a lo que se refería cuando te dijo que faltaba algo por hacer cuando fue a verte de madrugada?

Entonces recordé a la sargento Oramas y un ímpetu recobrado se me metió en el cuerpo.

—Hay que contarle todo esto a la Guardia Civil, Fayna. Tienen que saber que la viste esa noche, antes de su muerte. Tienen que saber todo lo que me has contado..., y debemos ir al mirador —sentencié.

## Capítulo 32
## Observatorio Astronómico del Teide, isla de Tenerife
## Domingo, 20 de octubre de 2019
## Candela Oramas

*A veces, el único calor que queda en nuestra vida es el que emana de nuestras ruinas.*

Candela miraba al vigilante del observatorio y sentía la adrenalina en la punta de los dedos. Quintana era incapaz de apartar la vista del hombre. Buscaba indicios de error en su tono. El hecho de que Laura Ardoz viajase por la noche a otra isla para volver por la mañana a tiempo para ir al hospital con su hermano ampliaba las opciones sobre el entorno de la víctima en las islas, lo que pudo hacer y con quién se vio.

—¿La vio de nuevo en otro momento? —le preguntó la sargento.

—No. Solo entonces. Yo libré el viernes, como les he comentado antes. ¿Saben?, era el cumpleaños de mi suegra, ochenta años, y pedí el día libre.

—¿Habría manera de hablar con el vigilante que le cubrió ese turno?

—Pues tendría que preguntárselo a la empresa y hoy domingo no van a responder desde la central. Es una compañía privada y somos un montón los que estamos en los controles de acceso. La mayoría va rotando de un lugar a otro, ya saben, para no volverse locos sentados en una misma garita. Yo, en cambio, prefiero la rutina y desde aquí tengo calma y buenas vistas. Cuando alguien pide asuntos propios desde la empresa, suelen mandar a cualquiera que acepte doblar turno y no sé quién estuvo, pero lo podría preguntar y, si me dan un teléfono al que llamar, se lo diré en cuanto sepa.

—Se lo agradezco.

—No hay de qué. Pero, vaya, sea quien sea, el vigilante que cubrió la noche tuvo que apuntarla en el registro de entrada, si es que vino. Es casi lo único que debemos hacer. Aquí no entra ni sale nadie sin que apuntemos sus datos. Bueno, salvo ustedes —se corrigió—, que han invadido todo esto.

—¿Podríamos echarle un ojo a ese registro? —intervino Quintana.

—Claro. Lo tengo en la garita, vengan conmigo.

Lo acompañaron al interior del cuartucho, una caseta blanca de techo plano con rejas en las ventanas llena de botellas de agua en las estanterías, un pequeño escritorio con una silla giratoria y un monitor de veinte pulgadas que mostraba una cámara de seguridad apuntando a la entrada.

—Dígame que guardan las grabaciones —imploró Quintana.

El hombre negó con la cabeza.

—Son de circuito cerrado. Solo para vigilar. Las que hay por aquí son todas así, salvo las que apuntan al cielo.

Candela se lamentó internamente, pero se fijó en que en el escritorio descansaba un libro de registros grueso, abierto por la mitad, en el que se listaban anotaciones escritas a mano.

—Déjenme ver —añadió el vigilante mientras pasaba un par de hojas hacia atrás.

La sargento se inclinó sobre la mesa para leer por encima de su hombro. Era un listado con nombres y apellidos, país de procedencia y hora de entrada, escrito con letra irregular a bolígrafo. Candela leyó rápido en voz alta un puñado de nacionalidades en el rango de horas de la tarde del jueves, entre las 16:00 y las 17:15: Alemania, Estados Unidos, Italia, Francia, Reino Unido, Bélgica, España.

Sus ojos buscaron el nombre que acompañaba aquella última línea, pero el vigilante se le adelantó.

—Aquí está, el jueves. Laura Ardoz, España. Entrada: 17:15. —Señaló con su dedo grueso sobre el papel la línea que miraba Candela y, al oír su nombre, confirmó que Fayna contaba la verdad y que se habían visto aquel día.

Más abajo, tras un puñado de nombres extranjeros, volvían a aparecer las mismas señas pero con dos únicos cambios: «Salida: 18:45».

—¿Y el viernes? —preguntó la sargento con impaciencia.

El vigilante pasó la página que listaba los accesos y salidas del día siguiente y deslizó el dedo por ella siseando nombres. Se notaba que durante el día había menos movimiento, puesto que las horas saltaban rápido. Sin embargo, conforme se acercaba la noche, apenas se avanzaba en el tiempo unos minutos entre línea y línea. Candela reconoció algunos nombres de los que había mencionado Fayna y que llegaron al complejo al final de la tarde: Grace Amelia, Reino Unido, 18:40; Gianluca Mazzitelli, Italia, 19:35; Markus Brenner, Alemania, 20:20; Anne Michel, Francia, 20:25. De pronto, el vigilante detuvo el dedo sobre la anotación de las 21:50: allí estaba el nombre de Laura Ardoz.

Candela rememoró en su cabeza la nota de voz de Laura a Fayna de las 20:34 en la que mencionaba que volvía de Los Gigantes. Si a las 21:50 del viernes llegaba al observatorio, eso descartaba que su coche apareciese en cualquiera de las grabaciones de las estaciones de servicio.

—¿Y está registrado cuándo salió? —Ahora el que preguntaba era Quintana.

—Déjenme que lo vea —replicó el vigilante mientras seguía buscando hacia abajo por la página—. A ver..., sí, aquí está —dijo—. Laura Ardoz, España. Salida: 5:20.

Candela y Quintana contuvieron el aliento un segundo al darse cuenta de que habían dado un paso adelante en el tiempo desde que fue captada por las cámaras de retransmisión tras marcharse del telescopio a las 4:43. Con aquel registro estaban un poco más cerca de la hora de su muerte. Aquel dato fechaba los pasos de Laura en el observatorio y la hora en la que se había marchado de allí.

—Nos vendría muy bien charlar con su compañero para saber si habló con ella, por si le dijo algo importante.

—Claro —asintió el hombre—. Cuenten conmigo. Voy a tratar de saber quién estaba en ese turno y los llamaré.

—Se lo agradecemos. Cualquier dato nos puede ayudar. ¿Podríamos quedarnos una copia de este registro de entrada?

—Claro que sí. Sin problema. —El hombre lo agarró y se lo entregó a los agentes—. Esto luego no lo mira nadie. Quédenselo. Esa chica no se merecía esto. Y si quien le hizo eso está ahí, en ese listado, por favor, que pague por ello.

—Muchas gracias —sentenció Candela.

La sargento recibió aquella petición como una orden que reafirmó su compromiso. Salieron de la garita conteniendo la euforia por aquel paso adelante. La salida de Laura del observatorio confirmaba que no había muerto allí, pero la información sobre el vuelo del jueves aumentaba las incógnitas sobre qué hacía de un lado a otro de las islas.

Con el coche aún frente a la barrera, se apartaron a un lado, lejos del vigilante, en busca de la intimidad necesaria para coordinar los siguientes pasos, que ya parecían que eran inevitables.

—Llama a Artiles y a Bencomo —ordenó la sargento—. Que dejen las cámaras de las estaciones de servicio y hablen con AENA. Necesitamos saber si lo que dice el vigilante sobre ese vuelo es verdad. Que comprueben el listado de pasajeros de los vuelos del jueves por la tarde, a ver si aparece en alguno. Necesitamos saber dónde fue y con quién se vio. Y diles que cagando leches. Que pidan imágenes de las cámaras del aeropuerto para saber si iba sola o si alguien la esperaba. Tal vez tenga una pareja de la que nadie sabe nada o algún secreto que nos ayude a seguirle la pista.

—¿Por qué aeropuerto les digo que empiecen? —inquirió Quintana.

—Por el del norte. Si quería volver a tiempo para ir al hospital, es el más cercano a La Laguna. —Candela hablaba con prisa, con un entusiasmo decidido—. Si no hay nada, que comprueben los vuelos del aeropuerto del sur.

—¿Estás segura, sargento? —preguntó de nuevo su compañero al caer en la cuenta de que aquella decisión llevaba aparejada algo doloroso que Candela no había considerado—. ¿Y qué hacemos con los permisos? AENA nos va a pedir una orden judicial. —Luego bajó el tono, como si quisiese tener cuidado con lo que estaba a punto de decir—: ¿Prefieres que hable yo con Anita?

Candela lo miró de reojo y agachó la cabeza un microsegundo al oír su nombre. Quintana se percató de aquel gesto y se quedó inmóvil sin saber bien cómo tapar la herida que acababa de abrir. Entonces la sargento cogió aire y alejó la mirada un instante.

—No me importa hacerlo yo, sargento —insistió él—. Me acerco ahora que está aquí con el cuerpo y trato de ser rápido.

—Iré yo, Quintana —replicó ella en un tono a caballo entre la indecisión y la fortaleza—. Tengo que ser yo.

Entonces Candela miró hacia arriba, al lugar del que había tratado de huir antes de tener que responder preguntas sobre el suicidio de Tristán, y vio que la jueza ya bajaba en su dirección acompañada del médico forense. La observó detenidamente mientras andaba hacia ella pensando en todas las cosas que podía decirle y que en cambio se callaría. Recordó la conversación que mantuvieron las dos por la mañana y, en el fondo de su mente, esperaba que ambas hubiesen enterrado el hacha de guerra. Candela se acercó y dejó a Quintana atrás, en el coche. Cuando estaba a unos metros, la jueza centró la vista en Candela y entonces cambió de rumbo y se dirigió hacia ella.

—Sargento Oramas —dijo Ana Salcedo en cuanto llegó hasta ella. Le hizo un gesto con la mano al forense y este se dirigió al coche de la comitiva judicial para esperarla—. No sé qué ha hecho, pero esto es inadmisible. Lo entiende, ¿no?

Candela suspiró porque ni siquiera le había dado tiempo a pronunciar palabra sobre lo que necesitaba de ella cuando ya había recibido aquella recriminación.

—Tristán Santana se aprovechó de su posición para abusar de Laura Ardoz, señoría —replicó Candela en tono profesional—. Se vio sobrepasado porque había mentido sobre un hallazgo científico y estaba todo grabado. Se le ve con Laura Ardoz en los telescopios, en unas cámaras especiales donde se graba todo para YouTube. Se puede probar perfectamente que robó su trabajo de investigación. Hay semen suyo en el cuerpo de la víctima. Su confesión fue suicidarse... Permítame que le diga que no sé dónde está lo inadmisible, señoría.

—¿Dónde? —preguntó la jueza frunciendo el entrecejo—. La he mandado aquí a investigar un asesinato y usted me provoca un suicidio. Si ese hombre era un agresor, se le detiene, se le investiga y, si hay pruebas, se le condena y se le encierra en la cárcel unos años. Pero por lo que dice no era el asesino que estamos buscando, que es justo para lo que venían ustedes. No se puede morir nadie durante una investigación judicial.

—Yo no puedo controlar cómo la gente afronta sus vergüenzas, señoría —replicó Candela, fría.

—Pero debería haberlo impedido —recriminó con aire de superioridad—. Dígame, sargento, ¿dónde estaba cuando el director se subió a esa torre?

Candela repasó mentalmente lo que ocurrió y trató de maquillar aquella verdad.

—A unos metros de él, señoría. Mi compañero y yo tratamos de impedirlo, aunque llegamos tarde. Lo seguimos arriba, pero no pudimos evitar que saltara.

—Pues por ese salto que no evitaron ahora está muerto el director de uno de los proyectos más importantes del observatorio. Y, por lo que han comentado los investigadores de ahí arriba, mañana había planeada una rueda de prensa ante los medios para anunciar algo importante. Un muerto con una exposición mediática programada durante mi instrucción del caso. ¿Usted cree que yo disfruto con esto, sargento?

—No, señoría —replicó ella conteniéndose las ganas de saltar.

—¿Sabe a qué suena esto? —continuó la jueza—. A que mañana están fuera de la investigación. Usted y su compañero. Mañana mismo pediré un nuevo equipo de la Unidad Orgánica de la Policía Judicial que lleve el caso de Laura Ardoz. Y ya veré yo cómo gestiono lo de la prensa.

Candela sabía que Ana Salcedo buscaría cualquier fallo para echarla y, en parte, ella anhelaba también alejarse de la jueza. Pero no podía permitirlo. No podía perder lo único que le quedaba. Además, le había prometido a Mario que haría todo lo posible por descubrir quién había sido. Lo recordó derrotado en la comisaría, ausente en el trayecto en coche hasta La Laguna, perdido y confuso en cuanto entraron al piso de su hermana. La imagen del chico, sin pelo y con los ojos hundidos de llorar, volvía a ella de cuando en cuando y le servía de recuerdo de que en un instante lo tenías todo y al siguiente te quedabas sin nada.

—Señoría, por favor —suplicó de pronto tras verse agredida por aquella decisión—. No nos puede echar ahora. Estamos avanzando.

—¿Avanzando? —la interrumpió—. ¿He oído bien? —resopló la jueza.

—Mi equipo en La Orotava le va a mandar una petición para solicitar a AENA el listado de pasajeros de los vuelos Binter que salieron el jueves, y también de las cámaras del aeropuerto del norte. Necesitamos una orden judicial para conseguirlas.

La sargento esperó unos segundos durante los cuales la miró con los ojos fijos. Ella no deseaba librar una batalla de egos con Ana Salcedo, pero no quería renunciar a aquel camino que Laura había recorrido y que tenían la oportunidad de desandar. Sabía que estaban cerca y, si bajaba los hombros y no luchaba, todo se habría acabado para ella.

—¿Permisos para el aeropuerto? ¿El jueves? ¿Acaso no me ha escuchado? A partir de ahora no forma parte de la investigación.

—Por favor —imploró Candela en un intento de ganar unas horas al menos.

—¿Para qué los quiere? —añadió con un suspiro largo en el que dejó ver su molestia—. La chica murió la madrugada del viernes, sargento Oramas. No nos interesa lo que hizo antes —pronunció aquella frase haciendo una pausa en cada una de sus palabras—. Por lo que a nosotros respecta, no nos importa su vida privada si no nos ayuda a detener al culpable.

—Tenemos indicios fuertes para creer que voló a otra isla con demasiada prisa el jueves y que volvió al día siguiente por la mañana para estar en el hospital con su hermano.

—¿Y para qué quiere comprobar esto? ¿Acaso ha perdido el norte?

Candela no supo qué responder y se vio acorralada. Aquello, en realidad, no parecía más que un simple camino que no le llevaría a nada, pero tenía tan poco a lo que aferrarse que esa era su única carta para seguir en el caso. Dudó si contarle la existencia del registro de entradas porque aquella revelación frustraría sus intentos de descubrir qué fue a hacer Laura Ardoz a otra isla. Sin embargo, quería creer que aún existía la posibilidad de que trabajasen juntas en paz, y decidió ir con todo con tal de no salir del caso.

—Y hay algo más —admitió de una vez la sargento—. Tenemos el registro de entradas y salidas. Laura Ardoz salió de aquí a las 5:20 de la madrugada del sábado —dijo con un tono en el que se notó que estaba en retirada, salvando los muebles.

—¿Y bien? Supongo que ya se ha respondido a sí misma sobre ese permiso, ¿no es así?

—Pasó la noche fuera. Pudo quedar con alguien en...

—Por mí como si se metió el jueves en una secta en Galicia o viajó al País Vasco a tocar las campanas de San Juan de Gaztelugatxe —la interrumpió—. Esto va de un crimen que destapar. Hay una chica muerta. No necesitamos saber todo lo que hacía o si descubrió el origen mismo de la vida. ¿Lo entiende? Su trabajo era resolver el crimen, sin hacer ruido, sin fallar en las pruebas. Lo demás no importa. Tan solo tenía que hacer su trabajo. Y, en cambio, está más perdida que cuando empezó.

—Puede que sí importe. Puede que nos ayude a comprender el móvil o algo más allá —replicó Candela, seria y con la voz cargada de impotencia.

En el fondo, sabía que la jueza tenía parte de razón, pero su intuición le decía que había algo más que un simple crimen en el que se encontraba al culpable. O quizá eso era lo que esperaba, porque en sus entrañas seguía sintiendo que la vida no tenía sentido tras la pérdida de su bebé. Pensó en Mario y en que no sabía lo que hizo su hermana mientras él estaba en el hospital. Muy dentro la sargento intuía que aquel caso horrible, que había coincidido con uno de los peores momentos de su vida y que la había puesto a prueba acercándola a colaborar con la que parecía la nueva pareja de su exmarido, debía de haber pasado por algún motivo superior. Tenía que ser así. Quizá debía aprender alguna lección de todo aquello que la ponía a prueba. Lo que ella no comprendía aún es que no siempre era así, que la vida no intentaba dar lecciones, sino que simplemente ocurría, y eran las personas las que deambulaban por ella buscándoles sentido a las desgracias.

—Lo siento, sargento, pero no —sentenció la jueza con voz grave—. Están fuera. Váyanse a casa. Usted y su compañero. No los necesitamos.

—Creía que habíamos bajado las armas, señoría, y estábamos en el mismo barco —protestó ella una última vez.

—Yo no estoy con nadie, sargento Oramas, solo con la verdad. Y esto no va de corazonadas o de lecciones vitales. Esto no es una guerra entre usted y yo. He leído el informe del forense. Sumisión química y estrangulamiento. ¿Qué móvil cree que hay?

—No lo sé. Quizá... —La sargento bajó la voz y se dio cuenta de que estaba cayendo en picado dentro de sí misma y ni siquiera pudo terminar la frase.

—Se lo digo yo —intervino Ana Salcedo con rapidez—: un hijo de puta la quería violar y la mató. Como tantas otras veces. Y sabiendo que ella estuvo en el observatorio el viernes, puede que ese tipo siga aquí mientras nosotras dos hablamos y perdemos el tiempo.

Candela no respondió. No pudo. Ana Salcedo se había quedado con Daniel y también había derrumbado su vida entera.

—¿Le puedo preguntar una cosa?

La jueza hizo un ademán con la cabeza.

—¿Es feliz con Daniel?

La mujer la miró en silencio sin responder.

—No se crea mejor que yo. Lo que me ha hecho a mí se lo hará a usted a la primera oportunidad que tenga.

—Buenas tardes, sargento —se despidió la jueza dejando claro que todo había terminado entre ellas dos.

Ana Salcedo se marchó y se subió en el coche de la comitiva judicial. Candela permaneció inmóvil mirando al horizonte, derrotada. Quintana había observado aquel intercambio desde la distancia y sabía que no había ido bien.

—No tenemos aeropuerto, ¿verdad? —le dijo tras acercarse a ella.

La sargento respondió solo negando con la cabeza.

—Estamos fuera. Mañana ponen a otros.

—¿Qué? ¿Así, sin más?

Quintana emitió un largo suspiro y trató de procesar aquello.

—No le importa Laura Ardoz y me quiere joder —espetó Candela—. He sido estúpida creyendo que esto iba a acabar de distinto modo. ¿Cómo le digo a su hermano que no puedo hacer nada por ayudarlo? ¿Qué pasa si no encuentran nada más aquí? ¿Qué harán? ¿Rezar a Dios para que alguien se entregue? ¿Por qué ignorar todo lo que sabemos de ella si nos puede acercar al culpable? Cualquier mínimo detalle puede ser relevante. Tan solo queda unir las piezas. Y, sin embargo, nos apartan —dijo con la voz temblorosa.

Quintana la escuchó atento y comprendió que Candela estaba a punto de desmoronarse, que se encontraba en su momento laboral más bajo desde que la había conocido. No se atrevió a decirle nada. Se dio cuenta de que, si trataba de animarla, la rompería en mil pedazos.

Entonces un móvil comenzó a sonar y la sargento sacó el teléfono de su bolsillo. En la pantalla vio el número de Mario Ardoz.

## Capítulo 33
## Sendero de los Sentidos, isla de Tenerife
## Domingo, 20 de octubre de 2019
## Mario Ardoz

*La vida es más placentera*
*cuanto antes aceptamos que termina.*

Tras volver con prisa del sendero, llegamos al aparcamiento y, antes de arrancar decididos hacia el Mirador de La Ruleta, marqué el teléfono de la sargento Oramas. Necesitaba contarle todo lo que me había desvelado Fayna sobre la visita de mi hermana de madrugada y también que creía que Laura había marcado en el mapa los lugares en los que había dejado algo para mí. Sentada sobre la motocicleta, Fayna tenía sus dedos entrelazados con los míos y miraba al teléfono con una tristeza que sentí como propia. Al tercer tono la voz de la sargento irrumpió desde el altavoz en manos libres.

—Dígame —dijo con la voz confusa.

—Hola, agente, soy Mario Ardoz.

—Hola, señor Ardoz. —Noté que no quería tener aquella conversación—. ¿Ha ocurrido algo?

—Verá, no sé cómo empezar esto. —Traté de ordenar mis pensamientos y ella aprovechó los segundos en que titubeé para interrumpirme.

—Por aquí contamos con algunas novedades importantes, pero siento decirle que aún no tenemos ningún sospechoso claro de su asesinato, si es por lo que llamaba. Sé que se lo prometí, pero está siendo difícil —admitió como solo lo hace alguien que cree que te debe algo.

—Sí, bueno, no. Verá… —respondí con la voz frágil mientras sentía cómo Fayna apretaba sus dedos entre los míos para coger fuerza.

—¿Qué pasa?

—Es sobre Fayna. Y también sobre Laura —añadí con un pálpito en el pecho—. Han ocurrido demasiadas cosas y debe saberlas.

Entonces Fayna me miró a los ojos y asintió.

—Agente, soy Fayna —dijo con su voz más frágil y débil que antes, aunque percibía en ella una fuerza recobrada que solo surge cuando hablas desde la verdad—. Quiero decirle que no le conté todo en mi declaración. —Cerró los ojos con fuerza y yo sentí cómo sus nervios viajaban desde su mano hasta la mía para después recorrerme todo el cuerpo—. Laura sí estuvo conmigo la madrugada del viernes —exhaló finalmente, como si aquella frase fuese la que taponaba todo lo que vendría después.

Se hizo el silencio en el altavoz y, por un segundo, dudé de si la sargento lo había oído. Luego, al ver que la llamada seguía activa, me la imaginé al otro lado, expectante, dispuesta a mandar a una unidad a detenerla si hiciese falta.

—Está bien —dijo simplemente. No fue un reproche ni tampoco salió de ella ninguna amenaza. Quizá porque no quería interrumpir lo que Fayna quería contarle. Era buena en lo suyo, e incluso en una llamada de estas características supo manejar la situación con la cabeza fría—. No pasa nada.

—Sé que no informé de esto cuando la vi, pero no puedo más y quiero explicárselo todo.

—Es una buena decisión —respondió la sargento.

—Vino a verme a mi cuarto en la residencia la madrugada del sábado —dijo Fayna nerviosa, casi tanto como cuando me lo contó a mí—. Más o menos a las cinco de la mañana. Estaba muy afectada, como si le hubiese pasado algo grave y no pudiese más. Lloraba mucho. Pero al mismo tiempo tenía un ligero aire de felicidad, como si estuviese en paz. No sé cómo explicarlo. Le ofrecí quedarse conmigo allí para que me contase qué ocurría, pero no quiso. Decía que tenía que hacer una última cosa antes de ver a su hermano al día siguiente. Cuando hablaba agarraba constantemente el crucifijo que llevaba. Mencionó que quería dejar el observatorio y yo traté de comprender por qué, pero no lo conseguí. Me dio un pequeño cuadro para que se lo entregase a su hermano. Siento no haber contado todo esto antes. Me vi superada y me sentía culpable de lo que le había pasado.

Fayna dijo todo aquello como si estuviese soltando una losa gigantesca que había soportado durante demasiado tiempo y, en cuanto terminó, percibí en la fuerza con la que sujetaba mi mano que se sentía más aliviada.

—Ha hecho bien —aprobó la voz de la sargento desde el teléfono—. ¿Sabe si se marchó con alguien? ¿Le dijo adónde pensaba ir?

—No vi si se fue con alguien y tampoco me dijo adónde iba —contestó en un sollozo—, pero Mario y yo creemos saber a qué sitio se dirigió.

—¿Cómo dice? —nos preguntó la voz de la sargento.

—Es largo de explicar, agente —intervine yo hablando con prisa. Sentía la necesidad de soltar todo aquello lo antes posible—. Laura había preparado algunas sorpresas y mensajes repartidos por las islas —continué—. Sé cómo suena, pero tiene que oírme, por favor. En Los Gigantes, el lugar dibujado en la acuarela que dejó en su piso, mi hermana escondió una caja para mí. En ella había un mapa de Canarias. En ese mapa, Laura había marcado algunos lugares con un símbolo que solo los dos usábamos. Tras comprobar uno de ellos hemos descubierto que Laura había estado aquí antes. Hay otro sitio marcado del mismo modo en el Mirador de La Ruleta.

—¿Y por qué cree que fue allí?

—Según lo que mi hermana habló con Fayna, le quedaba una sorpresa que preparar del viaje. Podría ser el lugar al que se dirigió después de marcharse del observatorio.

Hubo un silencio largo en el teléfono en el que intuí que estaba procesando toda aquella información. Fayna y yo nos miramos un instante y contuvimos el aliento.

—¿Un mapa, dice? —respondió al fin.

La voz de la sargento sonó cargada de confusión y yo me incliné sobre el móvil tratando de romper la distancia entre ambos, como si aquel gesto sirviese de algo.

—Sí. Ella hacía estas cosas. Ya se lo expliqué con el cuadro en su piso. Estaba siempre pensando e imaginando. Tenía una creatividad imparable y se le ocurrían ideas así.

No sé por qué me invadió la certeza de que la sargento Oramas escucharía toda aquella información para después ignorarla.

—Y esas sorpresas que preparaba, ¿cómo son? Podríamos ir a echar un ojo al mirador, pero, si lo hacemos, ¿qué buscamos?

—No sabría decirle, agente —respondí yo, acelerado—. Son mensajes o referencias a nuestra vida. Podría haber dejado cualquier cosa. —Me di cuenta de que hablaba con prisa, como si en mi interior supiese que la verdad estaba cerca—. Por ejemplo, en Los Gigantes dejó una caja escondida con algunos objetos, pero en el Sendero de los Sentidos tan solo dos piedras colocadas del mismo modo que mi madre usaba para representarnos a ella y a mí. En ellas había pintado un símbolo escrito del que solo nosotros dos comprendíamos el significado.

—Entiendo. Y creéis que también fue al Mirador de La Ruleta para dejar algo allí.

—Puede.

—Lo siento tanto... —dijo Fayna de nuevo con la voz algo más recuperada—. Siento haber ocultado que estuvo conmigo.

—No se preocupe. Es normal tener miedo. —La voz de la sargento mostraba un tono distinto. Percibí en ella una empatía mucho más profunda de la que esperaba en alguien ajeno a mi vida—. Pero ha hecho bien contándonos la verdad —continuó—. Habríamos llegado a ella de un modo u otro, y en ese caso todo habría sido peor. Todo esto nos ayuda mucho y encaja con los avances que tenemos hasta ahora.

—¿Qué avances? —inquirí yo con hambre de descubrir qué había ocurrido y tapar al fin esa sensación de vacío horrible en la que seguía sumergido.

Notaba mi alma entera hecha pedazos dentro de mí, pero, por algún motivo, la compañía de Fayna y la búsqueda de los pasos de mi hermana habían servido para volver a unir algunas partes, aunque las costuras quedasen para siempre a la vista.

—Bueno, sabíamos ya que Laura había estado en el observatorio por la noche y las horas encajan con lo que nos dice. Aparece en el registro de entrada y salida y también en una cámara que retransmitía en directo. La tenemos grabada. Esa noche su hermana había subido a los telescopios y, al usarlos, descubrió algo. Unas marcas redondeadas en el universo, como si fuesen huellas de algo, si lo entendí bien.

—Burbujas —exhaló Fayna, y yo recordé de golpe su piso y el pósit con aquella palabra en su cuarto.

También la vi en mi memoria frente al ordenador, visionando una nube gigantesca de puntos que recorría con el ratón mientras yo me recuperaba de la operación de la pierna. En un momento estaba delante de mí, gesticulando mientras abría los brazos y miraba al cielo el primer día en Puerto de La Cruz, y en el siguiente con la vista fija en una pompa que flotaba delante de ella en Madrid.

—Sí, eso es. Burbujas —afirmó la sargento Oramas—. Descubrió algo importante, por lo visto.

—Así que hablaba de eso... —siseó Fayna a mi lado para sí, pero yo pude oírla.

Lo dijo abriendo la boca en señal de sorpresa, como si hubiera comprendido la magnitud de aquello.

—Verá, señor Ardoz, no es fácil contarle esto, pero... esa noche el director del proyecto en el que estaba abusó de ella y le quiso robar el hallazgo de esas... burbujas. Eso explicaría su actitud y el llanto que nos ha contado Fayna. Lo que nos ha relatado de que quería abandonar el observatorio seguramente estuviese motivado por lo que le pasó.

Aquella información arrancó un nuevo pedazo de mí y le prendió fuego dentro de mi cuerpo. Al observar cómo aquellos pedazos ardían en mi interior, comprendí que ese trozo de mi alma siempre estaría vacío.

—¿Han detenido a quien lo hizo? —pregunté lleno de una rabia que tan solo surgía cuando dañaban a mi hermana—. ¿Fue él quien la mató?

Esperé su respuesta mientras miraba la llamada en el móvil sin respirar.

—Su agresor ha muerto —dijo finalmente con una frialdad que me resultó agradable—. Y no, no fue él. Lo hemos comprobado.

Agaché la vista con los ojos cerrados. Fayna me soltó la mano y me acarició la espalda.

—Lo siento mucho. —Me pareció que decía la voz de Oramas, pero yo la oí de lejos.

Estaba con mi hermana en mis recuerdos, abrazándola con todas mis fuerzas. La tragedia era peor de lo que imaginaba. En mi mente vi a Laura desolada, llorando frente a Fayna en su cuarto, secándose las lágrimas y marchándose, a pesar de todo, porque quería preparar una última pieza del puzle que había construido para mí. En un momento tan devastador, le importó más hacer que el viaje mereciese la pena que ella misma. En lugar de volver y pedir ayuda, me la imaginé sola, conduciendo antes de que saliese el sol, llorando por una injusticia. Ese era el amor que mi hermana sentía por mí. El que siempre me demostró, hasta el final de su vida.

—Pero le diré lo que haremos. —Escuché a la sargento más cerca esa vez—. Nos acercaremos al mirador a echar un vistazo y lo llamaré si encontramos algo, ¿le parece bien?

—Lo siento, sargento, pero no puedo esperar sin hacer nada —repliqué. En mi tono reconocí una determinación que creía haber perdido para siempre al verme asolado por la enfermedad—. Se trata de mi hermana. Quiero ir. Puede que haya dejado algo que usted no reconozca. Puede que sea cualquier cosa que para usted no signifique nada y que, sin embargo, para mí lo sea todo.

—¿Dónde se encuentran? —preguntó.

—En el aparcamiento de la Cruz del Carmen, en Anaga, donde comienza el Sendero de los Sentidos —intervino Fayna, que sabía cómo ubicarse en la isla.

—No hace falta que vengan. Está a punto de anochecer y el camino desde allí es más de una hora. Cuando lleguen, será de noche. Mi compañero y yo estamos cerca y podemos echar un vistazo por si hay algo. Lo llamaré desde allí si veo algún objeto sospechoso que pueda ser de su hermana. ¿De acuerdo?

Resoplé. Tenía razón. Estábamos demasiado lejos para llegar. Pero no podía quedarme de brazos cruzados.

—Está bien. Esperaré a que me llame —le mentí.

En un impulso momentáneo que surge de algún lugar que nadie es capaz de entender, de pronto, tomas una decisión sin saber muy bien por qué y cambias el curso de la vida de alguien. Ahí, en esa simple mentira, cambié el curso de la vida de la sargento Oramas.

—De acuerdo —replicó la sargento. Fayna me miraba con los ojos fijos en mí, escudriñando mis palabras—.

Por cierto —nos dijo antes de colgar—, ¿sabe si Laura tenía alguien a quien ver en otra isla? Creemos que cogió un vuelo Binter a última hora del jueves y volvió por la mañana, el viernes, para verle en el hospital, como nos contó. Puede que no sea nada y no lo hemos comprobado aún, pero es otro camino en la investigación que teníamos en el aire.

—¿En otra isla? ¿Un vuelo? —Aquello no tenía sentido—. No sé. Ella nunca me mencionó que conociese a nadie fuera de Tenerife.

Pero entonces recordé el mapa con el resto de los lugares que ella había marcado por todo el archipiélago y el hecho de que Fayna tuviese que entregarme el cuadro en el aeropuerto. En la isla de Gran Canaria había dibujado también nuestro símbolo. Podía haber estado allí.

—Bueno, lo llamaré, ¿de acuerdo?

—Está bien.

Colgué antes de que pudiese añadir nada más. Fayna me miraba expresando en su rostro miedo y sorpresa. Parecía haber unido los pasos de Laura igual que yo.

Saqué el mapa del asiento y lo desplegué sobre el manillar, pegado a ella, mientras sentía de cerca su calor y su alivio tras la llamada. Recorrí las islas con los ojos y me paré en Gran Canaria. Había un reloj de arena dibujado sobre las dunas de Maspalomas al sur, y un corazón sobre el Sendero de las Vacas, y me detuve en nuestro símbolo, dibujado en el este de la isla. Leí la leyenda sin saber de qué se trataba: «El Bufadero de La Garita».

—¿Qué es ese sitio? —inquirí en voz baja.

—Es el lugar que está pintado en el cuadro que me dio, Mario —exhaló ella.

Entonces lo comprendí. Laura no solo iba un paso por delante de mí, sino varios. Nuestro viaje no comenzaba y terminaba en Tenerife, sino que también quería que nos llevase a una segunda isla y quizá, tras ella, al resto. Con esa nueva información, repasé mentalmente los movimientos de mi hermana mientras yo estaba en el hospital y fui capaz de reconstruir su itinerario, su sufrimiento y todo lo que había planeado. Recordé lo que me dijo cuando se marchó la última vez que la vi con vida, aquello de que ojalá las islas me hiciesen abrir los ojos y disfrutar de todo lo que había a mi alrededor. Miré a Fayna a mi lado y me di cuenta de que ya lo había conseguido. Acepté entonces la verdad: que aquel viaje con mi hermana, aquella parada que tenía prevista en el Bufadero, ella nunca lo completaría.

—¿Tenemos gasolina para llegar al mirador? —le pregunté a Fayna, afectado.

—Sabía que querrías ir —me respondió ella.

# Capítulo 34
# Observatorio Astronómico del Teide, isla de Tenerife
## Domingo, 20 de octubre de 2019
## Candela Oramas

*El dolor siempre busca momentos vulnerables*
*para destruir quienes somos*
*porque nunca tiene suficiente.*

Candela colgó la llamada y miró a Quintana, que había escuchado la conversación completa y la observaba con expresión de sorpresa. Al principio, la sargento habló con cautela porque pensaba que se trataba de una confesión de Fayna, pero luego lo hizo con interés al darse cuenta de que Mario había reunido las piezas que faltaban en la historia y se las había entregado cuando iba a tirar la toalla.

—¿Por qué no le has dicho que estamos fuera del caso y que no podemos ayudarlo, sargento? —inquirió Quintana, contrariado y con gesto preocupado.

—Porque me niego a estarlo, Quintana —replicó ella al límite de la desesperación—. ¿No lo entiendes? Esto... —alargó aquella frase porque le dolía pronunciarla— es lo único que me queda —exhaló finalmente—. Y no pienso abandonar. No pienso dejar que gane Anita. No quiero que, cuando se resuelva el caso, si lo hace, me mire por encima del hombro y me diga que perdí. Que ella se quedó con todo.

—Nos va a joder. Lo sabes, ¿no? —inquirió Quintana en voz baja—. Si continuamos después de su orden directa, se acabó, jefa. Será una infracción grave y nos podrían expulsar del cuerpo. No es un simple relevo. No es un traslado a otra división. Estaremos fuera. Y entonces sí que ganará.

—Estaré fuera yo —aseveró la sargento—. Me joderá a mí. Yo diré que no te informé y a ti no te pasará nada. Que estabas bajo mis órdenes y no sabías nada. De todas formas..., si eso ocurre, no me importará.

—¿Cómo dices?

—Que creo que no estoy hecha para esto, Quintana. Yo solo... —Apartó la vista porque los ojos se le llenaron de lágrimas.

Era la primera vez que se comportaba así delante de su compañero, pero no pudo evitarlo y dejó la frase sin acabar.

—Eh, eh. Candela, esto sí que no. —Se acercó a ella. La tocó con cuidado en el hombro, pero al ver que la sargento caía más y más en la tristeza la envolvió entre sus brazos casi sin tocarla—. Candela, joder —le dijo en un susurro—. No hagas esto, por favor. No te lo mereces. Tú y yo sabemos que no. Este trabajo es difícil, pero no podemos dejar que se nos meta dentro y que nos afecte, ¿entiendes? ¿Cómo era eso que me dijiste cuando empecé? Eso de que el dolor siempre busca nuestros momentos vulnerables para destruirnos porque quiere más. Y no se lo podemos dar. Si dejamos que cale en nosotros, estamos perdidos, ¿no era así, amiga? Lo decías tú misma.

Quintana la abrazó con más fuerza al sentir que Candela sollozaba en silencio sobre su hombro.

—Yo solo... quería ser madre —jadeó al fin dejando escapar el origen de toda su fragilidad.

Aquella frase conectó de golpe todas las inseguridades de la sargento, que brotaron en aquel momento por un cúmulo de tristeza cuyo epicentro ella identificó con la pérdida del bebé, pero que marcó toda su vida: la depresión posterior, la infidelidad de Daniel, la jueza Salcedo pisoteando su autoestima, sus pasos erráticos en la investigación tratando de buscar en la víctima un alma que ella misma creía que había perdido.

—Escúchame, Candela. Eres espectacular, ¿me oyes? Y lo que pasó con tu hijo fue una tragedia que nadie se merece. Pero la vida sigue, ¿no? No se puede planear nada porque viene la vida y, pum, te golpea con lo que más te duele. Mira a ese chico, Mario, lo ha perdido todo de golpe y... —Quintana se paró en seco y lo comprendió—. Es por él, ¿no? —exhaló—. Por eso empatizas con el chico, porque te ves en él, ¿verdad? Crees que tú también lo perdiste todo de un instante a otro.

Candela se hundió un poco más en el pecho de su compañero y lloró con más fuerza. Quintana buscó con rapidez herramientas que lo ayudasen a tapar aquella hemorragia incontenible.

—No lo has perdido todo, amiga. Mientras estemos aquí hay partido, ¿no? —dijo—. Aunque el mundo entero se viniese abajo, siempre puedes observar a tu alrededor y conectar con lo que somos en realidad.

Quintana respiró hondo y miró a la distancia. Bajo ellos se había extendido un manto punteado de diminutas nubes blancas iluminadas de un dorado tan intenso que parecían burbujas de champán.

—Mira este sitio. Mira estas vistas. ¿No son increíbles? —dijo él en voz baja.

Candela levantó la vista hacia las nubes y luego hacia él. Sus ojos lloraban y se sentía, por un instante, a salvo. Entonces, sin darse cuenta de cómo ni por qué, notó aquel rayo fulminante en el pecho que tiró de su boca hacia arriba y lo besó.

Él se quedó inmóvil y no movió los labios porque supo al instante que Candela se había dejado llevar por la sensación de estar perdida. Ella, al percatarse de lo que había hecho, emitió un largo suspiro. Se separó de Quintana, aún afectada por el llanto que se había aferrado a su pecho, y vocalizó un «lo siento» sin emitir sonido alguno.

—Candela, yo...

Ella cerró los ojos y levantó la mano para tratar de detenerlo. No había nada que añadir. Sabía que aquel instante no debía haber sucedido, pero ella tan solo lo había hecho para huir de los recuerdos que la atormentaban.

—Lo siento —dijo ella—. No estoy bien.

—No, no hace falta que digas nada.

Se miraron un momento, conscientes de que el dolor había tratado de arrebatarles esa complicidad que tenían.

—¿De verdad quieres seguir adelante? —le preguntó Quintana en voz baja.

Candela asintió con los ojos llorosos mientras apretaba los labios. Sabía bien que aquel paso podría suponer el final de todo, pero no podía evitarlo.

—Una última parada y nos vamos a casa. ¿Te parece bien?

Ella volvió a asentir sin decir nada, pero más decidida que nunca a descubrir si aquel había sido el paso final de Laura antes de morir. Se montaron en el coche patrulla y dejaron atrás los domos del observatorio mientras los últimos momentos del día bañaban con su luz la ladera de la montaña, cubierta de los esqueletos blancos de un sinfín de tajinastes secos que se elevaban como si fuesen pilares formados por cristales de hielo. El coche avanzó por la carretera hacia el oeste en un silencio solo roto por el murmullo del motor. Ambos sabían que aquel sería el intento definitivo. Quintana se aferraba al volante con una calma tensa y, cuando pasaron por delante del teleférico, Candela miró por la ventanilla la cima del Teide y pensó en todas las tragedias de las que había sido testigo. Cuando llegaron al Mirador de La Ruleta, pararon el vehículo en el aparcamiento para turistas, en el que solo quedaba una decena de coches cuyos dueños estaban aprovechando las vistas del atardecer. Llegada la noche, aquel lugar alejado de todo sería abandonado a su suerte, bajo las estrellas, en espera del turno de la mañana, cuando aparcasen flotas de autobuses llenos de viajeros que buscaban en el Roque Cinchado el recuerdo de una época anterior. Por regla general, tan solo se quedaban en aquella zona los huéspedes y empleados del hotel Parador de Las Cañadas del Teide que se hospedaban en aquel lugar apartado, precisamente, para huir del mundo, pero se encontraba cerrado en ese momento porque estaba siendo objeto de una extensa remodelación. Adosado al hotel se situaba el centro de visitantes, cerrado ya a esa hora, y, mucho más cerca del mirador, la ermita de las Nieves, una construcción pequeña y aislada con muros de color ocre y decoraciones de piedra volcánica en la fachada.

Quintana miró a su alrededor abrumado sin saber muy bien qué hacían allí. Aquel lugar era gigantesco, con senderos señalizados que partían desde el aparcamiento y se adentraban por caminos de tierra para rodear los Roques de García, las formaciones rocosas que sobresalían del suelo como espinas dorsales de dragones en letargo.

—¿Qué piensas, jefa? ¿Qué se te ocurre? —le dijo Quintana mientras la observaba.

Candela contemplaba el lugar en busca de los pasos que Laura tuvo que haber dado allí de ser cierto lo que comentaba su hermano.

—Llegó aquí antes del amanecer para dejar la señal a su hermano —dijo la sargento—. Conducía el coche, así que lo debió de dejar en el aparcamiento, como nosotros. Luego... —Hablaba rápido, casi sin pensar, mientras analizaba las opciones que tenía—. Era de noche y no había luna llena, así que tampoco tendría sentido que se adentrase mucho por los senderos para dejar algo para su hermano. Recordemos que se sentía devastada por lo que le había pasado en el observatorio. Frágil y vulnerable. La habían despojado de su descubrimiento. Estaba rota.

Candela caminó de un lado a otro mientras el cielo se oscurecía lentamente y se llenaba de colores purpúreos.

—Quizá fue al Roque Cinchado —continuó disertando—, que no está muy lejos de aquí. Unos cien metros por ese camino —apuntó hacia una zona de tierra señalizada a un lado—, pero dudo que fuese más allá. O tal vez subió por esas escaleras y trepó esas rocas hasta algún recoveco. Entonces, estando por aquí, viene alguien y... —su mente trataba de unir aquel lugar con lo que sucedió después— ¿la droga a la fuerza? ¿Se drogan juntos? ¿Es alguien a quien conocía? Puede ser. Sí. Se droga voluntariamente. Está triste. Quizá confía en esa persona. En ese momento se da cuenta del error y trata de huir de aquí en coche.

Candela corrió hacia el aparcamiento como si buscase marcas de neumático en el suelo.

—Consigue marcharse —dice en voz baja—. Conduce como puede hasta que es consciente de que se le cierran los ojos y no puede seguir. Asustada y confundida por la droga, se baja del vehículo y trepa débil sobre la lava intentando alejarse de la carretera, porque por allí viene su agresor. Llama por teléfono a su hermano, pero él no lo coge. Poco a poco, la droga hace efecto en ella y la adormece. Entonces cae y se arrastra por el suelo. Se araña el pecho con las rocas de lava seca. Sin fuerzas, quizá ya inconsciente, tumbada sobre la lava, su agresor le da alcance y la estrangula. Luego se marcha y no deja una sola prueba más que sus manos marcadas en el cuello.

—¿Y por qué no abusó de ella?

—Le bajó el escote y dejó su pecho a la vista.

—Sí, pero no la agredió. Solo la mató.

—Puede que no pudiese hacerlo. O que incluso solo quisiese acabar con ella.

Quintana observó aquel arrebato con estupefacción. Todas las piezas que tenían encajaban con aquella versión. La droga, el coche, los arañazos en el pecho, la falta de resistencia, la desesperación. De ser cierto aquel escenario, lo único que faltaba eran los restos de ese encuentro inicial, dónde pudo drogarla.

—Puede que —añadió Candela—, si la drogó contra su voluntad, la asaltase cerca del lugar donde ella trataba de esconder el mensaje para su hermano. Tenemos que encontrar dónde lo dejó y patearnos esto antes de que cierre la noche y no veamos nada.

—¿Qué buscamos? —preguntó Quintana—. No tenemos mucho tiempo antes de que se vaya la luz.

—Lo que sea. Cualquier cosa que te resulte llamativa. Una caja, un sobre. Algún objeto que te parezca raro. O algún indicio de forcejeo. Tal vez alguna jeringuilla con la que el agresor drogó a Laura. Su hermano mencionó que en otro lugar le dejó unas piedras apiladas con un símbolo. No sé.

—¿Piedras? ¿Aquí? —exclamó—. Esto está lleno por todas partes.

Candela miró a su alrededor y se dio cuenta de lo compleja que era la tarea. Necesitarían al menos veinte agentes peinando la zona para asegurarse de que revisaban todo, pero ni siquiera así estaba asegurado que encontrasen algo.

—Nos separamos —dijo Candela—. Tenemos media hora. Tú vas por el sendero y la escalinata. Yo busco por el mirador y el aparcamiento.

—Está bien. Vamos. No hay mucho tiempo.

Quintana aceleró el paso y subió la escalera de piedra de los Roques de García y, cuando se acabó, continuó su ascenso sobre las piedras agarrado a la cadena que señalizaba el camino. Revisó riscos, huecos y salientes en busca de algo que no sabía qué era y, cuando llegó arriba, observó desde la cima la abrumadora llanura de la Caldera de Las Cañadas.

Por su parte, Candela corrió hacia el mirador, cerca de la rotonda del aparcamiento, y buscó en las inmediaciones y detrás del murete que protegía a los visitantes de una caída desde las alturas. Al no encontrar nada, trotó hacia el aparcamiento y lo recorrió con prisa mientras Quintana bajaba de las rocas y se alejaba, con los ojos recorriendo el suelo con rapidez, por el sendero oscuro en dirección al Roque Cinchado.

Candela llegó al final del aparcamiento desanimada. No había marcas ni señales ni nada susceptible de haber sido dejado por Laura. Allí terminaba todo para ella. Suspiró con fuerza al pensar en que al día siguiente la relevarían del caso. Comenzaría entonces la caza de brujas sobre el suicidio de Tristán Santana. La jueza ya había apilado un montón de leña debajo de Candela para prenderle fuego.

Acto seguido levantó la vista hacia la ermita de las Nieves, al otro lado de la carretera, y en una fracción de segundo todo cobró sentido en su cabeza.

## Capítulo 35
## La noche
## Sábado, 19 de octubre de 2019
## Laura Ardoz

*Cuando crees que lo has perdido todo,*
*recuerda que siempre queda algo más.*

Laura levantó la vista e ignoró durante unos instantes la carretera para comprobar que la luna menguante seguía en el cielo y el Teide en el retrovisor. Laura Ardoz temblaba mientras conducía y sus sollozos habían convertido cada curva del camino en una prueba de habilidad. Estaba agotada. No podía más.

Lloraba.

Las lágrimas empapaban su rostro y su alma, y ella sabía que no había vuelta atrás. La habían excluido de su propio descubrimiento en el observatorio y ella, desesperada, había caído en el más viejo y peor de los engaños. Entonces había reclamado lo que era suyo, al principio con decisión, pero después de rodillas, sucumbiendo a los estragos del poder. Y no solo sentía que había perdido lo que le pertenecía, sino también lo que algún día ella podría llegar a ser. Todos sus sueños se habían evaporado. Cada brizna de su ilusión había sido arrancada de raíz. Creía que dentro de ella no quedaba nada más, pero pensó en su hermano y en que lo necesitaba. Y justo él era lo único que en ese momento la mantenía en pie; lo recordó en la cama del hospital.

Aparcó el Toyota gris en el Mirador de La Ruleta y vio que eran las cinco y cuarenta de la mañana antes de salir del coche. Apagó el motor y el silencio la recibió como la antesala de lo que vendría después. Se secó las lágrimas con el dorso de la mano y buscó en la guantera un rotulador. Salió del coche, miró arriba y pudo observar a simple vista las regiones oscuras de la Vía Láctea. En aquel lugar apartado del mundo y aislado de la contaminación lumínica de las ciudades, las estrellas brillaban con tanta intensidad que era difícil no levantar la mirada y perderse en ellas. Luego, sobre el lienzo negro y reluciente del cielo nocturno, se imaginó pintadas las ocho formas circulares que ya tenían nombre en su mente. Aquel sería, sin duda, uno de los descubrimientos más importantes de astronomía desde las ondas gravitacionales, pues confirmaba la teoría de la inflación y sentaba las bases sólidas para demostrar que el origen del espacio no fue único, sino múltiple. Diversos Big Bangs simultáneos que habían formado varios universos, que durante poco tiempo estuvieron unidos y que, tras su alejamiento, dejaron su marca para siempre en el nuestro.

Pero ¿acaso todo eso importaba? ¿Acaso tenía sentido todo aquello si perdía a su hermano por el camino? Se acercó al borde del aparcamiento y se adentró en el sendero de tierra compacta que llevaba hasta el Roque Cinchado sin dejar de mirar el cielo. La luna menguante iluminaba con debilidad un camino que en aquel silencio, en aquella soledad, sintió como el más seguro del mundo. Cuando llegó hasta el monumento, se fijó en algunas piedras blancas que destacaban sobre el gris oscuro con el que la luna pintaba la tierra volcánica y se agachó junto a ellas. Buscó de cerca hasta que encontró lo que quería: dos piedras blancas que destacasen sobre todo lo demás; una más plana que sirviese de base y otra más redondeada y pequeña que pudiese colocar encima. Agarró el rotulador y pintó en ambas un símbolo que en aquel momento, después de la tragedia, sintió como un rezo. Luego las colocó una sobre otra, a los pies de la roca gigantesca, y visualizó el instante en que llegaría hasta allí con su hermano, tras visitar Los Gigantes, y él descubriría aquella señal como un tótem de esperanza que gritaba en silencio que siempre estarían juntos y que todo saldría bien.

Se quedó mirando el escenario, emocionada y abrumada, y pensó que la vida consistía en eso, en buscar momentos únicos para aquellos a quienes quieres, porque un día lo tienes todo y al siguiente lo pierdes.

Volvió sobre sus pasos con una sensación de alivio y plenitud en su interior y, al llegar al aparcamiento, la vio. Una luz blanca salía del interior de la ermita de las Nieves. Su primer impulso fue ignorarla. Se montaría en el coche, bajaría la montaña y descansaría unas horas antes de volver al hospital a recoger a su hermano. Pero su tristeza la detuvo. La sensación de que el mundo era un lugar hostil para el que quizá no estaba preparada. Ella miraba a su alrededor buscando el sentido a todo lo que la conectaba con la vida, pero aquella noche se encontró de bruces con la avaricia, la vanidad y el engaño. Y decidió acercarse. Movida tal vez por el instinto humano de buscar consuelo, aunque supiese que no lo encontraría.

Encontró la puerta de la ermita entornada y la empujó para ver si estaba vacía. Se tranquilizó al comprobar que era una capilla perfecta para pensar unos minutos y tratar de sanar el error que había cometido con Tristán. El aire olía a cera y a soledad. Laura se adentró en ella con una momentánea sensación de paz interior y respiró hondo en cuanto se arrodilló en un banco y cerró los ojos. No rezó con palabras porque no le salían. Simplemente se dejó llevar y lloró de nuevo. Recordó que aquel gesto la había salvado de caer más profundo cuando murieron sus padres y que ella abrazó la idea de creer en algo superior a lo que podían medir los telescopios para buscarle sentido a los lugares adonde no llegaban. Sus sollozos ahogados rompieron el silencio del lugar y, de pronto, sintió que algo se movía delante de ella. Al levantar la vista se encontró con un hombre de rostro amable que la miraba con gesto confuso.

—¿Se encuentra bien, hija? —le dijo.

Ella se secó las lágrimas y trató de reconstruir su voz antes de responder, pero no lo logró. Se incorporó y se sentó en el banco. Tan solo consiguió negar con la cabeza, con la boca cerrada, incapaz de hablar.

—A veces nos cargamos de tanto peso, nos echamos tantas cosas encima, que la carga se vuelve insoportable para llevarla a solas —dijo el hombre mientras se acercaba y se sentaba en su hilera de bancos, pero al otro lado del pasillo—. Y tenemos que mirar ahí arriba, a alguien o algo que nos escucha y que nos puede ayudar a aliviar ese peso que nos impide caminar.

—Es complicado de explicar —respondió ella.

La comisura de la boca del capellán se elevó levemente para dibujar una sonrisa.

—Todo es complicado, hija —replicó él—. La vida, la muerte, la fe. Uno hace lo que puede, trata de aprender por el camino y dejar la vida en esta tierra mejor que la que se encontró.

—¿Y qué hace una cuando le hacen daño?

—Si puede, devuelva el golpe —dijo con una sonrisa—. Pero, si le pregunta el jefe —miró arriba—, yo no se lo he dicho.

Laura esbozó una sonrisa, y fue ahí cuando, sin saberlo, cometió el primer error.

—Otra opción es protegerse. ¿Esa reja de ahí fuera? Para evitar que los vándalos destrocen esto cuando no estoy aquí. Pero es difícil cargar un escudo continuamente.

—Trabajo en el observatorio, ¿sabe? Y..., bueno, soy un bicho raro con una contradicción dentro de mí con la que me cuesta lidiar. Cuando murieron mis padres, traté de buscar consuelo en la fe. Y la encontré. Al menos durante un tiempo. —Se tocó el colgante—. Creer en algo superior ayuda a no sentirse abandonada, pero..., al mismo tiempo, yo contribuyo con mi trabajo a que todo esto desaparezca. Hablo de esta conexión con algo superior. ¿Y sabe qué? Cuanto más sabemos de lo que hay fuera, en las estrellas, más claro parece que Dios no existe. Y cuanto más conocemos sobre cómo son las personas aquí en la Tierra, más claro queda que, de haberlo, nos ignora. De modo que estamos atrapados entre destruirlo o conocerlo. Y la segunda es la peor de las dos opciones.

Laura hablaba con rabia y desesperanza. Como si un instante estuviese viendo el rostro de Tristán Santana delante de ella y al siguiente a su hermano ingresado por el cáncer. El capellán la escuchaba contemplándola de arriba abajo y su expresión cambió ligeramente mientras lo hacía. Luego pareció volver en sí y sonrió de nuevo.

—¿Sabe qué? No sabría responderle a eso. Dios se siente. Por más que lo busque fuera, tiene que hacerlo dentro de usted. No sería la primera ni la última científica que cree en algo. La historia está llena de científicos creyentes que trataban de ponerle orden a la creación de Dios. Y, por más que lo intentaron, tan solo escarbaron en la superficie. Pero es distinto a la ciencia actual. Usted y los suyos tratan de destruirlo y él se esconde. Y por eso mucha gente ha dejado de verlo, pero sigue ahí, donde no llegan vuestras torres blancas.

Laura esbozó una segunda sonrisa e ignoró lo que ella misma acababa de decir. Pensó en que la existencia de las burbujas arrinconaba a ese Dios aún más porque ya no solo debía ser el responsable del origen de todo lo que vemos, sino también de esos otros espacios fuera de nuestro alcance.

—Pero tengo algo que quizá la ciencia sí apruebe —dijo el capellán en un tono distinto mientras se levantaba y se perdía unos instantes en la habitación del fondo.

Laura lo esperó mientras lo oía hablar en la distancia.

—Lo que sí está probado fue que su hijo bajó aquí, con nosotros, y no sé si la gente ha olvidado el mensaje, pero se sacrificó para que lo comprendiésemos y nos entregó su cuerpo y su sangre.

Fue justo cuando dijo aquella última palabra cuando apareció con el cáliz en las manos, portándolo sin solemnidad.

—Oh, no. No hace falta —dijo Laura en cuanto lo vio llegar—. No estoy bautizada ni nada de eso. Solo soy alguien que comenzó a creer y ahora está llena de dudas.

—Porque esta es mi Sangre —la interrumpió sin escucharla—, que será derramada por todos para el perdón de los pecados —dijo con una sonrisa, de pie delante de ella, que seguía sentada.

—De verdad, no hace falta —insistió Laura—. No es algo que me sienta cómoda haciendo. No considero que deba...

—¿Ha pecado, hija? —le preguntó—. ¿Tiene alguna acción que expiar?

Ella lo miró seria y aguantó la vista unos segundos al tiempo que por su cabeza pasaba lo que se había visto obligada a hacer en el observatorio con Tristán. Asintió. Y lo hizo mientras contenía el aliento. En ese momento el capellán se acercó con la copa y se la entregó. Ella miró el vino rojo en su interior con la sensación de que no tenía nada que perder. Entonces se la llevó a los labios y dio un trago largo que bajó por su garganta y tiñó de burdeos el contenido de su estómago.

—Bien —dijo el capellán—. Bienvenida a este lado, hija —añadió con una sonrisa mientras le quitaba la copa de la mano y se sentaba a su lado—. ¿Nota algo distinto? ¿Qué es eso por lo que debe pedir perdón?

—Verá, yo... —Trató de buscar las palabras correctas, pero nunca se había confesado ni sabía cómo debía hacerlo. Rendida y abrumada por el cúmulo de acontecimientos, se vio sobrepasada y cogió aire.

—Algo habrá en su corazón para venir aquí de madrugada y ponerse a llorar delante de la cruz.

Ella se agarró el colgante y lo apretó con fuerza entre sus dedos.

—Puede que sí —exhaló en un jadeo mientras abría los ojos y recordaba todo.

Pero fue entonces cuando empezó a sentirse extraña. No se trató de un cambio rápido, pero se dio cuenta al instante de que algo le sucedía. Comenzó como una calidez que se extendía hacia sus brazos para luego convertirse en un mareo agudo que agitaba su cabeza al ritmo de los latidos de su corazón. La cruz sobre el altar bailó ante su mirada. La llama de una vela encendida parecía moverse de un lado a otro. Se fijó en el capellán y fue consciente de que la simpatía de su rostro se había desvanecido y en su lugar se encontró unos ojos fríos e indescifrables. En ese instante, Laura comprendió lo que había pasado y se puso en pie de un salto al sentir la descarga eléctrica que le mandó su instinto de supervivencia.

—¿Qué me ha hecho? —inquirió con las manos delante tratando de usarlas como escudo.

—No se altere o será peor —respondió él en un tono tan diferente a su voz anterior que Laura sintió un escalofrío de pánico que le recorrió desde la nuca hasta la parte baja de la espalda—. Ya se lo he dicho. Si puede, hay que devolver el golpe. Detener este asedio continuo contra la fe. Parar esta caída del mundo hacia la oscuridad. He tenido que poner cámaras aquí para vigilar la ermita porque nos roban lo poco que hay o vandalizan las ventanas. He podido reunir dinero para comprar una reja para proteger la puerta. Un lugar de culto no debería tener que tomar este tipo de medidas, ¿no cree? Pero..., si se presenta la oportunidad, hay que devolver el golpe. Se acabaron los tiempos de la otra mejilla.

—¿Qué ha echado en el vino? —exhaló Laura tratando de sujetarse a uno de los bancos.

—Es solo flunitrazepam, pero quizá demasiado —aclaró en un tono en el que se intuía una alegría culpable—. Lo tomo para dormir cuando vengo aquí. Este silencio me aterra, ¿sabe? Pienso en todas las cosas que pueden pasar, en toda esa gente malvada que quiere acabar con la fe, y no puedo pegar ojo. Ya apenas me hace efecto. Y, de pronto, escucho un ruido y la encuentro aquí, en mitad de la noche, caída del cielo o subida del infierno. Y me dice que viene de ese lugar que ustedes creen un templo pero que no es más que una máquina de asedio.

Laura intentó correr trastabillando y el capellán la siguió con una calma que ella percibió que la asfixiaba. Consiguió llegar hasta la puerta, pero él tiró de su pelo y la tumbó en el suelo.

Chillaba, pero solo estaban las estrellas como testigos.

En un último arrebato de supervivencia, Laura se arrastró por el suelo, mareada, y se apoyó en la pared para incorporarse. Entonces el capellán se hizo a un lado y le señaló la puerta. Y ella, creyéndose libre, huyó. Corrió con un ímpetu renovado hacia el coche con su corazón bombeando veneno por sus arterias mientras pedía ayuda. Pero nadie la oía en aquel lugar abandonado. Frente a la ermita, el capellán caminó hacia su coche, se montó en él y esperó, como lo hace un cazador que sabe que el disparo desangrará a su presa.

Laura llegó casi sin fuerzas al suyo luchando contra sus ojos y contra el peso de su cabeza. Arrancó con dificultad y, entre lágrimas desesperadas y una debilidad que la adormecía a cada segundo que pasaba, movió el coche. E intentó alejarse todo lo que pudo de aquel lugar. Sin darse cuenta, dejó de apretar el acelerador y el coche se detuvo poco a poco en un tramo recto escoltado por dos paredes de lava oscura al mismo ritmo que lo hacía su vitalidad.

Aturdida y casi desvanecida, le vino a la mente su hermano y todo lo que había planeado para él, así que tanteó a ciegas el teléfono en el asiento del copiloto. Consiguió desbloquearlo y marcar con sus dedos torpes el nombre de Mario. Esperó un tono. Y luego otro. Y cerró los ojos. Pero nadie respondió. Estaba sola.

Entonces dos faros iluminaron sus párpados desde el retrovisor y ella los abrió de golpe, aterrada. Pisó el acelerador con sus últimas fuerzas, pero el motor se había calado. Salió del coche sintiendo cómo las náuseas subían por su garganta y trató de huir con el teléfono en la mano. Escaló como pudo la pared de lava seca y se cayó de bruces contra el suelo. Se arrastró un poco más arañándose todo el pecho con el peso de su cuerpo y desgarrándose el vestido, pero no podía más. Se puso bocarriba para coger aire y se dio cuenta de que apenas podía inhalar. Miraba al cielo lleno de estrellas y pensó una última vez en que, si Dios existía, la estaba ignorando.

Sus manos dejaron de responder y también sus piernas se adormecieron hasta que dejó de sentirlas. Entonces el capellán llegó hasta ella y se paró a su lado. Tranquilo, cogió una roca y la estampó contra el teléfono. Laura lloraba sin poder moverse. Le pedía piedad con la mirada, pero él se agachó sobre la chica y le apretó el cuello. No hubo un solo grito ni tampoco una lucha prolongada. Únicamente una presión en el cuello y la imagen de miles de millones de estrellas sobre ella, que se apagaban una a una en la negrura que invadía sus ojos abiertos.

## Capítulo 36
## Mirador de La Ruleta, isla de Tenerife
## Domingo, 20 de octubre de 2019
## Candela Oramas

*Hay un momento en que el alma deja de pedir auxilio porque clama para que llegue el final.*

La sargento cruzó la calzada y se acercó a la ermita con la vista fija en su campanario y en la luz que salía a través de las ventanas. Vio una cámara de seguridad apuntando hacia la entrada frontal y recordó que, según el expediente, era de circuito cerrado. No servía para encontrar el vehículo de Laura ni tampoco para saber si grabó al culpable. Pero no era aquello lo que le interesaba. Se asomó al interior y vio la estancia iluminada, con varias hileras de bancos oscuros que apuntaban hacia un altar con una cruz sencilla de madera. Había una puerta cerrada al fondo y el suelo era de un color rojizo desgastado por el tiempo, pero estaba limpio, quizá demasiado.

Candela no recordaba la última vez que había asistido a una misa. Ella y Daniel se habían casado por lo civil en un juzgado sin vítores ni arroz, y lo más reseñable de aquel día fue que hicieron la sesión de fotos en los Jardines del Marquesado de la Quinta Roja y él le juró amor eterno mientras subían y bajaban las escaleras entre sonidos del obturador de la cámara.

La sargento entró con paso lento al interior. No había nadie a la vista y, por un segundo, estuvo a punto de marcharse, pero entonces la puerta del fondo se abrió y un hombre de unos cuarenta años con el pelo corto y moreno la miró con los ojos abiertos y las cejas arqueadas por la sorpresa de verla allí.

—Eh…, hola —dijo él al tiempo que esbozaba una sonrisa.

Su mente ya había saltado de una idea a otra mientras se acercaba a la ermita, pero, al mirar a aquellos ojos llenos de sorpresa y frialdad, conectó todas ellas de golpe. La sargento recordó el colgante que llevaba Laura cuando murió. Escuchó en su cabeza la voz de Fayna contándole que su amiga estaba tan nerviosa que no paraba de jugar con él mientras lloraba. Vio las letras del informe del forense que mencionaba el vino mezclado con el contenido de su estómago. Su intuición le estaba haciendo unir todas las piezas…

—Hola —dijo ella tratando de que no se le notase la tensión que atenazaba sus músculos—. ¿Es usted el capellán de la ermita?

—Hola, sí. Roberto Baute, encantado —dijo el hombre acercándose a Candela—. ¿En qué la puedo ayudar a estas horas, agente? La última misa del fin de semana ya ha terminado hace un buen rato. Estaba recogiendo las cosas para marcharme a casa.

El capellán vestía unos vaqueros y un jersey de cuello redondo sin nada debajo y sonreía con una calidez innata. Tanto que Candela estuvo a punto de dudar de todas las hipótesis que había construido en un instante sobre él.

—Soy la sargento Oramas, de la Policía Judicial. Supongo que sabe que estamos investigando un crimen que hubo ayer. Una chica joven muy brillante. Una pena, la verdad.

—Oh, sí. He visto la fotografía en los medios. ¿Se sabe ya quién era la víctima? No mencionaban nada de ella, pero parece un caso horrible —respondió el capellán—. ¿Qué está pasando con el mundo para que haya tanto odio?

—Siempre lo ha habido, ¿no cree? Yo me dedico a algo que te enfrenta cara a cara con lo peor de la humanidad.

El capellán recibió aquella frase como un golpe e intentó que no se le notase.

—Puede que tenga razón, pero últimamente parece que todo el mundo está en guerra.

Candela tragó saliva. Quería ir directa, pero no sabía cómo hacerlo.

—He visto que tiene una cámara ahí fuera —dijo la sargento tomando las riendas de la conversación.

No quería cometer ningún error y decidió abordar aquella hipótesis en diagonal.

—Ah, viene por eso. —Mostró cierto alivio—. Ya hablé con sus compañeros. Les dije que no los podía ayudar. No graba. Es solo de circuito cerrado. Lo siento.

—Y por casualidad no estaría aquí la noche del viernes al sábado, ¿verdad?

El capellán cogió aire con los ojos fijos en ella.

—Sí, estuve. Pero no vi nada, si es por lo que lo pregunta.

—¿Y oyó algo raro? Alguien que diera algún grito o…, no sé.

El hombre negó con la cabeza.

—Un poco más adelante está el parador, pero estos meses está cerrado. Si busca información por aquí, va a tenerlo difícil. Yo, ya le digo, no la puedo ayudar. Tomo pastillas para dormir y… caigo como un tronco.

—¿Vive aquí en la capilla?

—Oh, no. No podría. Esto está demasiado lejos de todo y la logística es complicada. Pero aquí atrás hay un dormitorio y me quedo los fines de semana para no subir y bajar tantas veces. Vengo el viernes, repaso la ermita, preparo las misas y el lunes me marcho de vuelta a Costa Adeje, donde vivo. Aquí se está tranquilo, pero es aterrador. Mire lo que le ha pasado a esa chica. No sé qué la llevó a estar por esta zona de noche.

—Pues... creo que fue el amor, ¿sabe?

—¿Cómo dice?

—Que esa chica quería mucho a alguien y tuvo un momento bajo. Demasiado. De ese tipo del que cuesta reponerse, no sé si me entiende. Y, en esa oscuridad, el amor fue lo que hizo que siguiese adelante. Pero también que cometiese un error y confiase en alguien que pensó que podía tenderle una mano. Entonces ese alguien la drogó y luego la persiguió con calma hasta matarla.

El capellán observó a Candela con los mismos ojos que le había mostrado Tristán y ella reconoció aquel vacío que solo surge cuando te encuentras arrinconado.

—Qué horror, ¿no? —exhaló—. ¿Por qué haría alguien algo así?

—No lo sé —replicó la sargento casi en un suspiro—. Tal vez intentaba otra cosa o... libraba una guerra de esas que usted menciona.

Candela asintió casi sin mover la cabeza. Y el capellán la observó atento hasta que sonrió falsamente para tratar de buscar una salida.

—¿Qué tipo de guerra?

—No lo sé. Lo ha dicho usted.

—Tiene razón. —Sonrió—. Hay muchas guerras. Y a muchos los meten en un bando sin avisarlos y sin siquiera saber que están en el frente. Reciben ataques una y otra vez y no quieren problemas, pero un día les ponen un arma en las manos y se dan cuenta de que pueden hacer su parte. Y entonces se enemistan con gente que no conocen por una causa que muchos ni entienden. Hay guerras de muchos tipos, ¿no? Los buenos contra los malos, los de arriba contra los de abajo, los fuertes contra los débiles, las mujeres contra los hombres, los ancianos contra los jóvenes, los ricos contra los pobres. Y luego están nuestras luchas internas. El amor contra la razón. El miedo contra el valor. La esperanza contra la apatía.

—La ciencia contra la fe —apostilló Candela.

El capellán tragó saliva al oír aquella frase y Candela comenzó a seguir sus movimientos al milímetro. En su mente había unido todas las piezas y encajado cada paso de Laura hasta aquel mismo lugar. Midió sus palabras y encontró la que necesitaba para confirmar aquella idea que ya se le mostró como una verdad a punto de quemarlo todo.

—¿Le puedo preguntar para qué puso la cámara de ahí fuera?

—Como le digo, esto está muy alejado y, cuando no hay nadie, vienen vándalos y lo rompen todo. Tuvimos que instalar una reja para proteger la entrada. Ya ha habido cuatro o cinco veces en las que me he encontrado pintadas dentro, han destrozado la cruz o tirado basura por todo esto. Es como si la gente no tuviese respeto por nada, ¿sabe? Aquí no queremos hacer daño a nadie y, en cambio, nos encontramos en esta ofensiva continua desde todos los frentes. Se lo conté a sus compañeros cuando vinieron a preguntarme. Y no hacen nada. No hacen nada por vigilar esta zona cuando no estoy. Y hemos tenido que llegar a esto. A poner una reja, a instalar cámaras. Es desesperante. Como está tan alejado, se desentienden de todo y nos dejan a nuestra suerte en esta… batalla contra la fe.

—¿Contra quién libra esa batalla de la que usted habla?

—Contra los que están del otro lado, ¿no? Los que odian los lugares como este. Son ellos quienes nos quieren destruir. Se mofan de nuestras creencias, dejamos que ataquen nuestras verdades o que traten de acorralar a nuestro Dios. Siempre ha sido así.

Conforme hablaba, el capellán fue aumentando la tensión en su voz sin darse cuenta, y Candela reconoció en su tono el odio que buscaba.

—En las guerras todo el mundo comete errores, pero hay líneas que no se deben cruzar, ¿no cree?

El capellán asintió con los ojos fijos en ella, en pie, en espera de un movimiento que lo cambiase todo. Fuera, las últimas luces del ocaso habían dado paso a una noche limpia, con la luna y las mismas estrellas de siempre, atentas e indiferentes. Y entonces Candela decidió lanzarse con una última pregunta.

—La grabó huyendo, ¿verdad? —le disparó en voz baja sin pestañear.

—¿Cómo dice?

—Si entro a ese cuarto de ahí, ¿encontraré su huida grabada en un disco duro o tendré que pedir a mis compañeros que recuperen el archivo borrado?

—Ya le he dicho que… la cámara es de circuito cerrado. No…

—¿Y cómo pensaba cazar a esos vándalos que destrozan la ermita cuando usted no está?

El capellán emitió un bufido por la nariz al tiempo que negaba con la cabeza durante una fracción de segundo. Candela pensó en cuánto tardaría en desenfundar el arma. Pero de pronto el hombre tan solo dibujó una sonrisa amplia en su cara.

—¿Sabe? Tiene usted razón. Hoy estoy lento. ¿He dicho circuito cerrado? Me refería a que las imágenes solo se guardan veinticuatro horas. Si no ha pasado nada, se borran y listo. Estoy cansado de un fin de semana un poco largo.

—Entiendo —replicó ella.

Entonces el hombre giró sobre sí mismo y le dio la espalda a Candela.

—Usted no querrá un poco de vino, ¿verdad? —dijo alejándose hacia el cuartucho del fondo—. Me ha sobrado toda la copa del oficio de esta tarde —añadió alzando la voz tras perderse en la estancia.

—La verdad es que no me vendría mal —replicó ella al tiempo que aprovechaba aquel instante para buscar con la mirada por todas partes alguna muestra que lo delatase—, pero estoy de servicio.

El capellán Baute apareció unos segundos después agitando la copa y con una sonrisa tranquila en su rostro.

—Vamos, agente. Es… la sangre de Dios. Seguro que ha bebido vinos peores.

Le tendió la copa y ella la cogió entre sus dedos. Entonces buscó con la mirada los restos de cualquier sustancia. Le temblaba la mano. El líquido vibraba dentro del vaso. Y, de pronto, todo se precipitó.

En un silencio abrumador, el capellán se abalanzó sobre ella, que actuó por instinto y dejó caer la copa al suelo mientras, con la otra mano, trataba de alcanzar el arma en su cintura, pero no llegó a tiempo. El hombre se le había echado encima con todo su peso y ambos cayeron contra las baldosas con un golpe seco. En el rostro del capellán no quedaba nada de aquella máscara de amabilidad de momentos anteriores y sus ojos dejaron paso a un vacío tan profundo como el de una bestia arrinconada.

Forcejearon en el suelo en silencio con una violencia brutal sin decir palabra. Ella pugnaba por alcanzar el arma, pero él la cogió del brazo con el que lo intentaba y rodeó su cuello. El hombre respiraba con fuerza por la nariz y a Candela le temblaba todo el cuerpo al darse cuenta de que, centímetro a centímetro, le ganaba la batalla. Pensó en Quintana y en dónde diablos estaba. Pensó en Laura y en su mala suerte. De pronto, ella consiguió girarse sobre sí misma y agarró el arma, pero el capellán impidió que la desenfundara. Se arrastraron por el suelo mientras tiraban y, de repente, entre los jadeos de ambos, sonó un disparo seco tras el que, un segundo después, Candela sintió un calor intenso en el muslo. Gritó.

Y de nuevo sonó otro disparo, pero esta vez al sonido le acompañó una lluvia de escayola al impactar la bala contra el techo. Candela luchaba por no perder el arma y el capellán por dominarla. Ella no podía más. Notaba el ardor de la pierna ascendiendo por su cuerpo mientras la sangre le empapaba el pantalón. Peleaban por la pistola apuntando entre temblores hacia la nada. Y entonces ella apretó el gatillo con la única intención de vaciar el cargador y que el sonido alertase a Quintana. Candela disparó tres veces. Y lo hizo poco después una cuarta, justo en el instante en que se oyeron unos pasos desde la puerta. Era Quintana, que sintió el fogonazo de aquel último disparo como un golpe en su abdomen.

—¡Quieto! —gritó su compañero apuntando con su arma.

Candela notaba cada latido de su corazón en la garganta y aprovechó aquel microsegundo de desconcierto para dar un golpe seco con las manos contra el suelo. Eso hizo que ambos perdiesen la pistola, que patinó unos metros.

—¡Quieto! —repitió el agente respirando con fuerza mientras sus manos temblaban sin él entender bien por qué.

Y, de pronto, lo sintió: el calor en el vientre, la humedad en la camiseta, la falta de aire, los latidos de su corazón. Al mirar abajo, vio su abdomen cubierto de sangre. La bala de aquel cuarto disparo de Candela antes de perder el arma había impactado contra Quintana, que no había notado la herida hasta unos momentos después.

—Candela... —exhaló al sentir que se le escapaban las fuerzas.

Se apoyó contra el marco de la puerta y descendió lentamente por él. Ella desvió un segundo la vista y vio la sangre en su compañero.

—¡No! —chilló en un aullido que oyó toda la montaña—. ¡No! —repitió con todas sus fuerzas.

Entonces el capellán aprovechó aquel instante de dolor y desconcierto para subirse sobre ella e inmovilizarla con su peso. Ella luchaba y trataba de recuperar el control hasta que de repente el capellán le cogió la cabeza y la estampó contra el suelo.

El golpe fue tan duro que Candela se quedó inmóvil con los ojos abiertos. Sus manos lo soltaron, su cuerpo perdió la fuerza. Lo veía sobre ella, pero estaba indefensa. El hombre jadeaba como una bestia y la contemplaba con la certeza de que ya la tenía presa. Le rodeó el cuello con sus manos ásperas y ella notó al instante la presión robándole el aliento. Candela trató de mandar alguna orden a sus piernas, pero tan solo respondieron con un breve pataleo que más bien pareció un espasmo.

El rostro del capellán se difuminaba sobre ella mientras el mundo a su alrededor se oscurecía. Sin saber por qué, su mente viajó al beso con su compañero, y también a un momento cotidiano cuando la recogió en su casa con un zumo en la mano. Lo vio junto a la máquina de café con una sonrisa a su lado y de nuevo en el observatorio, cuando ella estaba entre sus brazos.

Todo se fundió a negro.

Y sonó un último disparo.

Volvió el aire, regresó la luz y desapareció en un instante la presión que le oprimía todo el pecho. El cuerpo de Roberto Baute cayó a plomo sobre su costado y Candela Oramas, sin fuerzas para moverse, consiguió mirar a un lado y vio a su compañero con la pistola en alto y los ojos cerrados.

# Epílogo

Mario notó el sabor a sal en sus labios antes de que sus zapatillas pisaran la roca volcánica. El océano rugía con fuerza aquel día frente a la costa de Gran Canaria y él se sentía abrumado por cómo el sonido de las olas parecía el de un monstruo enfurecido que lo engullía todo. A su lado, Fayna le apretó la mano y él entrelazó los dedos con los de ella para encontrar un refugio helado donde aplacar el fuego.

—Es aquí —le dijo Fayna en voz baja—. El Bufadero de La Garita. El último de los lugares que marcó Laura en el mapa con vuestro símbolo.

Mario suspiró justo cuando el mar recorría las cavernas inferiores del bufadero, una apertura irregular sobre las rocas de la costa, y empujaba el agua por los recovecos y grietas con una fuerza titánica para, cada pocos segundos, explotar en un géiser de espuma y aire hacia el cielo. Mario y Fayna sentían cómo el suelo vibraba bajo sus pies al ritmo de cada exhalación. Él contempló abrumado ese espectáculo natural que parecía ser la entrada a los pulmones de la isla. Cerró los ojos y le pareció que, en aquel ciclo incesante de violencia y calma, oía la respiración de su hermana.

—¿Crees que vino aquí? —murmuró Fayna sin querer interrumpir aquel momento.

Él los abrió de nuevo y miró abajo, inhalando justo en el instante en que el agua se hundía en el bufadero. Entonces, en toda esa oscuridad, trató de reconstruir en su cabeza lo que había sucedido hasta llegar a ese impresionante lugar.

El domingo anterior, tras recorrer el Sendero de los Sentidos y descubrir que Laura había estado allí y había dejado las dos piedras que los representaban sobre el travesaño de la cruz, decidieron poner rumbo al Mirador de La Ruleta, en el parque nacional. La subida de noche no tenía nada que ver con el ascenso a la luz del día. La temperatura bajaba, la iluminación era demasiado escasa y daba a la carretera el aspecto siniestro de los peores presagios. Comenzaron la subida al Teide acompañados de una luz dorada que se difuminó poco a poco y dejó paso a un cielo de violetas oscuros antes de desvanecerse e iluminarlo todo con el brillo de unas estrellas que siempre se mostraban indiferentes.

Cuando ellos aún pasaban por delante del teleférico y les quedaba un buen tramo para llegar al mirador, Quintana, que se encontraba junto al Roque Cinchado, oyó un disparo en la ermita de las Nieves y corrió hacia ella con el arma en la mano. Cuando llegó, se detuvo junto a la reja exterior y se asomó justo cuando tres detonaciones resonaban en el interior. Y entonces hubo una cuarta. Un fogonazo y un dolor brutal en el vientre le robaron el aire haciéndole sentir como si cayese al vacío.

—¡Quieto! —gritó él desde la puerta con el arma en alto al ver a Candela forcejeando con el capellán.

Quintana apuntaba a ambos, que se movían de tal forma y con tanta rapidez que se cubrían el uno al otro, lo que le impedía un tiro limpio. Temía disparar a su compañera y trataba de buscar el momento exacto para hacerlo.

—¡Quieto! —repitió Quintana una última vez.

Lo tenía a tiro. Era imposible fallar. Y, de pronto, notó ese calor en el vientre, como un incendio que rugía desde sus entrañas, y al mirar abajo vio la sangre empapando su camiseta y una mancha roja que se extendía sin control. Sintió cómo le fallaban las piernas y cómo el aire se le escapaba de los pulmones. Se apoyó contra el marco de la puerta y se deslizó hasta el suelo. Los párpados le pesaban. La sangre le abandonaba con demasiada rapidez.

—Candela… —exhaló al sentir que se le escapaba la vida.

Notó el sabor a sangre en la boca y oyó los gritos de Candela:

—¡No! ¡No!

Y al llegar al suelo cerró los ojos justo en el instante en que se apoyó a un lado y oyó un golpe seco seguido de silencio. Luchó contra sí mismo. Intentó vencer un cansancio dulce que lo llamaba y, cuando abrió los ojos, vio a aquel hombre sobre Candela estrangulándola. Entonces tosió sangre una vez, levantó el brazo con sus últimas fuerzas y disparó, volándole la cabeza.

Candela dio una bocanada de aire gigantesca con la que se agarró a la vida. Tosía al tiempo que lloraba. Empujó el cuerpo del capellán a un lado y se arrastró por el suelo en dirección a Quintana. La sangre manaba a borbotones de su muslo y dejó un reguero rojo por el suelo mientras trataba de llegar a su compañero.

—¡Ayuda! —gritó—. ¡Socorro!

Pero solo la oyeron las estrellas.

Se dio cuenta de que tenía el teléfono en el coche patrulla, que había dejado en el aparcamiento del mirador, y comprendió que sería incapaz de llegar hasta allí y pedir ayuda antes de desangrarse. Cuando alcanzó a Quintana, le taponó el vientre con la mano al tiempo que hacía lo mismo con su herida en la pierna. La sangre de sus cuerpos manaba como si fuese un manantial que brotaba desde varios lugares distintos.

—Quintana —dijo con sus últimas fuerzas—. Aguanta, por favor. Tienes que aguantar… —Sollozó. El agente apenas se movía y ella notaba un vértigo angustioso al sentir que él caía hacia un sueño eterno—. Quintana.

Entonces se derrumbó sobre él entre jadeos y abrazó su cuerpo con fuerza hasta que ella misma notó cómo su propia vida se escapaba desde su pierna. Cerró los ojos sobre su compañero con la certeza de que era imposible luchar contra aquel sueño embriagador y se sumió entre llantos en la oscuridad, sabiendo que aquel era un final duro para una historia como la suya. Había encontrado al culpable, había hecho justicia, pero perdía a un compañero y también la vida. Todo lo que se había quedado pendiente en sus planes pasó por su mente durante un último instante.

Justo en ese momento, Mario y Fayna aparcaron la moto en el aparcamiento del mirador y se extrañaron al ver el coche patrulla de la Guardia Civil allí, sin rastro de Candela ni de Quintana a la vista. El silencio era desolador y aquella calma predecía una tragedia.

—¿Hola? —gritó Mario a la nada más absoluta. Estaban tan solo alumbrados por la luz frontal de la moto y el brillo tenue de las estrellas.

—¿Dónde crees que han ido? —preguntó Fayna en la penumbra de la noche.

—Puede que se hayan adentrado por el sendero, o tal vez…

Mario buscó a su alrededor y se fijó en la ermita de las Nieves, iluminada en la distancia y cuya claridad emanaba de las ventanas laterales como si fuesen una hilera de faros que marcaban el camino. La mente de Mario saltó de una idea a otra y entonces unió la creciente fe de su hermana con el dolor de aquella noche, y supo al instante hacia dónde se había dirigido tras salir del observatorio.

Caminó hacia allí mientras Fayna lo seguía un paso por detrás y, cuando se acercó, sintió un escalofrío que le recorrió todo el cuerpo y se detuvo sobre la cicatriz de su pierna en cuanto vio en el marco de la puerta a Quintana, sentado en el suelo, con la cabeza a un lado.

Corrió hacia el agente y, al llegar, se fijó en que junto a él estaba Candela, con los ojos cerrados y el cuerpo inmóvil. En mitad de la estancia, junto a los bancos de madera, yacía el cadáver de un hombre de unos cuarenta años y pelo moreno.

—¡Agente! —chilló él entonces—. ¡Sargento Oramas!

Fayna lo había alcanzado ya y se llevó las manos a la boca mientras él se tiraba sobre ambos tratando de encontrar signos de vida.

—¡Fayna, llama a emergencias! —vociferó en su dirección.

Ella sacó el móvil con las manos temblorosas y marcó el 112. Mario zarandeó a Quintana, pero no obtuvo reacción alguna. En un intento desesperado, le golpeó el pecho y luego le colocó los dedos en el cuello, pero no encontró pulso. Fayna contemplaba aterrada aquella imagen desoladora de los tres cuerpos en la ermita, con el auricular en la oreja y sin saber siquiera qué decir a la voz que le preguntaba al otro lado. Mario clavó la mirada en la sargento, que estaba sobre un charco enorme de la sangre que brotaba de su pierna, y pensó en lo peor. Pero se fijó en el pecho de Candela, que se movía levemente con un ritmo casi imperceptible, como si fuesen los temblores previos a una erupción.

—Respira —susurró.

—¿Qué? —preguntó Fayna casi sin voz.

—¡Respira! —aulló de nuevo entre sollozos al tiempo que se abalanzaba sobre la pierna y le taponaba la herida con ambas manos.

La sargento entreabrió los ojos con sus últimas fuerzas y murmuró un «gracias» que ni siquiera llegó a pronunciar. Jadeaba con debilidad. Una sutil corriente de aire se adentraba en su cuerpo al ritmo que solo respiraban las islas, y Mario se aferró a ella con tal determinación para contener la hemorragia que, cuando llegaron los equipos de emergencias veinte eternos minutos después, se llevaron a la sargento al hospital seguros de que sobreviviría y que tan solo le quedaría una cicatriz en el mismo lugar que Mario tenía la suya.

Iluminado por las luces de las ambulancias y de la Guardia Civil, Mario deambuló en silencio y con un nudo en el pecho por el Mirador de La Ruleta. Se sentía incapaz de presenciar cómo los paramédicos confirmaban la muerte del agente Quintana. Caminó en soledad por las inmediaciones, abrumado por un cielo que se desplegaba sobre él y con el Teide como testigo de aquella tragedia. Pensó en Laura y en que su amor por él había sido el único fuego que había alimentado aquel incendio que lo había arrasado por dentro. Se adentró por el sendero hacia el Roque Cinchado para verlo de cerca. Bajo las estrellas, se fijó en las formas irregulares de la roca y, en la penumbra, vio las dos piedras blancas que Laura había dejado en equilibrio, una sobre otra, y la sintió tan cerca que se derrumbó entre lágrimas, desolado.

Los periódicos abrieron al día siguiente con la trágica noticia de la muerte de Álex Quintana, cabo de la Unidad Orgánica de la Policía Judicial, en una operación heroica en la que salvó la vida de una compañera mientras investigaban el horrible crimen de Laura Ardoz, cuyo culpable había sido Roberto Baute, el capellán de la ermita de las Nieves. A él también se le atribuyó la autoría del asesinato de otra mujer en el barranco de las Campanitas y cuyo único nexo parecía ser que la víctima acudía asiduamente a la ermita a rezar en soledad. En ellos también se mencionó que se había identificado como Francisca P. el cadáver de una mujer de treinta años hallado flotando frente a la costa de Los Gigantes y que dejaba huérfanos a dos niños pequeños.

Aquella información pasó desapercibida en los diarios de las islas hasta que el martes un grupo de investigadores españoles, alemanes, británicos, franceses, italianos y americanos del Instituto de Astrofísica de Canarias, liderados por una joven investigadora desconocida llamada Laura Ardoz, publicó un extenso artículo en el que se anunciaba el descubrimiento por parte del proyecto QUIJOTE de las ocho huellas en la radiación de fondo del espacio. Pronto todos los ojos del planeta se posaron en las islas con artículos destacados en las revistas *The Astrophysical Journal*, *A&A*, *Nature Astronomy*, *Science* y en el *Monthly Notices of The Royal Astronomical Society*, en los que nombraban y cartografiaban las huellas circulares encontradas por Laura Ardoz, bautizadas como las Ocho Islas, en una clara referencia al lugar desde donde se encontraron. Sin saberlo, Laura Ardoz se convirtió de la noche a la mañana en la astrónoma que confirmó que el universo podría ser el único que vemos pero no el único que existe.

Mario ignoró las llamadas de los medios que trataban de convertir el asesinato de Laura en un espectáculo bochornoso y tan solo se limitó a aplazar para más adelante las entrevistas y las declaraciones sobre la vida, los sueños y las ambiciones de su hermana antes de que un fanático degenerado decidiese acabar con ella. Tenía un gran asunto pendiente que resolver y solo entonces se dejaría absorber por aquella vorágine de medios.

El miércoles, tres días después de aquella fatídica noche, Mario y Fayna se subieron a un avión Binter rumbo a la isla de Gran Canaria siguiendo los pasos de Laura en el mapa. Alquilaron un pequeño Opel Corsa rojo y recorrieron la costa en dirección norte mientras Fayna repasaba los nombres que su amiga había marcado en la isla: el Barranco de las Vacas, las dunas de Maspalomas, el Roque Nublo, el Mirador de Unamuno, el Bufadero de la Garita. Era aquel último lugar sobre el que Laura había usado el símbolo de las dos eses enfrentadas. Mario sabía que su hermana debía de haber ido allí aquella noche en la que, según la sargento Oramas, viajó a la isla vecina, pasó la noche en algún hotel y volvió a tiempo para estar temprano con él en el hospital. Cuando llegaron, se bajaron del coche y el sonido del océano los abrumó.

—Es increíble —dijo Fayna con su voz ahogada por el estruendo del mar que emergía y se escondía en el bufadero.

Absorto por aquella imagen y aquel sonido arrollador que parecía provenir de todas partes al mismo tiempo, Mario agachó la vista y buscó en las inmediaciones las dos piedras que debía de haber dejado Laura, pero no las encontró. Caminó con miedo sobre las rocas, con el corazón en la mano, desolado por haber perdido a su hermana y emocionado porque ella había preparado el viaje de aquel modo tan único. Recorrió el bufadero de punta a punta revisando huecos y resquicios, pero no había nada. Las olas explotaban en el aire desde la abertura en el suelo y también desde la costa en una espuma blanca que caía como copos de nieve. Tras media hora intentando encontrar algo que quizá el océano ya había engullido, tiró la toalla.

—No hay nada —dijo él, cabizbajo.

—Puede que Laura no viniese —trató de consolarlo Fayna—. La sargento Oramas no lo contó como algo seguro. Puede que pensase venir a Gran Canaria y por eso lo marcó en el mapa, pero tal vez no lo hizo finalmente.

Mario asintió y aceptó aquella posibilidad. Habían ido hasta allí buscando un último mensaje de Laura para después continuar juntos el viaje por los lugares que su hermana había marcado en la isla de Gran Canaria. Y entonces sucedió.

Cuando estaba a punto de rendirse, Mario se fijó por primera vez en algo que le golpeó el corazón. Junto a una autocaravana estaba un anciano delgado y con barba gris desaliñada, sentado en un taburete de playa, pintando sobre un lienzo. Tragó saliva y se acercó. Sobre el vehículo, el hombre exhibía una decena de cuadros del mismo estilo, en acuarela.

—Hola —saludó al hombre con un pálpito en su interior—. Usted le vendía los cuadros a mi hermana. Tiene el cuarto lleno de ellos.

El hombre detuvo el trazo que estaba haciendo, se giró hacia Mario y, al verlo, sonrió.

—Hola. Te estaba esperando. Eres Mario, ¿verdad?

Él asintió.

—¿Sabe mi nombre?

El hombre miró a Fayna y cambió el gesto al darse cuenta de que Laura no lo acompañaba.

—Por tu hermana —replicó con voz cálida—. Por cierto, ¿dónde está?

—No..., no ha podido venir —respondió Mario en un fino hilo de voz con los ojos fijos en él.

El hombre parecía vivir ajeno a todo y se notaba que no debía de haber visto las noticias sobre Laura, su muerte y su descubrimiento.

—Bueno. No pasa nada. —Sonrió—. Lo dejó pagado, así que no hay problema.

El hombre se puso en pie y se perdió en el interior de la autocaravana. Mario y Fayna se miraron un instante hasta que la voz del artista callejero emergió desde la oscuridad.

—Pensaba que me costaría un poco más, pero ha quedado bien. Espero que te guste. No suelo aceptar encargos con fotografías, pero Laura me dijo que era para una ocasión muy especial.

El anciano bajó las escaleras con un lienzo blanco de listones de pino en las manos y, cuando lo giró hacia ellos, dejó ver una imagen que Mario ya nunca olvidaría: eran Laura y él juntos. Laura le pasaba el brazo por encima. Se dio cuenta enseguida de qué momento representaba esa acuarela: era esa foto que nunca vio, la que se hicieron aquella tarde en que ella le rapó el pelo y ambos se miraron en el espejo. Mario contempló los trazos en acuarela de la imagen, esos rostros llenos de esperanza, y cuando el hombre se lo acercó no pudo evitar derrumbarse entre lágrimas, acompañado por el rugido del bufadero, que se coló para siempre en su memoria. Sintió a Fayna a su lado, que se había acercado a él. Mario comprendió en ese instante que, a pesar de quedarse solo, siempre sentiría a su familia cerca. Recordó aquel día en la sierra, cuando era niño y su madre le dijo que algún día él querría formar su propia familia. Entonces suspiró con fuerza, miró a Fayna a los ojos y le dio la mano, entrelazando sus dedos con la idea de no soltarlos nunca mientras la muerte no llegase.

Tres meses después de los acontecimientos, la sargento Candela Oramas caminó con una leve cojera entre las mesas de la amplia sala principal del cuartel de la Guardia Civil de La Orotava. Según los médicos, la bala perdida se había alojado en su fémur, justo sobre la parte superior de la rodilla, y, tras su extracción, la avisaron de que arrastraría molestias durante unos años, como un recordatorio físico de cuánto había perdido aquel día.

El caso de Laura Ardoz le había arrancado la esperanza y se había llevado a su compañero, pero también le había enseñado que todo podía derrumbarse de un momento a otro y que no debía perder el tiempo. La jornada anterior había pedido el día libre, pero no lo había pasado en casa pensando en las heridas de su cuerpo y su alma. Había conducido su coche hasta una clínica a las afueras de Santa Cruz, un edificio moderno de cristales al ácido, y había pasado media hora sentada en una fría sala de espera luchando contra sí misma y sus miedos. Pero, en cuanto oyó su nombre en la boca de una enfermera, se dio cuenta de que anhelaba aquel paso más que nada.

La vida le había quitado tanto que se negó a que le arrebatara también su anhelo más profundo. Tumbada en la camilla, la extracción de óvulos fue rápida e impersonal pero cargada de una emotividad contra la que no pudo luchar. Lloró. Y lo hizo sin saber poner en palabras aquel cúmulo de sentimientos contenidos.

A pesar de no sentir nada por la sedación leve, estaba despierta y lúcida y oía en la distancia cómo la ginecóloga, una mujer de ojos amables sobre la mascarilla, le narraba el recuento con la calma que ella necesitaba. Al despertar sola en una habitación con vistas a un jardín interior, notó una molestia similar a la de una menstruación intensa, pero se puso en pie, decidida a dar aquel paso. Le trajeron un zumo y unas tostadas y, también, el informe preliminar: ocho óvulos maduros. Ocho intentos llenos de esperanza que aguardarían en el laboratorio, congelados en el tiempo.

Ante aquel futuro prometedor, abandonó sus pensamientos y esbozó un saludo con la cabeza al cabo Artiles y a Bencomo cuando pasó al lado de sus mesas con una emoción que ellos no percibieron y, al llegar a la máquina de café, recordó todas las veces que había bromeado y hablado con Quintana junto a ella. Lo vio apoyado allí, con media sonrisa y los ojos achinados por el sueño. Entonces tragó saliva e introdujo cincuenta céntimos sabiendo que hacía aquel gesto tan solo como señal de que lo echaba de menos y que necesitaba fuerzas para la etapa que se le presentaba por delante. La moneda cayó por la ranura con un sonido metálico hasta que golpeó la bandeja y difuminó en su mente la imagen de ellos dos juntos.

—Un café por ti, amigo —susurró Candela.

La sargento suspiró ante aquel silencio que recibió por respuesta y contempló la máquina unos segundos, como si esperara una reacción. Pero no sucedió nada.

Apretó los labios y se giró para volver a su mesa, pero justo en ese momento oyó un ligero zumbido áspero detrás de ella, seguido de un chasquido. Miró otra vez en el instante en que aparecía el vaso de plástico en la apertura.

Candela sonrió con los ojos cargados de lágrimas y emitió un largo sollozo al ver cómo la máquina vibraba y salía de ella el líquido oscuro y humeante, promesa de un nuevo comienzo en su vida.

# Agradecimientos

Admito que me encanta leer esta sección tras acabar un libro porque te permite apreciar de verdad la magnitud y lo que implica la escritura de una historia de este tipo. A pesar de que escribir es un acto solitario, su publicación es una especie de brujería en la que participa tanta gente y hay tantos pasos que el hecho de que sostengas este libro entre tus manos es cuando menos un milagro. Un trabajo de un equipo de ensueño en el que gente con un talento descomunal consigue convertir pedazos de papel usado en un ejemplar impreso capaz de mantenerte en vela toda la noche, susurrándote al oído que despiertes y disfrutes la vida un poco más.

Por eso, en primer lugar quiero dar las gracias de corazón a todos los que han formado parte de la producción de este libro. Hablo de mis correctoras, atentas a que no se me escape una coma; mis maquetadores, que presentan con cariño este texto con cada línea en su sitio; los operarios de la imprenta, que se aseguran de que no haya ningún pliego descolocado o que la tinta estampada esté perfecta. Tampoco me olvido de los transportistas que reparten mis libros a cada pequeño pueblo y gran ciudad.

Guardo un hueco especial, por supuesto, a los libreros, muchos de ellos ya amigos, que abren las cajas llenas de ejemplares y los disponen con ilusión en sus estanterías más preciadas para que alguien, ojalá tú o algún conocido, se enamore de uno de mis enigmas en el que lo importante no es qué pasó, sino qué sucedió dentro de ti al leerlo. A todas y cada una de esas personas que no conozco pero que contribuyen a que este texto viaje de mi ordenador a las manos de un montón de personas con ganas de leer, les doy las gracias con toda mi alma. Si eres una de ellas y participas en todo o parte de este proceso, quiero que sepas lo importante que eres para mí, para mis libros y, creo que hablo también en nombre de ellos, para mis lectores, que están repartidos por todo el mundo, que son de muchas culturas distintas y, sin embargo, están unidos por la misma historia.

Siempre es difícil escribir sobre ubicaciones reales y cercanas, especialmente cuando sobre ellas construyes historias que no sucedieron de personas que no existieron. Por eso querría agradecer de corazón a toda mi gente de Canarias, por dejarme usar uno de los lugares más bellos del planeta como lienzo para *El susurro del fuego*. Espero haber hecho justicia con mis descripciones a la belleza de las islas, que lo tienen todo para conectarte con la naturaleza y la vida.

Es la primera vez que me embarco en una novela ambientada fuera de Estados Unidos y la traigo a mi país, y admito que ha sido un reto placentero. Cuando me senté a planear la trama, me di cuenta de que las islas lo tenían todo para esta historia: naturaleza única, paisajes de todo tipo, comida de ensueño y un misticismo en torno al fuego interior y la lava que navega bajo la superficie. Era, por así decirlo, un cúmulo de piezas perfecto para un intrincado juego de engaños.

Esta novela nació en 2024, durante un viaje con mi familia a Canarias. Caminando por Puerto de la Cruz vi a un chico mareado, sentado en un banco en el parque de la ermita de San Telmo. A su lado, una chica lo abanicaba y pedía ayuda. Era solo una bajada de azúcar que se solucionó con un refresco, pero aquella imagen simple, en un entorno idílico con los banderines ondeando con el viento, me arrolló como sucede pocas veces. Ahí, en ese instante exacto, surgió el inicio de la historia. Si algún día alguno de los dos lee esto y se reconoce en esta novela, quiero que sepan que fueron la chispa de este incendio con forma de libro.

Durante el tiempo en que escribía *El susurro del fuego*, por mi casa andaban aún con pasitos cortos mis tres hijos: Gala, Bruno y Pablo, que siempre han sido el motivo por el que escribo y también por el que dejaría de hacerlo. Quiero que sepan que, cuando lean esto de mayores, el día que escribí estas palabras Gala me dijo «Te quiero más que nunca» antes de dormir, Bruno me visitó en el despacho para mostrarme un pequeño juguete verde y pegajoso que tenía nuevo y Pablo pronunció «huesas» para pedirme en su idioma que le preparase fresas. Si no recordáis ese día, no os preocupéis. Yo nunca lo olvidaré.

Quiero dar las gracias a los investigadores y a todo el personal del Instituto de Astrofísica de Canarias, por dejarme construir a su alrededor un crimen horrible que, en realidad, es lo menos importante del libro. Su labor en la investigación sobre las estrellas, las galaxias y todo el universo (este de aquí) es tan fascinante como incomprensible. He tratado de jugar un poco con su trabajo acercándome a las teorías detrás del proyecto QUIJOTE y sus objetivos, y espero que perdonen mis piruetas creativas de sus observaciones. Admiración y gratitud absolutas.

Quiero dar las gracias más sinceras a mi mujer, Verónica, que siempre apoya mis rutinas caóticas y encuentra la manera de regalarme momentos de paz y concentración. Si escribo como lo hago es porque con ella he conocido todas las emociones del mundo, especialmente el amor verdadero. En esta novela, en las etapas finales de escritura, ella se hizo cargo del mundo entero para que pudiese escribir. Gracias, de corazón.

También agradezco a mis peques, Gala, Bruno y añado por primera vez a Pablo, por traerme al despacho, durante todo un año, chocolatinas, chucherías, vasos de agua y tazas de café. Sois los mejores ayudantes que un escritor puede tener. Ojalá algún día me perdonéis todas esas tardes que, mientras escribía, os dije que no podía jugar.

Mi más sincera gratitud a todo mi equipo de Suma de Letras, mi hogar en España en este camino, donde siento que cuidan cada pequeño paso que doy y miman con entusiasmo cada historia en la que me sumerjo. Con ellos no solo comparto nervios antes de cada lanzamiento, sino también una cercanía que está lejos de sentirse un trabajo.

En especial, gracias a Gonzalo Albert, mi editor, por impulsar mis libros con ambición y un cariño desmedido. Todo saldrá bien.

Gracias también a Ana Lozano, mi editora y compañera de incertidumbres. Algún día conseguiremos bajar el ritmo.

Gracias a Núria Cabutí, por las risas, las anécdotas y por la apuesta tan ambiciosa por mis libros.

A Mar Molina, porque ya es costumbre, y a Leticia Rodero, siempre cerca y con una calma que envidio.

También gracias a Rita López, por cada una de las ideas, y a Pablo Gracia, que juntos forman un tándem imparable para hacer llegar mis libros a la persona adecuada en el momento adecuado.

También gracias a David G. Escamilla y a todo el equipo de Penguin Random House de las distintas delegaciones de América Latina, por abrirme las puertas editoriales y los brazos del otro lado del mundo.

Gracias a Conxita Estruga, por cuidar con tanto entusiasmo el viaje de mis historias a la pantalla. Gracias a toda mi familia de Netflix, a quienes ya considero casa. En especial a Verónica Fernández y a Diego Ávalos, que han abrazado la idea de que mis historias universales hablan al corazón de todo el planeta.

A María Reina de la Puebla y José Rafoso, por ser los responsables directos de que cada uno de mis libros sigan conquistando estanterías e idiomas de medio mundo, y gracias también a Helena Boet y a la artista Marlena Wells, por comprender tan bien qué rostro deben tener mis libros. Gracias a Marta Martí, Ana Balmaseda, Marta Cobo, Carmen Ospina y Patxi Beascoa, con quien algún día pescaré en alta mar. Por supuesto, gracias a todo el equipo comercial de Penguin, aunque esta vez me centro en el gran Daniel Quintana, de Canarias, cuyo apellido ya siempre formará parte de mi historia.

Y llega mi parte favorita, la más importante: la vuestra, lectores. Gracias, un libro más, con toda mi alma, por leer y acompañarme hasta aquí. Gracias, de todas las formas en las que me lo decís cuando nos vemos en persona: en un abrazo tímido y en uno fuerte, en una sonrisa nerviosa y en un grito de alegría. Gracias por leer mis historias con el corazón en la mano y el alma abierta de par en par. Gracias por elegir mi libro entre tantos miles de autores con el mismo o más talento que yo. Gracias con todas mis fuerzas. Os quiero demasiado. Más de lo que soy capaz de expresar en ninguna novela.

Para terminar, no podía faltar a nuestro pacto, que creo que ya es tradición. Me encanta terminar un libro haciendo un trato que selle todas las horas que hemos pasado juntos. Yo, por mi parte, no dejo de escribir y vosotros, cuando cerréis estas páginas, recomendáis *El susurro del fuego*, sin contar de qué trata, más allá de la sinopsis, igual que habéis hecho con todas mis novelas. Sé que es difícil no decir mucho más, pero es la gracia del misterio. La magia de una buena historia, al igual que con la vida, es experimentarla sin saber qué te deparará. Y, como no hay mayor regalo para un autor que la promesa de encontrarnos de nuevo, yo pienso cumplir mi parte. Este es nuestro juego. Mantenemos este pacto y yo, a cambio, estoy lo antes posible otra vez en librerías con un nuevo enigma en el que lo importante no es tanto lo que sucedió, sino lo que sentiste. ¿Qué me decís? ¿Hay trato?

Con locura,

Javier Castillo

**«Para viajar lejos no hay mejor nave que un libro».**

EMILY DICKINSON

# Gracias por tu lectura de este libro.

En **penguinlibros.club** encontrarás las mejores recomendaciones de lectura.

Únete a nuestra comunidad y viaja con nosotros.